煮売屋なびきの
謎解き仕度

汀こるもの

時代小説文庫

角川春樹事務所

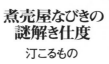

目次

一話　実の一つだに

「蛤なんか高いもんでもなし、この桶の全部買え」

棒手振《ぼてふり》の辰《たつ》は案の定、不機嫌そうに聞き返した。

「はあ？　蛤《はまぐり》四つだけって何だよ一桶《おけ》丸ごと買えよケチくせえ。蛤なんか高いもんでもなし、この桶の全部買え」

辰は何を言うにもものすごい早口だ。

一人前に半纏《はんてん》を腰の辺りでからげて「辰」の字を染め抜いた黒い腹掛けをして紺の股引《ももひき》を穿《は》いて、背ばかり高くてひょろひょろの身体《からだ》つきを丸見えにしていた。

江戸では魚屋は「女にもてる」商売だった——彼らは年がら年中暑くても寒くても裸みたいな格好で、重い荷を担いで筋肉隆々になった身体を見せつける。火消しのように背中や手足に華やかな彫物を入れている者も多い。

それが毎日、台所まで来て女に話しかけて、とにかく魚を売ろうと必死で愛想を振りまき、最新の世間話は勿論《もちろん》、甘い言葉すらささやくのだからご近所のおかみさんはたまらない。火消しはいくら格好よくてもそうそう話しかけられない高嶺《たかね》の花だが、魚屋は自分から女に媚《こ》びを売って親切にしてくれる。毎日顔を見ていると「飯を食って寝に帰ってくるだけのしょうもない亭主よりこっちの方が」と、ころっとよろめいてしまう、らしい——

辰はそういうのではなかった。愛嬌《あいきょう》がないわけではないが目つきがひねてやさぐれた野良猫みたいな顔で、もう十六にもなるのにいつまでも身体はやせて棒のようだし金がなくて彫物も入れておらず、何より話に色気がなかった。これはこれで「話が早い」という利点があって、女衒《ぜげん》のような魚屋は面倒くさい、今日のおかずを買えれば何でもいいという少数派を相手に商売していた。

なびきは江戸の生まれで神田《かんだ》の育ちだが早口でも勝ち気でも鉄火でもなく、魚屋に甘い恋を求めてもいなかった。

十四歳は世間では嫁に行けと言われる歳《とし》だったがなびきに縁談を持ってくる者などついぞなかった。背が低くて目が大きいので歳より幼く見え、髪が茶色くて柔らかくて銀杏髷《いちょうまげ》がすぐにほどけてしまう。近頃《ちかごろ》はそばかすまである。お世辞にも器量よしとは言えないので皆、面と向かって嫁のもらい手がないとも言えず、触れないようにしているのだ。養い親の久蔵《きゅうぞう》も六十にもなって独身なので、この店を継ぐ者の運命なのだ。

「それが神棚の神さまのお告げで……」

「神さまが死ねっつったらお前死ぬのかよ！」

「死なないです……死なないけど蛤は四つしかいらないんです、ごめんなさい……」

「お前がこれ全部買ったらオレは朝寝して団子食って左団扇《ひだりうちわ》で一日だらだらできるんだ！」

——辰の口癖だった。

彼はかなりの怠《なま》け者だった。棒手振の魚は大体、昼までに売り切る。今は秋の猛暑の盛りで、天秤棒《てんびんぼう》で担いで往来を歩き回ると朝に新しくても昼を過ぎると傷んでしまう。

だから昼からは他の傷まないものを売るのが筋だったが、一日中働くという発想は彼にはなかった。朝に仕入れたものを売り切ると言葉通りに昼からは団子や大福を食って、出世不動《しゅっせふどう》に願掛けに来る相撲取《すもうと》りを覗《のぞ》き見したり野良猫をからかったり、悠々自適に暮らしていた。余裕ができると相撲を見に行ってしまうので蓄えはなく、いつも金がないとピーピー言っていた。

「でもわたしもこれ以上買ったら明日の仕入れ代がなくなっちゃうし……今日は昨日の鮪《まぐろ》の残りを焼いて出すのが決まってるし」

「ねぎま鍋《なべ》も売れねえ煮売り屋、やめちまえ！」

辰の言い草はきつかったが、蛤は海水ごと桶で運んでいて他の売り物より重い。遠くまで行きたくないのだろう。——普通の魚屋は貝殻を取って剝《む》き身にして軽くするものだが。

なびきは自分の甲斐性《かいしょう》のなさが申しわけない。

神田紺屋町《こんやちょう》の煮売り屋〝なびき〟は養い親の久蔵の店だ。隣は荒物屋で向かいは桶屋。間口二間の二階建て。一階が床几《しょうぎ》と小上がりの座敷が少しの小さな店で飯を食わせて酒を飲ませる。居酒屋のような、一膳《いちぜん》飯屋のような。

江戸にはこんな店は山ほどあって、庶民が外食など贅沢《ぜいたく》だ、けしからん、竈《かまど》の数だけ火事が増える、食べ物屋の数を減らせとたびたび公方《くぼう》さまからお触れが出た。

江戸はしょっちゅう火事を出して若い男の大工がその修理にあたる。独身男は自分で料理をしないので飯屋が増える。

他の商売で失敗したやつが手っ取り早く小銭を稼ぐのに天ぷらだの握り鮨《ずし》だの夜鳴き蕎《そ》麦《ば》だの食わせる屋台を出す。

天ぷらは練り物を油で揚げれば何でも美味《おい》しいし、握り鮨は魚を切って飯と一緒に握るだけなので料理をしたことがなくてもそれなりに格好がつく。麺《めん》を打たなければならない蕎麦が一番手間だが、手間を厭《いと》わない趣味人がこだわり出すと止まらない。

繁盛してくるとちゃんとした店にしようとなる。

飯屋は増える一方。

その繰り返しで、公方さまもそろそろ諦《あきら》めかけていた。


江戸の町は江戸前の魚から全国の年貢米、長崎出島《ながさきでじま》からの舶来品まで全《すべ》てを湾から内陸に伸びた堀の水運で運んでいた。堀の行き着く先は日本橋《にほんばし》。水際に河岸《かし》、大店《おおだな》の問屋がずらりと並んで反物でも薬でも手に入らないものはない。

そこから少しずれた江戸の中心に公方さまがおわす江戸城がある。周囲は立派な海鼠塀《なまこべい》に囲まれた大名屋敷、武家屋敷でいっぱいで、庶民は近づくこともできない。

江戸の北側を守護するのが上野《うえの》、将軍家菩提《ぼだい》寺・寛永寺《かんえいじ》などの大手寺社群。神君家康《いえやす》公が江戸の町を作った折、天海《てんかい》大僧正が鬼門を守るべく御仏の力を置いた。

神田はその三つの狭間《はざま》にあった。

商人と武士と仏僧だけでは江戸の暮らしが成り立たない。大工も職人も駕籠《かご》舁《か》きもいないと。その家族もいないと。

神田も目抜き通りは商家などあって賑《にぎ》やかだが、裏路地に入ると一気に地味な下町になる。振売でも職人でも博徒《ばくと》でも、その日暮らしの独身男ばかり住まわせた板《いた》葺《ぶ》きの貧相な裏長屋がごまんとあった。

長屋の中は煎餅《せんべい》布団を敷いて寝て起きるには十分な九尺《くしやく》二《に》間《けん》に申しわけ程度の竈がついているだけ。安長屋の竈など「あったから何だ」程度で使い勝手が悪く、嫁をもらって子ができて一家三人で暮らす羽目になると大変だった。一人暮らし用なのに三、四人、無理矢理住むのも珍しくはなかった。

狭い部屋に閉じ込められた男たちは、毎日働いてたまに布団を干していれば上等なたぐい。嫁がいるならともかく、三度の食事を自分で作るような殊勝な人間はそうそういない。

紺屋町の煮売り屋〝なびき〟では金がなくてずぼらな連中の腹を満たすために日々、飯を炊いて豆を煮て魚を焼いていた。ここでしか食べられないような特別な献立はない。毎日食える焼き魚、煮魚、野菜の煮物や糠《ぬか》漬《づ》けを毎日食える値段で。米と魚ばかりだと血が足りなくなって倒れるから青菜や大根や煮豆も食えというありがたい説教つきだ。

当然、店構えも質素だ。気取ったところで入りにくくなるだけだ。

これで昨日今日できた店ではなく、なびきが店主になったら三代目という、神田紺屋町では知る人ぞ知る老舗《しにせ》である。二代目の久蔵がもう六十なので、初代が何十年やっていたか知らないがもう四十年くらいここにある。

長く〝かんなび〟という店名だったが、十年前になびきが拾われたときに店の名も〝なびき〟になった——「先代は神頼みが過ぎる」と久蔵は言った。

その久蔵は三日前から旅に出ていた。立秋のことだった。

もう三十年も休まずに神さまにお供えをして店を開けていたが、二、三か月前からこんなことを言い出した。

「わしは六十の誕生日には富士のお山でご来光を拝もうと思うとった。五十過ぎてからずっとそう決めておったのじゃ」

久蔵は真顔で言ったが、なかなかの寝言だった。お殿さまならともかく下々で自分の誕生日を憶《おぼ》えている人がまず珍しかった。

日本橋から富士まで三十六里。歩いて四日くらい。

六十になる老体には応《こた》えそうだ。

久蔵はまだ白髪と皺《しわ》が多くなったくらいで矍鑠《かくしやく》として足腰もしっかりしているが、細身だ。目は眼光鋭く、全盛期を過ぎた武芸の達人が深い事情があって世を捨て、下町の飯屋に身をやつしているような飄々《ひようひよう》とした風貌《ふうぼう》だが、生まれつき目つきが悪いだけで特に武芸などやっていない。髭《ひげ》は薄くても顔がいかめしいのでなびきも最初は怖かったし、店にはあまり女子供が寄りつかない。一日三回、釜《かま》で飯を炊いていて足腰の強い働き者で、がらの悪い客を怒鳴りつけたりするが、紛れもなく神田の飯屋の店主だった。

働き者で体力があっても旅先で水が合わずあっという間に弱って病みつくということはありえる。冬や春に富士山に登ったら雪に降り込められるので登れるのは秋だけだが、山の上は涼しくても街道は暑い。消耗するだろう。

山も、どこまで登るのか。八合目？　浅間《せんげん》神社奥宮？

富士の山は百年ほど前に火を噴いたはずだが危なくないのか。

「止めてくれるな。一世一代のじじいのわがままじゃ。この歳まで生きれば残る願いは一つ、ピンピンコロリ。この身は朽ちて野晒《のざら》しになったとしても行かせてくれ」

そう言われると止めにくかった。七十になってから行きたいと言い出されても困る。まだしも足腰が立つうちの方が。

「なびきよ、旅の間はわしに代わってお前が神棚の〝飯の神さま〟にお供えをせよ」

更にそう言われて、なびきは動揺した――

江戸の厨《くりや》にはどこにも竈の上に荒神《こうじん》さまの小さな棚がある。

〝なびき〟では更にその横に大きな神棚がある。

時折、神さまから夢のお告げがある。

――三十年ほど前、浅間の山が火を噴いて灰を撒《ま》き散らし、未曾有《みぞう》の飢饉《ききん》が日の本全土を襲った。稲は枯れ、飢えた人は人肉までも口にし、巷《ちまた》に疫病が蔓延《まんえん》した。農村から逃れた人々が江戸や上方に殺到し、一揆《いっき》や打ち壊しが起こった。

あらゆる悪いことがあった。

厄災の日々の中、密《ひそ》かにご利益を授けて人を助けたのがこの神さまだという。

全ての人を救えるわけではないが、この神さまが見せるご飯の夢は必ず本当になる——初代は神さまのご利益で命を永らえ、久蔵は初代の意志を継いでこの神棚を守っているそうだ。お告げの夢を見られる者は少なく、今のところ初代、久蔵、なびきの三人しかいなかった。

そんなに強い神さまではないのであまり多くの人に知られないよう、次の飢饉が起きるまで守っていかなければならない——なびきの代かその次の代、恐らく百年と間を置かずもう一度起きる——

守る方法というのは、朝昼晩の一日三回、ご飯を作ってこの神さまに供えて残りを撤饌《てっせん》として客に食べさせる。それだけだ。この小さな店で出せるだけ。並みの飯屋の仕事と何も変わらない。

人々が日々のご飯に感謝する心が神さまをいたわり、前の飢饉で使った分の神通力を補うらしい。

「わ、わたしにできるでしょうか」

なびきは声が震えた。彼女が久蔵に拾われたのは跡継ぎにするためだったので、いずれこうなることは決まっていたものの。

「できる。お前は十年、わしの姿を見ていたのじゃから」

姿を見せるだけでなく、もう少し丁寧に教えてほしかったが——五年後、六十五歳の誕生日では駄目なのだろうか――

　飢饉は来年にも起きるのか、もっと先なのか、何もわからないがなびきが何もしないわけにはいかなかった。

　神さまと言うからには機嫌を損ねれば祟《たた》られるのだろう。

「……おじいちゃん、帰ってくるんですよね？」

　なびきは不安になって尋ねた。

「無論そのつもりじゃ。〝飯の神さま〟のご加護を信じよ。――格好をつけてみただけで、富山町《とみやまちょう》の富士講の師匠と一緒に行くから行き倒れたりはせん、多分」

　久蔵はそう答えた。

　江戸では代参は当たり前だった。遠くの寺社に自分では行けないので、行くという人に自分の加護も願ってもらう。

　中でも富士山は、登山が達者な人しか行けないので修験道《しゅげんどう》の修行を積んだ山伏《やまぶし》などに依頼しなければならない。皆で修験者を師匠と拝んで旅費を出すだけでなく、山に登れない雪深い冬の間、生活の面倒をみたりしていた。

　名の知れた修験者が一緒なら大丈夫なのだろうか。

　こうしてなびきは養い親を見送り、留守を預かって店を守ることになった。

　短くて十日、長くて半月くらいのつもりでいた。

「で、お前は今朝、久蔵じいさんに代わって神さまのお告げの夢を見た？」

辰が忌々《いまいま》しげに問うた。

「どんな夢を？」

こんな夢だ。

髪を二つの輪に結い上げて玉の簪《かんざし》を差したいにしえの天女のような領巾《ひれ》と装束《しょうぞく》をまとった美しい女神が——顔はいつもおぼろげなのだが——歌いながらお手玉をしていた。

そのお手玉が、よく見ると蛤なのだ。四つ。

蛤が宙に投げられるたび、水がしぶいて小さな虹《にじ》がかかった。

貝殻ばかりで目鼻も口もない蛤たちだったが、きゃっきゃっと子供のように笑っている。

そう思った。

歌はよく聞くとこう言っている。

〝七重八重花は咲けども山吹の実の一つだになきぞ悲しき〟——

「それで蛤が四つしかいらねえってふざけんなよてめえ！　神憑《がか》り！　小娘は不思議ぶってりゃ皆がかわいがってくれると思って！」

なびきは丁寧に説明したつもりだったが、辰が納得してくれるはずもなかった。魚屋は小さな犬のように声ばかり威勢よくギャンギャン喚《わめ》き立てた。

——お告げの夢は久蔵がいたときからこんなものだった。今日は卵ふわふわを作ればいいとか筍《たけのこ》を炊き込みご飯にしろとか。調理法を教えてくれるときとくれないときがある。

それでたまに「そうそう、これは死んだ母が好きだったおかずで。懐かしい」とか言って客が泣いたりする。奇跡と呼ぶには実にささやか。

飢饉の折には神さまもくたくたに疲れ果てたので、天下泰平で特に誰《だれ》も困っていない今、お告げの夢は大分ゆるい。

「らちが明かねえ。百聞は一見にしかずだ」

辰は桶の中の貝を一つ、指先で取り上げた。大きな貝はビュッと海水を噴いた。

「見ろこの活《い》きのよさ。その辺の死にかけの蜆《しじみ》や殻剝かれて丸裸の浅蜊《あさり》とは違うぞ。身がないとか寝言をぬかすな。こいつはピッカピカで大粒、〝その手は桑《くわ》名の焼き蛤〟にも勝る江戸前の蛤、たっぷり身が詰まってら」

魚屋はその口上が身上だ。辰は若いが既に立て板に水の売り文句を会得していた。

「ねぎまだの味噌《みそ》だのまどろっこしい鮪と違ってこいつ食うのに小細工はいらねえ。火の上に鉄輪《かなわ》一つ置いて、ちょいと炙《あぶ》ってやりゃ熱くてパカッと殻が開く。そこに醬油《しょうゆ》をジュッ！　これだけで貝殻に溜《た》まったおつゆすすって熱燗《あつかん》で一杯、身を食ってからもう一杯、オレらは極楽、蛤は地獄の地獄焼きよ。お釈迦《しゃか》さまに怒られたって知るもんか。金のかからない幸せがここにある。お前、煮売り屋だ何だ理屈が多いが小手先の工夫なしで食えるこういうのをお客に出すのも仕事じゃねえのか。神さまより先に人間さまの話聞け」

早口でまくし立てられると気圧《けお》される。

――実際にはそこまで簡単ではない。火が通って貝殻が開くときにひっくり返って汁をこぼすので、あらかじめ蝶番《ちょうつがい》を切ったり酒で蒸したりしてから焼いた方がいい。

しかし聞いているだけで生唾《なまつば》が出てくる。新しい蛤を焼いて出したい。

鍋でもいいだろう。少しの酒で小鍋立てにして、残った汁に芹《せり》を刻み入れる。鍋なら貝から出た出汁をこぼしてしまうこともない。残り汁を肴に酒を飲むなり、飯を入れて雑炊《ぞうすい》にするなり。

残った貝殻を掃除して、後日、他の料理を盛るのに使えるかもしれない。そこまで大袈《おおげ》裟《さ》でなくても自分用に二つ三つ取っておいて金平糖《こんぺいとう》を入れたら楽しそうだ。

蛤の貝殻は元々対になっていたものとしかぴったりくっつかないということで、夫婦の貞節を表す縁起物。お姫さまのお輿《こし》入れ道具は金箔《きんぱく》を貼《は》って花などの絵を描《か》いた蛤の貝殻と相場が決まっている。豪奢《ごうしゃ》な螺鈿《らでん》細工の箱に納められていて、たくさんの貝殻の中から、ぴったり合う二つを探す遊びをするのだ。

なびきのような下々の女の子は、蛤を剝き身で売る魚屋から貝殻をもらって同じように遊ぶ。金箔も絵も螺鈿細工もなくても、夢だけは見られる。

皆、自分だけの運命の相手が現れる未来を信じている。

お城のお姫さまも長屋の娘も、将来の夢は一対の蛤の貝殻に納まる程度のささやかなもの。ほんの少しだけ、小さな貝殻一つ分の誠実。

なびきにはとんと縁のない話だ。

——出したいのはやまやまだが。

なびきも身を切る思いで頭を下げた。

「辰ちゃん、うち今お酒出せないから美味しそうすぎるのはちょっと。その口上あればよそでも売れますから」

「美味しそうすぎるって何だ屁垂《へた》れが！　守りに入ったら人生お終《しめ》えだぞ！」

「いやおじいちゃんが留守なんだから堅実にうちを守るの大事だと思うけど……」

「男は蛤が好きなんだから蛤出しときゃ間違いねえんだよ！」

「え、男の人って蛤が好きなんですか？　何で？」

なびきは不思議に思った。貝類は女も好きだろうと単純に考えただけのことだ。

だがその一言で、いきなり辰は気まずそうに口をへの字に曲げ、言葉を詰まらせた。

「……何でだろうな。もういいよ」

声が随分小さい。

「男の人じゃなくて辰ちゃんが好きなのを勢いで大きく言っただけ？」

「もういいったら。女が蛤のどうの、あんまり言わない方がいいぞ」

「どうして？」

答えずに辰は天秤棒《てんびんぼう》を担いですごすご土間を出ていった。さっきまでの威勢はどうしたのやら。粘られずに済んで助かったが、急に具合が悪くなったようで心配だ。

――それが下品な冗談のたぐいだったのではないかと気づいたのは半日経《た》った後のことだ。

煮売り屋〝なびき〟では昼四ツから中食を売り、暮六ツから夕食を売る。夜五ツくらいに客がいなくなったら店を閉めて夜四ツ頃に寝るのがいつも通り。

だがその日だけは辺りが真っ暗になっても夜五ツの鐘が鳴っても、誰もいなくても行灯《あんどん》の灯《あか》りを点《つ》けて暖簾《のれん》をかけていた。

——昼の間はついに四つの蛤の使い道がわからなかったので。なびきは四歳からここにいるが、お告げの霊夢にまるで意味がないことは一度もなかった。

幸い日が落ちたら少しは涼しくなって汗がにじむほどではなかったが、蒸し暑さがすっかり消え失《う》せるわけでもなかった。江戸の下町ど真ん中では虫の声なんて風流なものも望めない。軒先に吊《つる》した青銅の風鈴がたまに鳴るくらい。蚊《か》除《よ》けに、冬に食べたみかんの皮の干したのを炭火に載せて煙を出すのはかえって暑苦しい。

「〝実の一つだに〟ねえ……」

歌の文句を繰り返していたら、お昼を食べに来た裏の長屋のご隠居が教えてくれた。それは古い和歌なのだそうだ。

〝七重八重花は咲けども山吹の実の一つだになきぞ悲しき〟——八重咲きの山吹は華やかな花なのに実がならない。

昔々、太田道灌《おおたどうかん》という武将が狩りをしていたら急な雨にあって、通りがかった民家で蓑《みの》を借りようとしたところ、家の娘は何も答えずに山吹の花を一枝差し出した。

それは「生憎《あいにく》、田舎暮らしで貸せるような蓑はない」を古い和歌になぞらえて風雅に伝えたのだとか。

花があるのに蓑がない家というのは気が利いているのか何なのか。蓑がないなら傘は。合羽《カッパ》は。雨が止《や》むまで雨宿りという話にならないのか。

太田道灌は意味がわからなくて大層困って濡《ぬ》れ鼠《ねずみ》で帰ったらしい。——そうだろうとも。それでその後、和歌の勉強を始めたとか。——なぜそうなる。心が広すぎる。辰ならその場で食ってかかって大喧嘩《おおげんか》になるし、久蔵でも舌打ちくらいする。後世に名が残る人は違う。雨に濡れて帰ったから名が残っているわけではないと思うが。武将というが何をした人なのだろう。ご隠居の話を最後まで聞いてもわからなかった。

なびきはそもそも山吹の花なんて見たこともない。庭の綺麗《きれい》な寺などに生えているだろうか。茅場町薬師《かやばちょうやくし》の植木市に行ったら置いてあるのか？

身がぎちぎちに詰まっている蛤とは何の関係もなく思える。

蛤は鍋の中で塩水に浸ったまま。夕方に一度、水を取り替えた。

貝殻から大きく舌をはみ出させ、黒い管を伸ばしているのが面白い。——お前そんな格好を人に見せていいの。

舌はあっても声を出すわけではない。この舌で何を食べるのだろう。塩水に浸《つ》けていてもあまり長く生きているものではないらしい。

犬猫や鳥と全然違うのでかわいそうとすら思わないが、何を考えて生きているのかは気になる。

——あのね、お前、その昔、太田道灌がね——物言わぬ貝を相手に昔話を語るのはいかにも実がない無駄な行為だ。

やくたいもないことを考えて、月が昇りきった頃。

暖簾をそっとめくる手があった。珍しくもない紺の縦縞《たてじま》の小袖《こそで》。

それにほのかな剣呑《けんのん》の気配。

くらっと来たが、見間違いかもしれない。踏みとどまった。

「……やってるか？」

男の声だった。

「はい、どうぞ！」

内心では怖《お》じ気《け》づいていたが、なびきは勢いよく返事をした。あまり大声を出すたちではなかったが、迷いを吹っ切るつもりで。

男はすぐには暖簾をくぐらなかった。——それはそうだ。灯りが暗くてもなびきがちびの小娘なのは一目瞭然《いちもくりょうぜん》。

往来に夜鳴き蕎麦か夜鷹《よたか》しかいないこの時刻に、年端のいかない少女が一人で店番とか奇っ怪極まりない。

「お前さん、一人で？」

「はい！」

化け狐《ぎつね》か何かだと思われても仕方なかったが、やがて男は入ってきた。

一人ではなかった。二十くらいの若い女をおぶっている。結った島田髷《しまだまげ》が少し緩んで見えるが、唇に鮮やかな紅を塗った華やかな顔立ちの美女だ。小袖は黒地で地味かと思ったら下に行くに従って色が明るくなる曙染《あけぼのぞめ》で花の裾《すそ》模様がある。なのに無地の茶色いしごき帯で無造作に腰を結わえている。手に塗りの丸い下駄をぶら下げている。

どうやら彼女が鼻緒を切って、ひとまずどこかで休むことになったらしかった。

──間違いなくこれが「蛤の使い道」だ。なびきは音を立てないように自分のほおを叩《たた》いて気合いを入れた。

神さまのなさることを信じなければ。

男は女を床几に座らせ、自分は土間にしゃがんで下駄の緒を手拭《てぬぐ》いですげ始めた。小袖一枚だからしゃがむと褌《ふんどし》が見えそうだ。

「種物、適当に」

と、なびきの方を振り返りもしないで言い放った。

「……ごめんなさい。うち、蕎麦屋じゃないんです」

「えっ、この時刻に蕎麦屋じゃないい？」

それには流石《さすが》に驚いたのか、男は振り返った。不思議だろうとも。

「じゃ何があるんだ」

「とりあえず麦湯。お酒はないんです」

なびきは茶瓶《ちゃびん》に沸かして冷ました麦湯を湯呑《ゆの》み二つに注《つ》いで出した。

「遠いところからご足労さまです」

「そ、そんなに遠くない」

なびきが一礼すると男はごまかしたが、遠いはずだ。

——近所の人なら蕎麦屋だと思ったりしない。

神田と言ってもピンからキリ。ここは武家や大店の旦那《だんな》が来るような高級料理屋ではない。客といえば職人に大工に振売、駕籠舁き、十手持ち、顔馴染《かおなじ》みばかり。下町の煮売り屋なんてよほど不味《まず》くなければ近いところに入るものだ。

昼なら物珍しい遠くの店を覗きもするかもしれないが、夜は帰り道も考えると近場で済ませるしかない。

なびきは淡々と説明する。

「今日はもうお店は引けちゃって、残り物、裏の長屋の皆さんにいただいてもらって」

「じゃ何もないのか」

「いえ、あります。鮪の味噌焼き」

「マグロぉ？　そんなしょうもねえもんを」

男は舌打ちしたが、女の方は興味を持ったようだった。

「わたし、食べてみたい」

それで男も黙った。女は小袖の下に真っ赤な襦袢《じゆばん》がちらりと覗いた。

竈の火はもう落としていたが、土間に置いた焜炉《こんろ》に炭が燃えている。

鮪は一晩味噌に漬けて一度拭《ぬぐ》って、夕方に焼いたもの。

冷めきって脂が固まっているので、炭の火で焦げないようちりちり炙って脂を溶かす。

味噌が香ばしい匂《にお》いを漂わせる。

飯は夕方に残りを握っておいた。やはり冷めているのでもう一つの焜炉に鉄輪を置いて、表面を焼いて焦げ目をつける。味はついていないが、飯がほどよく温まる。

もう一つ、焜炉に真水を張った鍋をかける。

蛤とのほのかな友情はここまで。塩水から貝だけ四つ摘まみ上げて焜炉の鍋に移し、まとめて釜ゆでの石川五右衛門《いしかわごえもん》になってもらう。さようなら。来世はもう少しわかりやすい生き物になって。

なびきが折敷《おしき》に鮪の皿と焼き飯の茶碗《ちやわん》と芋の煮ころばしの鉢、糠漬けの小皿を並べて床几に置くと、女の顔がぱっと輝いた。

「鮪って焼いて食べるのねえ。おにぎりも焼いてあるの？」

女は面白そうに見ていたが、わざわざ違う床几に座った男にちらちら目配せをした――

男はいかにも気まずそうに答えた。

「横向いたまま食べるんですよ」

「あら」

男が渋々といった様子で箸《はし》を取ったので、女も真似《まね》をした。二人とも、床几に折敷をじかに置いたまま身体をねじって、器を手にしないまま箸だけで食べるのは落ち着かないようだ。

皿の位置が低すぎると思っているだろう。

普通、おかずの皿はそれなりの高さの膳《ぜん》に置き、飯茶碗を左手に持って食べる。お殿さまでも長屋の大工でもそうする——

薄っぺらい折敷に何もかも置いて、身体をねじって低い皿から料理を食べるのは、床几で食事をさせる下町の煮売り屋、居酒屋だけの作法だ。別に下町の掟《おきて》ではなく、客のためにいちいち膳を用意するとかさばって場所を取るから料理を出すのに折敷を使っている。

「安く飯が食えるんだから何でもいいだろう」という話。もう少し客に気を遣う上等な料理屋ならちゃんと膳で出す。

慣れている人はご飯とかおかずとか考えずに食べたいものの皿を左手で持って食べる——屋台なら床几すらなく、蕎麦の丼《どんぶり》を左手で持ってその場にしゃがんで食べるしかなかったりもする。腹が満たされれば何でもいいという人は思ったよりたくさんいる。

居直って下駄を脱いで床几に片膝《かたひざ》を上げて横向きに座り、正面から料理に向かう人もいる。褌が見えたりするのでよほど身なりをかまわない、がらっぱちの駕籠舁きなどしかしないが。

この二人は、男の方も外食に慣れていない様子だ。

女は外では蕎麦屋に入るのも気が引けるが、世の中の若い男は胃の腑《ふ》に風穴が空いてでもいるのかいつでも腹を空《す》かしていて、ちょっと腹が減ったら屋台で買い食い、そんなものだと思っていたのに――辰がそうなのだが――

女は所作が綺麗だ。鮪のさくは大口で食らいつく男衆のために大きめに切ってあるのを、彼女は箸で丁寧に千切って小さくしておちょぼ口でいただく。箸を使う右手に左手を添えるのを見ていると、なびきは自分が日頃大きく口を開けてものを食べているのではないかと恥ずかしくなった。

男は一口二口食べただけで箸を置いてため息をついていた。

「味噌に漬けなきゃ食えない鮪なんて本当に貧乏人の食い物じゃないか。しかも脂でギトギトだ。情けねえ」

「美味しいわよ」

女が言ってくれるのがお世辞でもありがたい。なびきはそう思うことにした。

こんなわけありの男女のための蛤料理といえば一つしかない。

奥ゆかしい神さまが皆まで言わずとも、料理人なら察しろ。半人前でも。

この二人に必要なもの。今のなびきでも作れる。

鍋がぐらぐら沸いたので、頃合いだ。なびきは鍋を火から下ろして藁《わら》を編んだ鍋敷きに置く。

蛤は無惨にぱっくり四つとも綺麗に貝殻が開いていた。新鮮な証《あかし》だ。辰の桶やなびきの塩水は快適だったらしい。南無阿弥陀仏《なむあみだぶつ》、南無阿弥陀仏。

弔いのつもりはないが塩を少し振る。ここが料理人の勘所。

汁はかすかに白っぽく見える。

「汁が温まりました」

なびきは蛤を二つずつ汁椀《しるわん》に入れ、鍋の汁を注いだ。

その汁椀を、まず女の方に出した。次に男の方に。

「蛤の潮汁《うしおじる》です」

蛤の潮汁は至極単純な料理だ。

蛤を水から煮て沸かして、ほんの少しの塩で調味する。鰹節《かつおぶし》だの昆布だのの出汁《だし》は引かない。貝から出る旨味《うまみ》だけを味わわせる。

辰ご自慢のただ焼けば美味い蛤にそれ以上の工夫をするのは失礼というものだった。

素材の味を引き出すのに料理人の腕が必要ない、わけではない。塩を入れすぎれば台なしだし少なくても残念だ。

塗りの汁椀の中を見て、楽しそうに微笑《ほほえ》んでいた女の顔が強張《こわば》った。

愚痴をこぼしていた男の方は――

箸が土間に転がった。カタカタと床几が揺れる音がした。

男は震えていた。右手が震えるのを左手で握って無理に止めた。

――怖がられるとは思っていなかった。

「どうして？」

女の方がかすれた声を上げた。

見たらわかる。誰にでも。

「お二人、欠落《かけおち》ですね」

そのとき、鐘の音が響いた。すぐ近く、日本橋は本石町《ほんこくちょう》の時の鐘だ。

最初の三回はこれから時報が鳴ると知らせる短い音。捨て鐘と呼ばれる。本物の時報の音と区別するため、「ゴーン・ゴン・ゴン」と最初を長く、次二回を短く独特の拍子を取る。

時報の鐘は、長く響く。響く間にもう一つ、鐘が鳴り始める。北東の上野寛永寺。はっきり聞こえるのはその二つだが、耳を澄ませるとかすかに他にもいくつかの寺の鐘が遅れて続くのがわかる。

全部で十一あるらしい——市《いち》ケ谷《や》八幡《はちまん》、赤坂円通寺《あかさかえんつうじ》、芝増上寺《しばぞうじょうじ》、目《め》白不《じろふ》動尊《どうそん》、浅草寺《せんそうじ》、本所横堀《ほんじょよこぼり》、四谷《よつや》天龍寺《てんりゅうじ》、目《め》黒祐天寺《ぐろゆうてんじ》、目白新福寺《しんぷくじ》。

鐘の音が四回、夜四ツ。

江戸の町はこの音に包まれている。

「うちってお酒を出してないからこの頃合いにご近所のお客は来ないんですよ。近頃は渋々お昼を食べに来る人ばっかり」

鐘が鳴り終わるのを待って、なびきはそうつぶやいた。

この時刻に食べ物屋に入ったらこう聞くものだ、「酒はあるか?」と。「ない」と答えると舌打ちされる。この二人は酒がないのを不満に思わなかった——

ちんちくりんのなびきのことは歯牙《しが》にもかけないとして、男は連れの女に酌をさせる気がまるでない。

よほど急いでいるか、女の方が目上か。

女は地味に見えて派手な裾模様の小袖で下に着込んだ襦袢まで派手。この小袖に合う幅の太い帯を締めていたのを外して、裾をたくし上げるしごき帯だけにした。

きっちり化粧をしているのに島田が緩んでいるのはいかにも目立つ簪を外して懐《ふところ》にでも入れているから。

男の小袖は紺の縦縞でいかにも奉公人のお仕着せだ。職人やら振売やらは股引や脚絆《きゃはん》で足もとを動きやすくしているものだが、恐らく彼は普段、前垂れをしている。あまりしゃがみ込んだりしない。

店の名前が大きく入っているので外してきた、というところか。

「女の人はこういうお店になかなか来ないものですが、お兄さんもあまり慣れていませんね、床几で横を向いて食べるの。住み込みで働いててご飯が出るから外では食べないんですか?」

商家では番頭、手代、丁稚《でっち》、偉い順に膳を並べて目下の奉公人は目上を気遣いながら正座して食べるとのことだ。

奉公に出る子は実家に仕送りしなければならないので、よほど出世しなければ自由になる金はほとんどない。それでも若者は空腹に耐えかねて大福のような安くて甘くて腹に溜まるものを買い食いするかもしれないが、一食丸々外食する余裕はない。

この店のある紺屋町は染物屋、金釘《かなくぎ》や指物《さしもの》の問屋が何軒かある。

その奉公人は皆、煮売り屋〝なびき〟に来ない。奉公する店で出る三食をきちんと食べて煮売り屋の世話になどならない。お使いの途中で店の前を通りかかることがあるが、こちらが煙を漂わせて魚を焼いていると、彼らは皆が皆、せつなそうな顔をして逃げるように去っていく。

客として来るのは出入りの職人や大工や振売、駕籠舁き、十手持ちなど、その日暮らしの人々。

男の方だけ、刺身では食べられないような鮪に火を通して食べたことがある——

「でもここで足止めになってよかったですね」

「——よかった？」

なびきは親切のつもりでそう言い、女がうつろな調子で繰り返した。

「さっき鳴ったの、夜四ツの鐘だからたった今、木戸が閉まりました」

江戸は細かい町に分かれていて、板塀と木戸で仕切られている。

木戸は朝方、明六ツに木戸番の番人が開き、夜四ツに閉まる。

閉まった後は番人に頼まなければ通れない。

産婆、医者なら何も理由がなくても通してくれる。知り合いなら多少の嘘《うそ》や金子でごまかせるだろう。

だが全然知らない相手では——

大店は夜中に奉公人を好き勝手出歩かせたりしない、朝が早いのだから夜はさっさと寝ろと命じるだけだ。娘なら尚更《なおさら》。

だから二人とも江戸で夜歩きするすべなど知らなかったのだろうが——

もう一つ、彼には隙《すき》があった。

なびきが教えてやらなければならなかった。

「お兄さん、右手に血がついていましたね」

左手で女の手を取って暗い中を歩くのに必死だったのだろう。

暖簾をかき分けた指先が赤かったが、なびきは最初、見なかったふりをした。男は下駄の鼻緒をすげるときに拭っただろうか。

「どこまで行くつもりだったかわかりませんが、どこかで止められますよ。捕まります」

人目につかない暗い頃合いに二人でこっそり家を出るとして、覚悟の欠落ならもっと早くに出る約束をしないと。

この時刻はもうどこへも行けない。

江戸の町は十一もの鐘の音で雁字搦《がんじがら》めに縛られている。

なびき一人で頑張って夜中に暖簾をかけて灯りを点けていても、お上が夜は寝ろと言えば夜鳴き蕎麦と夜鷹以外は皆寝るしかない。

世の中、そういう風にできている。

何も考えずに飛び出して――鼻緒が切れなくてもそう遠くへは行けなかっただろう。

「平太《へいた》は悪くないの、わたしが悪いの」

女は手で顔を覆い、声を詰まらせた。

「伊州屋《いしゅうや》は菓子問屋の大店、茶会の菓子の手配で大奥のお上臈《じょうろう》とも懇意にしているのにその娘が好きの嫌いので手代の嫁になっちゃいけないって兄さんが……兄さんがわからず屋だからつい突き飛ばして……平太は助けようとしてくれたのに、わたしが無理に……」

「お嬢さんは悪くない。事故だったんですよ」

男の方は顔を上げた。先ほどの怯《おび》えた様子は消えて、覚悟が決まったようだった。

「でも若旦那をあんな目に遭わせたんだ。戻りましょう。お嬢さんは家族思いだ、若旦那を見捨てて逃げるなんてできないでしょう。戻る分には木戸番に正直に事情を話せばいいんだ。相手も鬼じゃあないでしょう」

「きっとあなたのせいにされるわ。あなたがわたしをそそのかして拐《かどわ》かしたんだって折檻《せっかん》される」

「若旦那はそんな人じゃないですよ。傷の具合が心配だ。助けに戻らないと」

男は汁椀を手に、立ち上がって女の隣に座り直した。椀を女のと取り替える。

「おれはいいんです、こうして……ここの娘さんが、おれたちの祝言を挙げてくれたんだ」

「祝言」

女が唇を噛《か》んだ。

「そう、祝言。脂ギトギトで腐りかけの鮪でも」

男は笑っていた。寂しそうでも笑っていた。

「祝いの膳食ったらおれとおじょ……おさえは夫婦だ。戻っても変わらない。そうなんだろう？」

と、顔をこちらに向けてなびきに尋ねた。最初、警戒していたのが嘘のように穏やかに。こちらの方がどんな顔をすればいいのかわからず、頭を下げた。

「お酒があれば三三九度もできたんでしょうけど生憎切らしていて、ごめんなさい」

「いいや、十分だ。ありがたいよ」

——婚礼の吸い物は蛤、と定めたのは八代将軍吉宗《よしむね》公だ。

大名や豪商の祝言に鶴《つる》やら白鳥やらで豪奢な御馳走《ごちそう》を作るのを禁じるため。贅沢禁止令の一環だ。蛤より高価な食材を使ってはいけない。野鳥が減っているので、狩って食べてはいけないというのもあった。

おかげで今では場末の煮売り屋でも湯を沸かすだけでお姫さまの婚礼と同じ吸い物が出せる。いいのか悪いのか。

男は吸い物をすすり、ため息をついた。

「——美味い」

――それは。

失敗作だ。

女の、おさえの涙が入って味が変わった。

いくらなびきが未熟者でも湯に塩を入れるだけの料理でしくじっていては世話はない。

やがておさえは泣き止み、自分も吸い物を飲んで、平太と二人して料理をついた。

二人の邪魔をしないよう、なびきは鍋を洗い始めた。水甕《みずがめ》の水を柄杓《ひしやく》でかけて濯《すす》ぐだけだが。

おさえは吸い物の蛤を箸で取ろうとしたようだ。

「貝から身が外れない。指で外すの？」

「蛤の吸い物は汁だけ飲むんだよ。貝は出汁ガラだから食べない」

「こんなに身が大きいのに勿体《もったい》ないわ」

江戸にはよくある微笑ましい会話だ。

名づけて、なびきの山吹汁。その心は――

気づいてなびきは鍋を抱えたまま動けなくなった。

神棚を目だけで見上げる。煤《すす》けた戸はぴったりと閉めてあって中が見えない。

ご飯の神さまは何て意地悪なのだろう――

女神が夢の中で歌っていた古歌は。

〝七重八重花は咲けども山吹の実の一つだになきぞ悲しき〟

こんなに大きな蛤が二つも入っているのにこの汁には実が入っていない、という笑い話なのかと今の今まで思っていた。

本当の意味は。

二人の恋はいくら美しくても実を結ばない――

そうではないかと思った途端に息が詰まった。

全身から血の気が引いていった。

「娘さん、ありがとう。目が醒《さ》めたよ」

なびきがすくんでいるのに、平太は立ち上がってお辞儀をした。

「あんたのおかげだ。止めてくれなかったらおれたち、どうなっていたか」

「本当、わたしたち馬鹿だったわ」

おさえも彼に倣う。

「――わたし、何にもしてません」

なびきはかぶりを振ったが、二人とも笑って取り合わなかった。

「今日のところは礼を言わせてくれよ」

「ご飯、美味しかったわ。また来ます」

「今度は昼に」

それで二人は代金を床几に置いて店を出ていった。手をつないで。

なびきは何もしていない。

鼻緒が切れたとか鐘が鳴ったとか、何だ。

そんなものは運命ではない。

「……あのっ！」

なびきは自分も暖簾をくぐり、往来に出た。

二人はもう闇《やみ》の中に消えて後ろ姿も見えなかった。

——木戸が開く明六ツまでこの店に二人をかくまってやることもできた。

そうすればどこかに逃げられたのではないか。

走って逃げられるのは運命ではない。

親兄弟から勘当されて人別帳《にんべつちょう》から名を消されても、江戸には仕事なんかいくらでもある。

二人で生きられれば何でもいいではないか。

なびきには、料理を出すより他にしてやれることがあっただろう。

涙が落ちた。

二人とも、全てを捨てても逃げたいと思っていたのにどうして。

塩水なんかで諦めていいものではなかったのに。

気怠《けだる》い七月の暑さの中。

月明かりが煌々《こうこう》と射《さ》す中、なびきはいつまでも立ちつくしていた。

二話　甘酒と白雪糕《はくせつこう》

1

神田紺屋町は染物屋ばかりあるわけではない。堀割が藍染川《あいぞめがわ》という風情ある名前だが、ここで二つの川が合流するので「会い初め川」だという説もある——名は美しいが、所詮《しょせん》堀割なので水の流れる大きな溝《どぶ》だ。物は言いようだ。

今、有名なのは紺屋でも堀割でもなく、山城屋《やましろや》の芥子《けし》入りかる焼き煎餅《せんべい》。砂糖入りの餅《もち》を薄く伸ばして歯触りよく焼いた気取らない菓子。普段のおやつにも、ご贈答用にも。

他には指物《さしもの》と桶《おけ》と金釘《かなくぎ》、様々な問屋が並ぶ雑多な町だ。刀鍛冶《かたなかじ》や鼈甲《べっこう》の工房もある。変わったところでは小さな社や鳥居を売る宮屋。一間より小さいものは組み立てたのを店でそのまま売るらしい。

鉄を溶かせるほどの炉は大きな工房にしか作れないので刀鍛冶や釘は職人が住み込みで交代で火の番をするしかなく、紺屋も藍玉《あいだま》を大きな樽《たる》で仕込まなければならないが、その他は皆、居職《いじょく》の職人が作っている。

大工や左官など現場まで出向いて家を建て、壁を塗る職人が出職。自宅の作業場で物を作るのが居職。指物は平たい板で文机《ふづくえ》や簞笥《たんす》を組み立て、曲げ物は板をたわめて丸めてわっぱや桶を作る。鼈甲細工も最終的に小さな簪《かんざし》や根付《ねつけ》に仕上げるのだから居職だろう。宮屋も居職なのか。

工房の職人は工房で飯が出、大工はその都度、現場の近くで銘々飯を食うとして、ずっと家にいる居職の職人が煮売り屋の主な客層だ。

煮売り屋〝なびき〟があるのは一つ二つ裏手に入ったところ。なので通りかかるのはもとから詳しい近所の人か、気紛れに近道を探す人、表通りの混雑が嫌になった癇癪《かんしゃく》持ち、こうなったら江戸のあちこちを歩き回ってあらゆる道を知ってやると意地になっている駕《か》籠舁《ご　か》きなど。家と問屋を行ったり来たりして紺屋町から出ない簞笥職人、桶職人が一番の上客だった。

煮売り屋〝なびき〟は今、よんどころない事情で店主不在。十四歳のなびきが代わりに店を守って客に食事を出している。

それが〝神棚の神さま〟を守ることにもなる。

ささやかながら三十余年前に飢饉《ききん》から人を守った力ある神だ。

なびきは四つの頃から久蔵に料理を教わっていた。ずっと店で注文を聞いて料理を出し、洗い物、勘定も手伝っていた。

要領は心得ていたはずだった。

二日目でつまずいた。

煮売り居酒屋〝なびき〟は場末ながら、麹町《こうじまち》の問屋から上方の下り酒を仕入れていた。寿司《すし》と蕎麦《そば》は江戸前、酒は上方と相場が決まっている。

出入りの酒屋は言葉は荒いがいい人だ。

と思っていた。

その日、酒を買うことになって、なびきは小さなお猪口《ちょこ》で酒の味を見た。客に受けがいい切れのある辛口。

確かめて、土間に酒を吐き出した途端――

「小娘！　上方の諸白《もろはく》を吐きやがったな！　米の酒は命の水だぞ、何だと思っていやがる！」

四十がらみの酒屋がいきなり大きな声を上げて戸を蹴りつけた。なびきはすくんだ。

「おれを舐《な》めてるんだな、ええ⁉」

凄《すご》まれて返事ができない。

江戸では酒は水で割って飲むものだ。その割合は店によって違う。店で樽ごとに味見して水をどれくらい入れるか決めて、いつも同じくらいの味にしなければならない。

酒屋の卸す生《き》の酒は強くて飲んだら酔っぱらってしまう、久蔵も味を見たら吐き出していたものだった――真似《まね》をしただけだったのに。

言いわけしなければと思ったが相手は大人の男だ。のどが詰まって言葉が出ない。

「こんな店に酒は卸さねえぞ！　二度と来ねえからな！」

酒屋は怒鳴りつけて、その日売ってもらうはずだった樽を大八車ごと、そのままどこかに持っていってしまった――

以来、煮売り居酒屋〝なびき〟は〝酒のない煮売り屋〟になった。

客足は一気に遠のいた。

夕食を食べに来る客がほぼいなくなったのだが、呆《あき》れたことに昼でも「酒がない」と聞くと客は舌打ちして出ていってしまう。まさかご近所にこんなに昼酒飲みがいて、真面目《まじめ》だと思っていた職人たちが酒を飲みながら仕事をしていたとは。

久蔵がいて酒があったときは「かわいいなびきちゃん」と親切だったご近所の客が、なびき一人になった途端に手のひらを返して「酒も出さないいちび」と声高に罵《ののし》るようになった。

正直なびきは見目がよくない。髪が茶色くて柔らかいくせ毛で銀杏髷《いちょうまげ》が不格好になる。みっともないので手拭《てぬぐ》いを姉さんかぶりにして、食べ物商売だからとごまかしている。飯を炊くと煤《すす》だらけになるので安物の海老茶《えびちゃ》の小袖《こそで》に襷《たすき》をかけている。近頃《ちかごろ》はそばかすも多く、いつもうつむいている。

そこに面と向かって不器量呼ばわりされると応《こた》えた。

2

「あの酒屋、よその店に酒を卸したらしいよ。なびきちゃん一人だからって見くびって難癖つけてきたんだ」

おくまは息を巻いた——小さな店とはいえなびき一人で料理から勘定までこなすのは無理なので、裏の長屋から手伝いに来てもらっていた。

おくまはふっくらした丸い顔にすぐ喜怒哀楽が出てよくも悪くも裏がなく頼り甲斐《がい》がある。白髪の混じり始めた丸髷《まるまげ》に飾り気はなく、今日は枇杷《びわ》茶《ちゃ》色に棒縞《ぼうじま》の洗いざらした小袖を着ていた。やせて見えるそうで棒縞ばかり着ているが効果のほどはどうなのやら。年齢を聞いてまともに答えてくれたことはないが三番目の息子が十六で、多分四十代後半だ。

「きっと隣の荒物屋の差し金だよ。久蔵じいさんがいないうちにこの店を立ち退《の》かせようって肚《はら》だ」

と小声でささやいて、一人でぷんぷん怒っていた。

お隣の荒物屋は元々「神憑《かみがか》りの飯屋」を忌《い》み嫌っていたが、去年、娘が婿《むこ》を取って以来、店を広げたがっていた——それで煮売り屋〝なびき〟に「出ていけ」とやんわりとあるいは直截《ちょくせつ》に何度となくせっついてきた。勿論《もちろん》、「後から来ておいて図々《ずうずう》しい」と久蔵は歯牙《しが》にもかけなかったのだが。

なびきは複雑だった。

「荒物屋さんはともかく酔ったお客さんの世話をするのは怖いから、おじいちゃんが戻るまでお酒はない方がいいかも……」

男の怖さが身に沁《し》みた。

おくまは大工の嫁だが亭主が病がちで洗濯屋で働いて、女でも骨が太かった。三人の息子を次々職人の弟子に出し、すっかり暇になった、もう男の子にかかわるのはうんざりだとうそぶいてことあるごとになびきの世話を焼いてくれる。彼女が裏の長屋に住んでいなかったら武骨で無愛想な久蔵と二人で、なびきは途方に暮れていただろう。

久蔵すらいない今、もはや味方はこの世に彼女一人のようだった。

「おじいちゃんがご飯の神さまのご利益とか言うから博打《ばくち》とか仁義とか、怖いお客さんも多かったし……お酒がないだけで堅気の男の人がこんなに怖いんだから渡世の人とか来たらわたし死んじゃいます」

「あんまり無頼なのは流石《さすが》にあたしも気が強いだけじゃあね」

〝ご飯の神さま〟は強い神ではないので、そのご利益は選ばれし者にわずかながらお裾分《すそわ》けする程度だったが、ご利益やら幸運やらと聞いて真っ先に飛びついてくるのはそういう層だった。たちの悪いのは久蔵が追い払っていたが、全員を拒んだわけでもなかった。

ということで隣に博徒《ばくと》や渡世人が出入りするのは嫌だという荒物屋の主張もわからなくはない——荒物屋が開店したのはつい五年ほど前で、文句を言われる筋合いなどなかったが。

「今から思えば久蔵じいさんも只者《ただもの》じゃなかった。料理人にしちゃ妙に肝が据わって目つきが悪かった。同心や旗本相手でも怯《ひる》まないし」

「いっそ女の人のお客を呼べないかなあ……」

なびきは夢想する。客が皆、おさえのような上品な女ばかりで、素直になびきの料理を褒めてくれたらどんなにいいだろう――

――上品な女は床几《しょうぎ》に料理を置いて横を向いて食事をしない。串団子《くしだんご》や椀《わん》の汁粉をいただく程度ならまだしも、男ばかりたむろしている煮売り屋にはまず近づかない。いちいち欠落《かけおち》だの何だの命懸けの事情を抱えて駆け込んでこられるのもなびきの心臓に悪い。

煮売り屋〝なびき〟では店内で食べるだけでなく、惣菜《そうざい》を持ち帰りすることもできる。が、これは独身男向けの商売で、女が焼き魚やら煮豆やら買って帰ったら「それくらい自分で料理しろ」「亭主や子供がかわいそうだ」と近所で噂《うわさ》になるのは目に見えていた。現におくまが料理下手で朝食からお正月の仕度までなびきに頼りきりなのを、隣の荒物屋が口やかましく言い立てていた。おくまはちゃんと代金を払うばかりか代わりになびきの着物を洗い張りしてくれて、「切り干し大根なんか得意な人が煮ればいいじゃないか」と気に留めなかったが、気の弱い人なら病む。何も悪いことなどしていなくても――世の中はそういうものだ。

なびきの置かれた環境はなかなか煮詰まって焦げつきかけていた。

一刻も早く久蔵に戻ってもらい、酒屋に抗議するか麴町の他の酒屋をあたるかして新しい酒を仕入れてもらうしかなかったが、後何日かかるのやら。

今、久蔵は富士山の二合目か四合目にいるのだろうか――

「女の客、増やしたいなら甘味だろ。汁粉煮て売れよ」

と無責任なことを言うのは棒手振《ぼてふり》の辰だった。どこから立ち聞きしていたのか唐突に裏口から口を挟んできた。

「お惣菜作ってお汁粉まで売る余裕はないです。ご飯食べたらお汁粉入らない女の人もいるし」

「いっそ甘味屋にしちまえよ。食べ物屋なら何でもいいだろ。団子と大福売れ」

「冗談きついですよ本当」

辰は甘党だ。自分が小腹が空《す》くとすぐに饅頭《まんじゆう》だのあんころ餅だの買い食いするのでそんなことを言う。今は若くて走り回っているので食べても消えるが、三十過ぎたら太る。

煮売り屋〝なびき〟改め甘味屋〝なびき〟――辰のような甘党の男ばかりが店にあふれ返るのを想像してなびきはげんなりした。

「おじいちゃん、長くても半月で帰ってくるのに留守中に甘味屋にするのは駄目です……初代から伝わる老舗《しにせ》をそんな簡単に」

「どうせじいさんもう六十なんだから楽隠居させちまえよ。顔も知らねえ初代なんか気遣うな。お前が好きな店をやれ」

「わたしを励ましてるふりしてるけど辰ちゃんが甘味食べたいだけでしょうが。甘味屋になったら魚、買わなくなりますね。今日のお仕事はいいんですか」

「ああ、うん、今日のはちょっとはずれって言うか……」

辰は鼻を掻《か》いて言葉を濁した――魚河岸《うおがし》で競り負けて仕入れがいまいちらしい。

自信がないとすぐに態度に出る。何だかんだで人がいい。棒手振の辰は裏表のない正直者だった。酒屋があの態度なのだから、久蔵がいるときといないときで何も変わらない彼はものすごい善人かもしれなかった。

「桜海老《さくらえび》、新しいけど細かすぎて雑魚《ざこ》っぽい。ちょっとばかり旬《しゅん》より遅いし。これ殻剝《からむ》いたらなくなっちまうよ。釜揚《かまあ》げで食うのか？　殻ごと煎《い》りつけて？　食ったら骨が太くなって身体《からだ》が丈夫になる？」

今日は桶に薄紅色の小さな海老がみっちりと。大きさは指の先ほど。海老はゆだると赤くなるものだが桜海老は生の頃から赤い。新しいというのは本当でまだピチピチ音を立てて跳ねて、桶から飛び出しそうだった。

「いや、これは買うでしょ……二つ、桶で買いますよ辰ちゃん」

「え？」

「海老は揚げなきゃ！」

幸い、菜種油は山ほどあった。

久蔵から天ぷらの揚げ方は教わっている。

夜は火事を出しやすいので絶対に昼間にすること、火加減に気をつけること——後一つあったような気がするが、多分やっている間に思い出すだろう。

天ぷら鍋《なべ》で油を熱して、一匹海老を入れてジュウジュウ音を立てるようなら思いきってひとかたまり入れる。まだ生きている海老には気の毒だが、香ばしい匂《にお》いが罪悪感を上回った。

容赦なく揚げて、油から引き上げて皿の上の半紙に載せたらぱらぱらと塩を振るだけ。新鮮な海老にはこれで十分だ。

なびきも指でつまんで味見をする。殻の歯応《はごた》えと磯の匂いの向こうに海老のほんのりとした甘味。殻はあった方がいい。暑い秋に熱い揚げ立ての天ぷらで汗を流すのは粋だ。

おくまと辰にも皿を差し出した。

おくまは海老を口に入れると揚げ物の熱いのにはふはふ唇を動かした。目が輝くのをなびきは見逃さなかった。

「これは桶二杯売れるよ！　やったね辰の字！」

肝心の辰の方は少し首を傾《かし》げた。

「……まあ美味《うま》いよ。美味いけど飯のおかずか？　酒の肴《さかな》じゃねえか？　これ出して酒がないってなったらかえって飲み助どもが暴れるぜ」

辰は正直者だ。商人なら黙って桶二つ売っていけばいいのに、率直すぎる。

「なびき、お前、飯の神さまに言われてこの桜海老買うのか？」

「違います」

なびきは即座に答えた。

――実際に違う。

今日見たお告げの夢は、甘酒だった。


例の顔がおぼろげな女神さまがはらはらと泣いている――なびきは慰めるでもなく、桶を持って女神さまの顔の下に差し出していた。そんなことはしたくないのだが夢の中では抵抗できない。

涙が桶に溜《た》まると、それは澄んだ水ではなく白く濁った液体で、麹《こうじ》の粒まで入っているような――

少し味見して、麹の粒を漉《こ》し取るか生姜《しょうが》の絞り汁を入れた方が好みか、と思っていたら目が醒《さ》めた。

甘酒が目から出たものでよかったと思った。口から出たもので粒入りというのはいろいろと考え込んでしまうので。

たまに〝ご飯の神さま〟はとんでもないところから食材を出してきて、夢だと思っていても何となく気まずい。そんなことがあった。

甘酒は米麹と洗った米を混ぜて遠火の炭火で沸かさないように煮て作るが――それこそ

甘味屋で出すか、天秤棒《てんびんぼう》で桶を担いだ甘酒売りが売り歩く。煮売り屋で出すものではない。米麹の持ち合わせもない。

なびきはそもそもこのお告げをなかったことにした——

蛤《はまぐり》の件で裏切られたと感じたので。久蔵は神さまにお供えをしろと言ったが、お告げに従えとは言っていない。

自分で考えなければ、店を盛り上げる方法を。神頼みなどに頼っていてはいけない。

海老の揚げ物は匂いがいいので集客につながるはずだ。

「——ご飯は天つゆで食べてもらったらどうでしょう」

「天つゆ？」

試作をしてみて、いけそうだったのでいつも通り中食用に飯を炊き、豆や切り干し大根を煮、漬け物を刻んだ。

それに加えて鰹出汁《かつおだし》と醬油《しょうゆ》と味醂《みりん》で天つゆを作った。醬油も味醂もたっぷりで江戸っ子好みのべたっとした甘辛。

本命の天ぷらは、食べる直前に揚げる。すっかり他の仕度を済ませてから始める。

——つまり。

桜海老はうどん粉のゆるい衣でまとめて揚げる。杓子《しゃくし》ですくえるほどゆるい衣で丸い形を作る。ついでに青い紫蘇《しそ》の葉と切った秋茄子《あきなす》にも衣をつけて揚げる。油を吸った秋茄子が不味《まず》いはずはない。

大きめの茶碗《ちゃわん》に飯を盛って、揚がった丸い天ぷらと紫蘇の葉、茄子を載せる。揚げ衣の黄色と海老の赤と紫蘇の緑と茄子の紫で見た目にも鮮やかだ。

最後にてっぺんから茶色いつゆをかける。

「何だよ、おかずを飯に載せるとか不精にもほどがあらあ」

辰は鼻白むが、汁かけ飯が許されてこれが駄目だという掟《おきて》はない。

「これで絶対に海老天がご飯のおかずになりますよ」

先に〝ご飯の神さま〟にお供えして、裏の分の差し入れを作って届けた。

売るのにも工夫が要ると思った。

店の中の床几を往来に出っ張るように表に出す。秋の青空は高くまで澄んで、今日も暑くなりそうだ。隣近所の店が打ち水をして道は湿った土の匂いがした。

表に出した床几におくまと辰を座らせて茶碗と箸《はし》をそれぞれ持たせた。

昼前の往来は混雑する表通りを馬鹿正直に歩いていられないというせっかちな人が足早に通る。下町が珍しくてきょろきょろしている人もいる。

日本橋、武家屋敷、上野の寺、よそに用事があって神田を通る人はとても多く、お使いの丁稚《でっち》や腹掛けを見せた振売、職人ばかりではない。羽織を着た風格ある商人、道服姿の茶人、寺参りなのか振り袖を着てお伴を連れたいいところのお嬢さんなどもいる。

なびきは二人に小声でささやいた。

「お茶碗を左手で持って食べてください。一口食べるたびにこう、〝なびきの天ぷらご飯、これは美味しい！〟と一言」

「仕込みじゃねえか」

「芝居小屋じゃサクラなんて当たり前だよ」

「賄いでサクラさせるとかどういうことだよ」

「辰の字は賄い食べる立場じゃないだろ」

辰はぶうぶう言っていたがいざ天ぷらをかじり、つゆの垂れた飯を口にすると、無言でかき込み始めてしまった。

おくまの方が意図を理解していた。彼女はちょっぴりだけかじって大声を上げた。

「ああーっなびきちゃんの天ぷらご飯は美味しい！　あたしも一応女なのに飯屋で昼を食べるなんてはしたない、でも止まらないー！」

——いかにもわざとらしいが、仕方ない。何人か振り返った。

この辺でやっと辰が我に返った。

「なびきの天ぷら飯、これは美味い！」

もう半分ほどになった飯茶碗を手に、唐突に語り始めた。

「海老は天ぷらに限る！　こんなちっせえ桜海老もまとめて揚げりゃあ伊勢《いせ》海老に勝る！お高くとまって食えない伊勢海老一匹よりも今すぐ食える桜海老二十四！　熱々で海老の匂いがたまらねえ。飯に天ぷら載せるたあ何ごとだ。甘い天つゆでベチャベチャにふやけた衣で飯が汚れる、だがこいつが美味い！　気取らない美味さだ！　天ぷら飯、お殿さまのご馳走《ちそう》もこいつにゃ敵《かな》うめえ！」

——サクラというか、完全に魚屋の口上だ。今日の彼の切れのなさはこれまでずっと桜海老の煎り煮を嫌々食べていたせいだとわかった。辰の口上の間、今度はおくまがカリカリと音を立てて天ぷらをかじっていた。

なびきは、自分でやれと言っておいて無性に恥ずかしくなった。ここまでするとは思っていなかった。

「——ソレ、売り物なの？　食べたい」

だが振り向いた人がこちらに話しかけていた。細身で総髪で垂髪《たれがみ》の——女の人？　切れ長の目が涼やかで整った顔をしているが、一見して美少年なのか美女なのか迷った。

珍妙な扮装に目を奪われて。

桜色の小袖はわかる。赤地に黄色で鮮やかな蝶々《ちょうちょう》の描かれた太い帯は吉原《よしわら》の遊女のものでは。極めつけに一番上に小さな黒い袈裟《けさ》をかけて、尺八と四角い笠《かさ》を手にしていた——細身の美形と遊女の帯はまだしも、虚無僧《こむそう》の笠と尺八が嚙み合わなくてなびきはしばし悩んだ。笠は天蓋《てんがい》というのか？

「ネエ、天ぷらご飯ッて売り物なんじゃないの？」

なびきがぼうっとしていたので、女虚無僧に聞き返された。辰にも肩をつつかれた。いつになく表情のない顔に「オレは知らん、客の相手はお前がしろ」と書いてあった。

「は、はい、天ぷらご飯一つですね！」

なびきは精一杯お辞儀をして竈《かまど》に戻り、天ぷらを揚げる。――いくら真似でも女が虚無僧の格好をしたら捕まるのではないか。

真似ではなく本物？　女は虚無僧になれたか？　本物なら遊女の帯はしないのでは？　そもそも虚無僧って何をする人？　目のところだけ透けた深編笠で顔を隠して尺八を吹いて？　神田で十年、煮売り屋をやっているが客として出会ったことがない。どこかの寺の縁日で見かけたことならある。

上の空だったが、天ぷらはからりと黄色く揚がった。よそごとを考え込んでいるほど手が動いて料理がはかどるのはなびきの取り柄だ。ご飯を盛って天ぷらを載せ、つゆをかけて漬け物の小皿と一緒に折敷《おしき》に並べる。

いつの間にかおくまも辰も床几を立って女虚無僧に譲り、棒立ちしていた。

「ど、どうぞ」

なびきは緊張しながらも、悠々と座る女虚無僧の右側に折敷を置く――床几の左側には編笠と尺八が置いてあったので。

「ありがと」

女虚無僧は箸を取り、左手で茶碗を持って天ぷらにかじりつく――いい音がした。

――虚無僧は僧というからには生臭を食べてはいけないのでは、と思ったときにはもう半分かたなくなっていた。

「ウン、美味しい。すごいね」

女虚無僧がうなずいた。

「あ、ありがとうございます――」

なびきが頭を下げると、よそからも声をかけられた。

「おれももらおうかな、天ぷら飯」

「海老の天ぷら飯だってよ」

女虚無僧が気になるのはなびきだけではなかった。気づいたら往来の皆、足を止めて彼女を凝視していた――振り袖のお嬢さんのみ消えていた。多分お伴が急《せ》かして連れていった。

往来の職人や番頭が次々、座敷や床几に座る。駕籠舁きは駕籠を置き、振売までも天秤棒を置いて店に入ってきた。天ぷら飯など二の次で女虚無僧を近くで見たいだけの者が大半だったのだろうが、なびきは報われた気分になった。これでいい、これでいいのだ――

全然よくはなかった。

ここからが地獄だった。

なびきは竈に向かったが、揚げ物を揚げられるのはなびき一人だ。暑いし熱い。天ぷら油が手にはねる。

脂で顔がどんどんテカテカになっていく。汗が顔から流れ落ちて、天ぷら油に落ちてそれでまた油がはねる。

ご飯をよそって天ぷらを載せ、つゆをかけるのはおくまでもできるが――

「おい、天ぷら飯、まだなのか」

「この茶碗片づけろよ」

客が剣呑《けんのん》な声を上げるのが聞こえる。

おくまが盛りつけ、配膳《はいぜん》、注文取り、勘定、全部一人でやることになると間に合わなくなってくる。

わかっていてもなびきは油から離れられない。揚げ始めた天ぷらは止められない。目を離したら天ぷら油に火が点《つ》いて火事を出す。天ぷらが焦げるなんて些細《ささい》な話だ。なびきはもう一寸も竈の前から動けない。

「辰の字！　あんたも手伝いな！　洗い物くらいできるだろ！」

「オレが⁉　店の者じゃないのに⁉」

「賄い食べたんだから働きな！」

おくまが辰に無茶を言っているのが聞こえたが、なびきにできることはない。油はねの痛みに耐えながら、この天ぷら地獄が早く終わってくれと祈ることしか。

「辰の字、茶碗の油が取れてないよ！　水で濯《すす》ぐだけじゃなくて、藁縄《わらなわ》に灰つけてこするんだよ！」

「結構面倒くさいな⁉　もう天水桶の水がねえ！」

「井戸水でやりな！」

「おい、天ぷら飯まだなのか！」

——思ったより客の声が大きい。まさか店の外に行列ができている？

そのうち、おくまもしくじるようになってきた。

「三十文、ここに置いとくからな！」

「持ち帰り、飯抜きで二つは四十六文じゃないのか⁉」

勘定を間違うとか飯屋にあるまじき——いや、これはおくまが悪いのではない。段取りが悪かったのだ——

そこでなびきは久蔵から教わった天ぷらの揚げ方、三つ目を思い出した。

〝床几を一つ、裏から出して壁に立てかけ店の中の客を減らし、持ち帰りはしない〟——天ぷらを注文が来るたびに都度、揚げていると、客が集まりすぎてこの規模の店でも調理人一人では捌《さば》けない。もっと店の中の席数を減らす。

店の外で待たせている客など客ではないが、店の中に入れてしまったら最後、きちんとあしらわなければ——

久蔵はちゃんと教えてくれていた。今思い出したくはなかった。

打ちひしがれながら黄色の海老天や緑の紫蘇天を凝視していると、昼九ツの鐘が鳴るのが聞こえた。

「おいお前、食ったら駄弁《だべ》ってないで帰れ！　後がつかえてんだぞ！」

「おれが何しようが勝手だ！」

客同士で揉《も》めている気配すら感じる。

どこかから赤子の泣く声までする。

「うるせえぞ、どこの餓鬼だ！」

誰《だれ》かの怒声で、おくまの堪忍袋の緒が切れた。

「あんただっておっ母《か》さんの乳で育ててもらったくせに子供を怒鳴るんじゃないよ！」

「何だババア、やるのか！」

「オウ、おかみさんとやるならアタシが相手だ、表ェ出な！」

怒号が空しく響く。

――やらないで。やめて。ここは仲よく美味しいご飯を食べるところです。どうして争いが起きるの。

もうこの世の終わりだ。

無力感にさいなまれながら、なびきはひたすら手を動かして天ぷらを揚げ続けた。こんな思いをするなら心などいらなかった。

暑くて息が詰まって、熱気でのどまでカラカラだ。倒れそうになるのを我慢する、それしかできない。

桜海老がなくなってやっと解放されたのは、お日さまがてっぺんから少し傾いた頃。

「売り切れ！　なびきの天ぷら飯、売り切れだ！」

自分ではとても声が上げられないので辰に代わりに言ってもらった。

なびきは竈から燃える薪《まき》を掻《か》き出して火消し壺《つぼ》に入れて天ぷら鍋の加熱を止め、茶瓶《ちゃびん》から冷たい麦湯を湯呑《ゆの》みに汲《く》んで続けざまに三杯飲んだが、まだのどが渇いているような気がする。今日は間違いなくこの秋で一番暑い日だった。下穿《したば》きまで汗みずくになって、それも乾いて塩を吹いているだろう。

「……わたし、睫毛《まつげ》ある？　天ぷら油で燃えてないですか？」

「あるある、チャントあるから井戸で顔洗ってきな」

女の声が答えたが、おくまではない。

顔を上げると先ほどの女虚無僧だった——まだいたのだ。近くで見ると睫毛が長くて、惚《ほ》れ惚《ぼ》れするような美形なのになぜ世を儚《はかな》んで。

女虚無僧はなびきの頭を撫《な》でてきた。なびきは人の心を捨てたいとまで思ったのに、どうして虚無僧の方が人間味を見せる。

「……ええと、どちら様ですか？」

「小堀静《こぼりしずか》、人呼んで小《こ》石川《いしかわ》の静御前《しずかごぜん》」

胡散臭《うさんくさ》く思い、尋ねるなびきに、虚無僧は即答した。——義経《よしつね》は山伏だが静御前は虚無僧ではない、いい加減にしろ。

「おしずさん、通りすがりなのに手伝ってくれたんだよ」

と、横からおくまが顔を出して女虚無僧——おしずの肩を叩《たた》いた。

「おかみさんがいっぱいいっぱいだったから途中から勘定、アタシがやってた」

「駄目ですよおくまさん、知らない人にお金触らせちゃ」

「モウ知らない人じゃないよ、おかみさんに絡んできた客もアタシがブッ飛ばした」

「駄目ですよ、お客さんブッ飛ばしちゃ」

手伝うも何も――なびきは頭が痛い。

「何だかアタシのせいで悪目立ちして客が増えちまったみたいだったからさ。責任感じて」

「最初はおしずさん目当ての助平野郎が続々って感じだったんだけど、そのうち、おしずさんも天ぷらご飯も知らないで、行列があるから並ぶかって客が出てきてねえ。おしずさんが呼び水になったんだねえ。あるんだねえあんなこと」

おしずとおくまが説明した。――最後の方は天ぷら目当てですらなかった。一層打ちのめされた。

「おい、なびき、へたるのはまだ早えぞ。茶碗の油が取れねえ。洗い物やれ」

と辰が裏口から顔を出したので、なびきはそちらに行くことになった。

のろのろと裏口から出ると、長屋で共用の井戸のそば、たらいに茶碗が山と積み上がっていた――

――洗い物のことを考えなかったのも失策だった。普段は茶碗、汁椀、煮豆の皿などは防火用で飲めない天水桶の水で適当に濯いで、藁縄と灰で擦《こす》るのは焼き魚の皿だけだ。

だが天水桶はもうほとんど空。だから井戸水を使うことになったのだろう。

辰が指さす天ぷら飯の茶碗には、天つゆ混じりの油汚れがベタッとついていた。

「……天ぷらご飯、美味しいと思ったけどこんな欠点が……」

失敗は人を成長させる。なびきは今日一日で普段の何十倍も成長した気分だった。明日からしばらく成長のない人間になりたい。三年くらい。

辰が何か差し出した。

「そうだ、後になると忘れちまうから。知らねえ女の人がこれお前にって。食ってくつもりだったけど忙しそうだからまたにするって」

折り畳まれた手紙と真新しい桐《きり》の小箱のようだ。

「お伴に女中連れてて、わりかし美人だったぜ。――美人追い返してクソ客の相手しちまった」

「辰ちゃん、客商売なのに汚い言葉遣っちゃ駄目。お客さまは神さままでです」

なびきは口を尖《とが》らせつつ、手紙を開いた。流麗で優しげな字が躍っていた。

『なびきさま
いつぞやはお世話になりました。その後の委細を報告させていただきます。兄ですが、転んでぶつけて少したんこぶを作っただけですこぶる元気です。わたくしは少々説教されただけで、平太はよその店に移ることになりましたが打擲《ちようちやく》されたりはしませんでした。しばらく会うことはできませんが、お互い真面目に勤めていればきっといつか兄も理解してくれるでしょう。わたくしどもの軽挙妄動をお止めくださったあなたさまに感謝しております。また改めて菓子など持って遊びに行きますね。

須田町《すだちょう》伊州屋おさえ』

蛤の吸い物の女の方だ。——少し胸が痛んだ。

だが折角彼女が悲しいことを書かないようにしているのだ。なびきが悲観的になっても仕方がない。元通り畳んで袂に入れた。

小箱は白木のいい匂いがする。

開けてみると砂糖菓子が六つ入っていた。真っ白なのと薄桃色のもの、四角い板、桜の花に兎《うさぎ》や手《て》鞠《まり》、扇をかたどったもの。まるでおもちゃのようだ。

板状の菓子の表面に〝三浦屋《みうらや》〟の字が打ち出してある。

「白雪糕《はくせっこう》⁉」

なびきは滅多に手に入らないものに心が躍って、今日の苦労も悲しい気分も忘れた。

「何か変な匂いするな」

辰は鼻を鳴らしたが、爽《さわ》やかな香気は雅《みやび》やかと言うのだ。

「多分肉桂《にっけい》と丁字《ちょうじ》ですね。お砂糖に匂いを移しているのかしら」

「前に食ってたことあるよな。すげえ甘くて固いの」

「辰ちゃんあのとき〝お地蔵さんかじってるみたいだ〟って言ってましたね。讃岐《さぬき》の和三《わさん》盆《ぼん》と微塵粉《みじんこ》を型に打って固めてあるんですよ。お砂糖って白ければ白いほどいいんです。

白雪糕には蓮《はす》の実も入ってるんだっけ？　えっ。そうだ、伊州屋といえば大奥御用達《ごようたし》で江戸中のお菓子が手に入る。大奥のお上臈《じょうろう》も食べる、いえ、召し上がる高級菓子です。公方《くぼう》さまや御台《みだい》さまに献上されることもある」

　なびきはつい早口になった。

　――いずれ菖蒲《あやめ》か杜若《かきつばた》。花畑の真ん中に大きな日傘を差しかけて緋毛氈《ひもうせん》を敷いて、島田に結った髪に金銀や鼈甲の簪を差して赤い振り袖に花唐草の豪奢《ごうしゃ》な広帯を締め、鶴亀《つるかめ》の刺《し》繍《しゅう》の入った打ち掛けを羽織ったお姫さまのお茶席。乳母や腰元たちが差し出す漆《うるし》塗りの器にこんな白雪糕が並んでいるさまを想像するとうっとりする。茶も、井戸茶碗に上等の抹茶が入っているのだ――井戸茶碗がどういうものかよく知らないが。

　辰はぼんやり相槌《あいづち》を打っている。

「クボウサマねえ。すげえな。いくらするんだ」

「……百文くらい？」

「はあ⁉」

　辰はたじろいで一歩退いた。――なびきも正確には知らない。一個三十文が六個なら百八十文なので大分鯖《さば》を読んだのだが。

「大福は一個四文だぞ。大福が百文分あったらちょっとした大食い大会じゃねえか。こんな小っさいのが。どうせ砂糖の塊、その辺の餓鬼が食う黒飴《くろあめ》と何が違うんだ。腹に入ったら同じだろうが。オレの日の稼ぎがいくらだと思って！」

辰がギャーギャー騒ぎ立てる。

「そんなこと言う辰ちゃんにはあげません」

「いらねえよ！　何で色のついた飴に百文、信じらんねえ。岩みたいに固い砂糖の塊に百文⁉　お前、それ銭でもらった方が嬉《うれ》しくないか⁉」

「お金とかほしくないです。わたしはこれが美味しくて好きなんです」

「固いだけなのに百文って。クボウサマやミダイサマ気取るだけで？　お前はどこからどう見ても神田の煮売り屋の娘だよ、正気に返れ」

「うるさいなあ」

辰は信じられないものを見るような目をしてまくし立てるが、そこまでわからないものか。

美しい砂糖菓子にはその辺の屋台の大福にはない夢が詰まっているのだ、夢が。蓮の実まで入っている。普段は蓮根《れんこん》しか食べないが、きっと実の方には御仏の功徳が宿っているのだ。大福で腹一杯になったって心の飢えは満たされない――

――うるさいと言えばずっと赤子の泣き声がする。はて。裏長屋の奥さんは身重だが臨《うみ》月《づき》は再来月とのことだ。産婆を呼んでいる様子もない。

「そういやさっき行列に飴売りみたいなのが来てたぜ。河豚《ふぐ》の張りぼてかぶって。オレらが集めた客にたかるなって」

「本当にお祭り騒ぎだったんですね」

なびきは何気なく長屋の横を覗《のぞ》いた。汚れた茶碗の山から目を背けたかったのもある。江戸の町は細かく木の塀で仕切られているのでそこはどん詰まりになっており、いつもは横の長屋で邪魔になった桶などが雑然と置いてあるだけのはずだった。

だのに今日に限ってそこには見慣れない男がしゃがんでいた。

彼が見据える地べたには、襤褸布《ぼろぬの》の上に置かれたぐにゃぐにゃの赤子。全身真っ赤に火照らせながら、火が点いたように泣きじゃくっていた。

なびきは頭の中が真っ白になった。

「――人攫《ひとさら》い？」

3

「ち、違う、わたしも赤子の声が気になって、通りかかっただけで。怪しい者ではないんだ。高浜屋由二郎《たかはまやゆじろう》といって、通りすがりに天ぷらを食べに来ただけで」

男は立ち上がって手を振った――二十五くらいで若いのに薄手の絽《ろ》の小袖の上に落ち着いた海松茶《みるちゃ》の羽織を着て、口調に品がある。野暮ったいくらい整えた小銀杏髷はまめに髪結床に行っているようだが今どきの流行《はや》りに乗っかっている風情もなく、無頼漢が格好をつけてわざと雑に結わせるのとは正反対だ。怪しい者でないのは身なりだけでわかった。

顔つきも目が大きくて犬みたいな童顔で、これで悪人だったら目つきの悪い悪人よりよっぽど怖い。色悪どころではない。

「この辺の子ではないのか」

「どこの世界に赤ん坊地べたに裸で放《ほ》っぽり出して置いとく親がいるんだよ。普通おしめして藁籠《わらかご》か何かに入れんだろ」

辰は冷ややかに言うが、そういう問題ではない。

この長屋には女は瓦《かわら》職人夫婦の奥さんが一人いるだけで、残りはご隠居に浪人に夜鳴き蕎麦屋、独身男ばかりだ——

見れば赤子はおしめもしていない。男の子だ。

「捨て子じゃないんですか」

「お前が捨てたのか！」

「だから違うって！　わたしはただ通りかかっただけで、身許《みもと》は日本橋小網町《こあみちょう》の高浜屋に確かめてくれれば——」

短気な辰が噛みついて由二郎が慌てる、の繰り返しだ。らちが明かない。

「とにかく赤ちゃん、泣き止《や》ませましょう！」

なびきが言って、三人でどたばたと煮売り屋〝なびき〟に赤子を運び込む。

「お、おしめの代わりになるもの！　それとお乳？　この辺にお乳の出る人いましたっけ？」

とりあえず床几に寝かせたが、赤子は身をくねらせて一層泣き喚《わめ》くばかりだ。おくまとおしずがぎょっとした。

「赤子に乳？　そりゃああたしが十五年若けりゃ出たけど、ええと、おゆきさんとこはもう乳離れしたんだっけ……」

おくまが考え込んでいると、おしずは飛び出していってしまった。元々、どうしてここにいるのか、何者なのかよくわからない人だった。

「おしめは古手拭いで何とかしよう。ちょっと取ってくるよ」

と、おくまも長屋の方に行った。

——致し方ない。

なびきはすり鉢を流しに置き、先ほどの白雪糕を一つ、板になっているのを入れた。息を深く吸って吐いて覚悟を決め、一思いにすりこぎで潰《つぶ》す——

「待て、待てなびき、何してる！」

すりこぎを叩きつける直前に辰に右腕を摑《つか》まれた。

「それ、百文のお菓子さまじゃねえのか！　クボウサマミダイサマの！」

辰が喚き立てた。

——今となってはお菓子ごときではしゃいでいた自分が恥ずかしい。

大したことをしていないのに、おさえにこんな高価なものをもらって浮かれていたのも。

突き返すべきだった。

返すよりは、無垢《むく》な赤ん坊の血肉にするべきなのだろう。

「白雪糕はお湯で溶いたら乳の代わりになるって言いますよ。白いお砂糖と蓮の実が入っていて滋養になるんです」

「赤ん坊に百文の砂糖なんかわかるかよ勿体《もったい》ねえ！　別のもんで何とかならねえのか、水飴とか！」

「わからなくても、赤ちゃんにこそいいものを食べさせてあげないと」

「ちょ、旦那《だんな》、あんたも止めてくれよ、オオオクのオジョウロウサマだぞ！」

辰はわけのわからないことを言っていたが、由二郎までその気になってなびきの腕を取ってすり鉢から引き離そうとする。

そこに、古い手拭いを山と抱えたおくまが戻ってきた。二人がかりでなびきを羽交い締めにしているのを見て、胡散臭そうに目を細める。

「何やってんだいあんたたちは？」

「なびきが百文のお菓子さまをブッ潰して赤ん坊に食わせようとする！」

「何やってんだい！」

おくままで辰の味方に回ってしまい、なびきは引きずられて座敷に放り出された。おくまは不思議そうに木箱を覗いた。

「何だこりゃ。字が書いてある。かわいい兎に。よくできてるねえ。お菓子？」

「なるほど、これはなかなかの茶会の干菓子として出るものだ。三浦屋の白雪糕？　豊島《とし ま》町《ちょう》の？　あそこは一見《いちげん》の客はお断りではなかったかな。まともに買えば二百文は下らない」

「一個は四十文で六個で二百四十文」

由二郎が訳知り顔で説明し、辰とおくまがあんぐり口を開ける。――この辺で二百四十文といえば酒が一升買える値段で、子供のおやつなど四文や八文の飴や煎餅で十分だった。

「な、ど、どうしてこんなもの。まさかなびきちゃんが人さまのものを盗んだりするはずがないし。誰かの忘れ物？」

「もらったんですよ、伊州屋のおさえさんに。辰ちゃんが渡されて。手代さんと欠落《かけおち》しようとしてたのを止めたら何だか感謝されました」

隠すようなことでもないのでなびきは堂々と答えた。

「赤ちゃんの命がかかってるときに、何がいくらとか関係ないでしょう」

なびきの決意は固まっていた。

なのに、おくまがしつこく立ち塞《ふさ》がる。

「そんな高いものをくれるなんてよっぽどのことだよ。くれた人がどう思うか」

「おさえさんだってわたしより赤ちゃんを養った方がいいのに決まってますよ」

「そうかねえ。黒砂糖で葛湯《くずゆ》を作っても同じじゃないかね。落ち着いて考えて――」

「白雪糕には蓮の実が入ってて赤ちゃんに必要な滋養が――」

落ち着いたって同じだ、わからず屋、子供扱いしないで――と答えようとしたとき。

「甘酒売り連れてきたッ！」

喋《しゃべ》っている途中だというのに、おしずが裾をさばいて駆け込んできた。遊女みたいな漆塗りの高下駄を履いているのに息が弾むほど走れるとは器用なものだ。

「甘酒は滋養があるって言うよ。怪談じゃ身重の女がおっ死《ち》んで、子だけ産んで幽霊が飴で子を育てたりするけど、甘酒でもいけるンじゃないかい？」

次いで、天秤棒に甘酒の桶を下げた中年の甘酒売りが顔を出した。

「何だい、大騒ぎするからどれだけ買ってくれるかと思ったら赤ん坊一人か」

なびきが二の句も継げないでいるうち、おくまがわけ知り顔でぽんぽんと肩を叩いた。

「はい、いらなくなったからなびきちゃんの白雪糕はしまって。湯を沸かさなきゃねえ。辰の字、任せた」

「アレ。いい白雪糕があるじゃないか。何で？」

一人、事情を知らないおしずが首を傾げた。

——こうして今日も〝ご飯の神さま〟のお告げが当たってしまった。運命は容赦なかった。

なびきが呆然《ぼうぜん》とする間も、おくまはてきぱきと手拭いで赤子におしめを当ててやった。子を三人産んで育てているので慣れたものだ。古手拭いでもそれらしくなった。しおしおと白雪糕を箱に戻すしかない。

おくまは裏のご隠居から硯《すずり》の水入れを借りてきてよく洗い、湯で薄めた甘酒を入れ、赤子を片手で抱いて吸わせてやる。赤子は最初、むせてむずかっていたがそのうち諦《あきら》めて甘酒を吸い始めた。やっと泣き声がやんだ。

「赤ん坊が飲む分だけじゃおじさんも肩すかしだろ。アタシも一杯もらうよ、甘酒。あんたらも飲むかい？」

甘酒売りの方はおしずが仕切って、結局その場にいる五人全員に甘酒の湯呑みが渡った。由二郎一人が渋い顔をしていた。

「……わたしは甘酒が苦手で」

「何だ、気の利かない男だねェ」

「わかった、五人分の甘酒代を払うからわたしの分は皆で飲んでくれ。おごりだ」

と由二郎が言うので、余った一杯は回し飲みすることに。大半、辰が飲むだろう。

甘酒は一杯八文で五人分で四十文。五人分でやっと白雪糕一個分。

頭まで汗だくの、こんな暑い日は甘酒に限る。桶に仕込んだ小さな炭火で熱々にしてある。

一口すると、糯米《もちごめ》の甘さがなびきの口の中に広がった。砂糖でも水飴でもなく米麹が引っ張り出した甘みだ。米の滋養なのだから確実だ。人の身体にはこれが一番効く。麹の粒が少し残っていると、粥《かゆ》みたいだ。

甘酒も西瓜《すいか》と同じように少しだけ塩を振ると甘みが際立ち、より滋養に富むらしい。今時分の暑気あたりによく効くとのことだ。

悔しいが、天ぷらを揚げた後の渇いた身体には染み渡る。完敗の味だ。

――今日、わたしは二回運命に挑んだ。結果、天ぷらで負け、白雪糕でも負けた。神さまに逆らうなど愚かなことだった。

美味しいと認めたくなくても美味しいものはある。甘いのに苦々しいとはこれいかに。

「あの白雪糕は甘酒に合わせるようなものじゃないね。抹茶か煎茶《せんちゃ》でないと」

おしずが甘酒をあおりながら言うのがなびきの癇《かん》に障った。

「うち、麦湯しかありません」

「じゃ明日アタシ持ってくるよ。茶道具も。白雪糕は日持ちするるッて言っても湿気《しけ》たら勿体ないし。茶道のお作法とか言わないから大丈夫だいじょーぶ」

何が大丈夫なのか。

「そもそもあなた誰ですか」

「小石川の静御前」

「それはもう聞きました」

小石川といえば大大名の大豪邸と寺だらけ、松平駿河守《まつだいらするがのかみ》さまやら松平讃岐守《さぬきのかみ》さまやらいかつい大名跡が並ぶ一等地だが、おしずの口の利き方はとても武家の令嬢や腰元のものではない。

「おしずさんは虚無僧なんですか？」

「格好だけ。本物は墨染めだし、もっと箱とか持ってる」

それはそうだろう。さっき出ていったとき、編笠と尺八を置きっ放しだった。本物なら戻ってくる予定があっても持っていくのではないだろうか。

「何をどう世を儚んだら女の人が虚無僧の格好を……？」

なびきは声に不審がる響きが出ないようにしたが、無理だった。――もしかしたら真剣な願掛けなのかもしれないし――

「昔、流行ったらしいよ。芝居の真似、曽我《そが》兄弟の仇討《あだう》ち。浮世絵に描《か》いてあった」

おしずはといえば屈託なく答えた。気遣ったこちらが馬鹿だった。

「虚無僧の格好で敵を油断させるの。今、誰もしてないのッて粋《いき》じゃない？」

女虚無僧なんか歩いてたらかえって警戒しそうなものだ。

――誰もしないのには理由があるのでは。勢いで流行ったものの、皆、正気に戻ったということでは。風紀紊乱《びんらん》で取り締まられたりしたのでは。昔っていつ頃。この人が見た目通り、奇矯《ききよう》な人物だということだけわかった。

「天ぷらご飯美味しかったからどんな人が作ってるのかと思ったら、小さい子が顔真っ赤にして必死で揚げてたから、手伝わなきゃいけないかなッてさ。最初の方、アタシに声かけてくる阿呆《あほう》ばっかりだったから」

阿呆って、そんな格好をしていたら声をかけるのは当たり前だろう。相手が悪いと言うのか。

なぜだか話せば話すほどムッとする。おしずは顔立ちは凜々《りり》しいが声は鼻にかかって婀《あ》娜《だ》っぽくて釣り合いが取れないせいだろうか。

「わたし、十四ですけどそんなに小さいですか」

「エッアタシ十六。十歳くらいなのかと思ってた」

「二つしか違わないじゃないですか」

「よかったじゃないか、なびきちゃん。この辺、歳《とし》の近い女の子がいなくて。おしずさん、ちょいとおきゃんだけど働き者だし性根もよさそうだし、友達になればいいよ」

どさくさに紛れておくまがとんでもないことを言い出した。

――何で歳が近いというだけでこんな変な人と。男のような総髪で気紛れに虚無僧の真似などして。虚無僧と遊女の扮装を混ぜているのだから正気でない。何やら苗字も名乗っていたが、まさか武家なのか？

「アタシのことより、赤ん坊はどうするのさ」

おしずが水を向けた。

「甘酒や飴だけで育てるってわけにはいかないねえ」

おくまがまだ赤子を抱いてゆらゆら揺らしながら答えた。

「明るいうちに近場でちゃんと乳の出るおかみさんを探して預かってもらわないと。それで親も捜さないと。番所に届ければいいかねえ」

赤子はおくまに甘えきって目をつむっている。

「産湯は使ったみたいだけど、まだ臍《へそ》の緒が乾いてない。目も開いてない。つい昨日今日に産まれたばかりの子だよ」

――目をつむっているわけではないのか。なびきは赤子を見慣れていないので、知らないことばかりだ。

「産着もおしめもないし、流しの夜鷹《よたか》か何かが産んで捨てっちまったのかねえ」

だがそれはおかしいと思った。

「流石に、こんな昼日中に長屋の袋小路でよその夜鷹の人がお産をしてたら瓦焼きの奥さんかご隠居さんが気づきませんか。浪人の人も昼でも長屋にいるみたいだし」

瓦職人の奥さんは身重ということで、近頃はあまり外出せずに長屋で縫い物などして過ごしている。もう七十のご隠居は雇われ大家で、いつ声をかけられてもいいよう貸本を読んで過ごしている。夜鳴き蕎麦屋は昼間は寝ている。浪人はよくわからないが、あまり出かける様子がない。

「お産は静かに産むもんだよ。つるっと安産、これがいい。痛がって声を上げるような難産はみっともない」

おくまはさらっととんでもないことを言った。――みっともないってどういうことか。そんなの孕《はら》み女の気分で選べるのか。

「産後は七日、横になって眠っちゃいけない、俵か布団の丸めたのに寄りかかって座る、これ。あたしは三回やった」

おくまの経験談はいつ聞いても壮絶で、なびきは絶対嫁になど行きたくないと思う。数年前、向かいの長屋のおゆきが出産するときにも「声を上げるな、みっともない」と産婆に叱《しか》られていた。

それはそういうことにしておこう。だが。

「赤ちゃん以外に血や後産も出るじゃないですか」

なびきは反論した。理屈に合わないことを見過ごせない。

あの袋小路には血などの跡はなかった。あそこでは産湯も使わせることができない。近くに井戸はあるが長屋全体の共用で辰がそばで茶碗を洗ったり、行ったり来たりしていたはずだ。

そもそも、お産をしてすぐに足腰が立って逃げることなどできるか？

裏長屋は表長屋に囲まれている。表長屋は店になっている。この煮売り屋〝なびき〟も表長屋だ。あの袋小路に行くには表長屋の店の中を突っ切るか、横の木戸から入るか。

赤子の泣き声はずっと同じ方向から聞こえていたから、捨てられた後に泣き出して、ずっとあそこにいたのだろう。

「母親じゃない人が捨てたとして、昼に赤ちゃんを捨てに来るというのも変です。誰かに見つかりそうです。夜で暗かったら多少風体がおかしくてもごまかせるでしょうが」

なびきが理屈を述べると、辰がまた由二郎に不審の目を向ける。

「やっぱりそっちの旦那が捨てたんじゃないのか」

「よしてくれ。わたしは天ぷら飯を食べて、赤子があんまり長く泣いているからどこか悪いんじゃないかと気になって見て回って。あそこで見つけたはいいが、触るのが怖くてどうしたらいいかわからなかったんだ。赤子なんて見たことがなかったから」

由二郎はうんざりしたように言いわけした。男の人はそんなものなのか、この人がいい家の生まれで小さな子が身近にいないのか。

「わたしみたいなのが昼日中に赤子を抱いて歩いていたらそれこそ人攫いだ。旦那に子を抱かせて女房は何してる、となる。女の人なら多少年齢が合わなくても雇われた子守りなのかな、と思うだろうが」

男が赤子を抱いていたら目立つのは、そうだ。

赤ん坊を抱いていて不思議でないのはどういう風体か、なびきは口に出してみる。

「子守りってわたしより年下の女の子でくくり紐《ひも》で子をおんぶして、ねんねこ半纏《はんてん》を着て——今は暑いから綿入れ半纏は着ない？　でも産着もおしめもない赤ちゃんを抱いてたら女の人でも変だからねんねこで隠さなきゃいけないですよね」

「裸の赤子を抱いた女がその辺歩いてたら十中八九、幽霊か妖怪《ようかい》だぜ」

辰が白けた調子でつぶやいた。

子守りはそれくらいしかさせてもらえないごく幼い少女の役目だ。大人の女はもっと手っ取り早く稼げる仕事をする。

ねんねこ半纏には他にも利点があって、赤子を捨てた後、適当に物を詰めて膨らませておけば中身が入れ替わったと気づかれない——

「残念、この子は首が据わってないからおんぶはできない。両手で抱いて首を支えてやらないと。兄さんが触らなくてよかったよ」

おくまが断言した。――首が据わらないって、牛馬なら産まれてすぐ歩き回るのに人の赤子は何て脆《もろ》いのだろう。

「天ぷら揚げ始めてからこの店のそばにはアタシ以外の娘ッ子は寄りついてないね。アタシに続いて誰か女が入って来やしないかとジット見てたから間違いないよ。どこぞの女中連れた姐《ねえ》さんがそこの兄さんに声かけてたくらい」

「そりゃクボウサマの菓子の姐さんだ。女中連れて菓子折持って子捨てに来るたぁ大胆だなおい」

おしずと辰が言った。――そういえばこの店は、先ほどまで大繁盛していたのだった。由二郎が見つけるまで誰も赤子に気づかなかったのは不思議だった。伊州屋のおさえが赤子など連れていたら大変だ。先頃出会ったときはとても臨月には見えなかったし、そんなことがあったら家から出してもらえないだろう。

「オレも行列が邪魔だって隣の荒物屋がうるせえからあんまりはみ出さないように言ってやりに表に出たけど、菓子折の姐さんだけでねんねこ着た子守りなんかついぞお目にかからなかったぜ」

辰はこうも言った。――隣の荒物屋に見咎《みとが》められるほどの行列ができていたとは。汗が出るのは甘酒のせいだと思いたい。

「子守りは家の中で泣かせてるとうるさいから外に出されてあちこち行ったり来たりする

けど、今日の天ぷら騒動みたいな騒がしいとこには来ないんじゃないかねえ」

「じゃ、赤ちゃんが天神さまみたいにあそこに湧《わ》いて出たと言うんですか」

なびきは憮然《ぶぜん》とした。

久蔵は忙しいので、なびきはちょくちょく裏のご隠居に湯島《ゆしま》天神の縁日に連れていってもらった。明神さまはよく行くのだが不忍池《しのばずのいけ》が見えるのだから湯島天神はほとんど上野で講釈小屋やらあってこちらの方が賑《にぎ》わっている。

白や紅の梅の花が境内《けいだい》のあちこちに咲き乱れて、流石神さまのおわすところ――〝ご飯の神さま〟にも花を供えるべきだと思いついたが、久蔵に言っても「卯《う》の花でいい」とすげなかった。


そのときに聞いた話では。

天満宮《てんまんぐう》の天神さまは別名を菅丞相《かんしようじよう》といって勉学をして博士と大臣と両方になった偉い人だ。千年くらい昔の人だという。あんまり偉いので神さまに祀《まつ》り上げられるようになった。

それも人から産まれたのではなく、かぐや姫が竹から出てきたように菅の茎の中から出てきて、とあるお公家《くげ》の屋敷の庭に飛んできて「父母がないので育ててくれ」と自分から父親を指名したそうだ。

ご隠居はそれは詳しく見てきたように語ってくれたが、なびきは絶対嘘《うそ》だと思った。

昼八ツの鐘が鳴った。途端。

「おうおう嬢ちゃん、随分商売繁盛したらしいじゃねえか」

大きな図体が暖簾《のれん》をくぐった。

――嫌な人が来てしまった。

小者《こもの》の大寅《おおとら》は三十前で、顔が四角くて間違っても色男ではないが六尺五分の巨軀《きょく》を鼻にかけている。左腕の上の方にばっちり虎《とら》の彫物も入れていて――小さいが――上背はあっても手足の細い辰を「蚊トンボ」呼ばわりしていた。法被《はっぴ》に縞の股引《ももひき》で、法被の胸もとがはだけているのがだらしない。

陰に弁慶格子《べんけいごうし》の小袖が隠れるようにくっついてきていた。ずる賢い狐《きつね》みたいな顔は隣の荒物屋の女房・おときだ。――彼女の差し金か。

同心に使われる小者はこの商売で一番面倒な相手だった。彼らは盗みや喧嘩など揉めごとがないか二六時中、町をうろうろしている。仕事がないと機嫌が悪いので本末転倒だ。この店は特に博徒が溜《た》まりやすいので目をつけられていた。

武士ではなく大した給金が出ないので、足りない分を縄張りの飯屋にたかって生きている。「食い逃げや酔っぱらいを捕まえてやっている」と恩着せがましいが、差し引きで迷惑の方が大きい。たまに飯屋で大声で泥棒の相談をする間抜けが本当にいるのがたちが悪い。目に余るので言いつけるしかないが、捕まえてもらっても沙汰《さた》にいちいち呼びつけられたり、面倒なばかりで嬉しくも何ともない。

「こんな狭い店で天ぷらなんか揚げて、火事でも出したらどう落とし前つけるつもりだったんだ？　天ぷらは川のそば、屋台だけ！　店の中で揚げるのはまかりならん！　公方さまのお触れを何だと思っていやがる」

大寅はいかにもわざとらしく言い放った。由二郎が聞き咎め、口を差し挟む。

「そんなの今どき誰も守ってないぞ。公方さまのお触れなんて大袈裟な。天ぷらは日本橋の料亭でも――」

「日本橋のことなんか知るか、ここは神田だ！　すっ込んでろ優男！　なぁにが料亭だ」

が、大寅に一喝されると縮こまってしまった。喧嘩などしたことがないのだろう。

「でも天ぷらは久蔵じいさんも揚げてたじゃないか――」

「じいさんはこの道何十年の玄人だから特別にお目こぼししてやってたんだよ。洟垂《はなた》れの小娘に許した憶《おぼ》えはねえ」

おくまも庇《かば》ってくれようとしたが、大寅は彼女のことも鼻で笑った。

なびきはすくんでしまった。

竈の火が危険なのはそうだ。木造の建物が密に並ぶ江戸では火事を出さないよう、家風《いえぶ》呂《ろ》の設置を禁じて湯屋《ゆや》を使う決まりになっている。武家でもかなり上の身分でないと湯屋通いだ。昔は天ぷらを店の中でするのがご法度で屋台でしか出さないものだったと聞いている。

火事を出したら一軒で済まない、必ず燃え広がる。町の二つ三つ、あっという間になくなる。

　何となく近頃は店売りの蕎麦屋なども天ぷらを出すようになり、久蔵も店内で揚げていたが、理屈では何も事態は変わっていない。取り締まりが緩くなって油断していただけだ。大寅も久蔵には強く出られなかっただけ。

　揚げ油の扱いには気をつけたと言っても、十分だったかと言われると――

　火事を出したら店も長屋も一瞬で火に呑まれる――

「誰の許可もらって天ぷら揚げてたんだ！」

　大寅が大声を上げると、おときが太鼓持ちさながらに彼をつっついた。

「しかも客の行列がうちの前まで並んでて、売り物の茶碗を割ったんですよ。おかしな飴売りまで来てどんちゃん騒ぎで迷惑だったら。商売になりゃしない」

「おお、人の迷惑はいけねえなあ！　弁償だ弁償！」

　大寅は嬉しそうに図々しくずんずん奥に押し入って帳場に手を伸ばす――

　その手を、おしずが摑んだ。

「黙って聞いてりゃァ図々しい。何様だよ」

「何だお前、女か？　妙な格好しやがって――」

　おしずはひょいと手を振った。

　たったそれだけで大寅の巨体が宙を舞い、彼は床に尻餅《しりもち》をついていた。音もしなかった。

「え……な？」

あまりに軽やかで、投げ飛ばされた大寅本人も目をぱちくりさせていた――

「兄さん、弱い者いじめが過ぎるンじゃないかい。天ぷら一つでガタガタ言いやがって。ウチの裏の蕎麦屋だって揚げてら」

おしずは吐き捨て、おときの方を見た。

「茶碗が何だって?」

「あ、いやあの……」

目が合ったおときは後ずさった。

――見ておれない。

なびきは無我夢中で帳場から銅銭の束を取った。おときの手に押しつける。

「申しわけありません！　お客さまがしたことは店の責任です！　これでお茶碗を弁償します、本当に申しわけございませんでした！」

返事もせずに目を白黒させるおときに、なびきは頭を下げた。

「わたしが悪いんです！　ごめんなさい！」

「え、な、なびきさん」

おしずが戸惑った声を上げたが、かまうものか。

――本当に申しわけなく思っていた。考えなしに天ぷらなんかして。目の前の桜海老を揚げたら美味しい、それだけだった。

「ま、まあわかりゃいいんだよ」

大寅がやっと立ち上がったが、少しふらついていた。おときの手の銅銭をじっと見ている。多分、大半が彼の取り分になる。

「それはそうと、捨て子がいます！　産まれたばっかりの赤ちゃんです。大寅さん、番所に連れてってやってください！」

「あ、ええ?」

——捨て子は役人に頼らなければならない。しょうもない食い逃げや喧嘩は泣き寝入りして損をしても仕方ないが、子供の命がかかっている。

金や意地にこだわっておれない。

大寅はきょろきょろして、やっとおくまの抱いている赤子に目を留めた。

「本当だ、ばばあの餓鬼にしちゃ小さいな」

「言ってくれるね。小さすぎてこの辺に世話できるおかみさんがいないんだよ。何とかしとくれ」

「子守り女なんか番所にもいねえぞ。捨て子とか、自身番で世話するのか?」

「知らないのかい」

「これまでなかった。弥二郎《やじろう》のやつが知ってるかな。——そうだなあ。どっかに産んだ子が死んで乳が余ってる母親でもいりゃあいいが」

大寅がぽろっと洩《も》らした言葉に、なびきは今度こそ心が凍った。

大寅がおっかなびっくり赤子を抱いて出ていき、おときがその後ろをついていく。

「なびきさん、塩！」

二人が消えるとおしずが声を上げた。なびきが粗塩の壺《つぼ》を差し出すと、おしずは中身を摑んで入口に投げつけるように撒《ま》いた。

「あの野郎、図体がデカいばっかりで手足振り回したら人がビビると思ってやがる。武術なんか知りもしないヘッピリ腰」

好きなように言っているが、なぜ武術の心得まであるのか。やはり仇討ちのために身体を鍛えて虚無僧のふりをしていたのか。

「――なびきさん、今日の売上半分かた持ってかれちまったよ。赤字じゃないのかい。弁償って茶碗何十個分なンだよ」

「そう」

「天ぷらなんか気にしなきゃいいンだよ。火事なんか出してないし、あんなのイチャモンだ。皆黙って揚げてる」

おしずは庇ってくれているつもりなのだろう。

――それはそうだし、違う。

理由はわからないが皆そうしてる、なんて少しも粋ではない。

火事を出したら責任なんて取れない、というのは大寅が正しい。いちゃもんなどではない。勉強代だ。

そして今日、知った教訓がもう一つ。

捨て子を本当の意味で助けられるのは子に死なれた女だけ。

――不幸は同じ形の不幸で継がなければならない。

白雪糕がどうの甘酒がどうの、所詮その場しのぎだ。

「暗いよ、暗い」

おくまが気分を変えようというのか、手を叩いた。

「昼の商売が終わったんだからさっさと湯屋に行こう。なびきちゃん、汗だくだろう。ひとっ風呂浴びてすっきりしよう。飯屋は身綺麗《みぎれい》にしないと。汗が匂う季節だ」

これで辰や由二郎とは別れ、女ばかりで湯屋に行くことになった。夜も商売をする食べ物屋は皆、夕方の仕込みを始める前に風呂に入る。

――今日は朝に辰から仕入れた桜海老を全部昼に売り切ってしまったので、夜に売るおかずがないのだが。

風呂上がりですっきりしたので、一応足を伸ばした。

神田から広小路をずっと南に下った端が日本橋、その北詰から堀の岸壁に沿って西が毎朝、辰の通う魚河岸。堀に沿って屋根があるだけの簡素な小屋が立ち並び、朝はそこに魚の載った板船を広げるのだろう。

江戸の南東、佃島《つくだじま》に住む漁師たちは毎日、御賄《おんまかない》頭《がしら》を通して公方さまに獲《と》れたての新鮮な魚を献上する。

献上した残りをこの魚河岸で売る。「残り」が随分多いわけだが、朝日が昇る頃にはこの魚河岸には江戸前のピカピカの魚がぎっしり並んで、ここから棒手振や店売りの魚屋などの手で高級料亭から握り鮨《ずし》の屋台まで江戸の隅々まで運ばれる。

——だが今は昼過ぎなので小屋は空っぽで人もまばら。船をつなぐ堀の桟橋も空。佃島の漁師たちは多分、昼寝をしている。

今時分は橋を渡った先の元四日市町《もとよつかいちちょう》の晒《さら》し場などの方が人がいる。人殺しの罪人や心中し損なった男女、女犯《にょぼん》の僧、不義密通の姦夫《かんぷ》姦婦《かんぷ》が見世物のように晒されていたりする。何が面白いのか、皆が先を争って見に行く。

魚河岸のすぐそばの本船町《ほんふなちょう》には店売りの魚屋が軒を並べているが、今はそれもほとんどが閉まっていた。開いているのはよく見ると傘屋や染物屋だった。

何せ、秋の盛りだ。

こうも毎日カンカン照りだと午後に魚屋にあるのは腐りかけの売れ残り、料理屋で出せるほど食材はない。

魚屋で開いている店があるにはあったが魚の姿はほとんどなく、内職を怠けて読売を読んでいた店主に、

「河豚ならあるぜ」

と冗談を言われた。

「おじいちゃんの留守中に河豚は捌《さば》けません」

「午後に残ってるような河豚、食べ物というより心中の道具だよ」

なびきがしょげるとおくまも皮肉を言った。軒先に置かれた張り子の河豚を恨めしく眺めて去るのみだった。

いくら近頃は夜のお客が少ないと言っても、夜営業ができなくなるほど昼に売ってしまったのは失策だった。

鮮魚の傷みが早いだけで、それ以外のものは午後でも売っている。

帰りの往来には寺子屋帰りの子供を狙って煎餅や団子、風車の屋台が出ている。それに白玉入りの砂糖水――「ひゃっこい、ひゃっこい」と掛け声を上げて客引きをするわりに井戸水よりはぬるいのだが、ご愛敬だ。

桶に泳ぐ金魚なんていうのもあり、なびきは目を引かれた。赤の金魚や黒の出目金、どうせなら高価なビイドロの器に泳がせたいところだが、たらいや水甕《みずがめ》でも十分涼しげだ。

風でも吹いて七月の気怠い暑さを吹き飛ばしてくれる方がいいのに決まっているが、金魚で気分を紛らすのも一興――そこまで考えてかぶりを振った。近所に野良猫が多くて何をされるかわからない。叶《かな》わぬ夢だ。

「唐辛子ぃー」

やる気がなさそうな声を上げているのは唐辛子売り。唐辛子の張りぼてを背負っている。子供について来る若い母親が目当ての商売だが、新人なのか不貞腐《ふてくさ》れているようであまり客が寄りついていない。張りぼてが暑くてやる気が出ないのかもしれない。

逆にやる気がありすぎるのは、飴売りか。子供たちが群れをなしていた。

「聞いてない、乙姫《おとひめ》さまじゃないのかよう」

子供たちの真ん中で亀《かめ》と蛸《たこ》と、腰蓑を着けておもちゃの釣り竿《ざお》を持った浦島太郎《うらしまたろう》が寸劇をしているようだった。亀は張りぼての甲羅を背負い、蛸は真っ赤な張り子を頭にかぶって顔も赤く塗り、布でできた足を木の棒で動かしていた。汗をかくたび顔を塗り直すのだろうか。

昨今、飴売りは奇抜な格好で子供たちの気を引いた。目立てば目立つほど勝ちというのが彼らの身上で、張りぼてやらそれこそ芝居の真似をした派手な装束やら音の大きな鳴り物やら、何でもありで常識人たちに眉《まゆ》をひそめられた。おしずも往来ではそれほど目立たないくらいだった——ついて来るなら編笠と尺八と、ついでに袈裟も外して店に置いてこいと言ったため。

最先端が異国人に扮する唐人飴売りだった。衣装や髪型が異国風なだけで中身はその辺《で》の日の本の人だ。チャルメラを吹き、鉦《かね》を叩き、冗談になっているようないないような出鱈目《たらめ》な言葉遊びを喋ると、子供に受ける。今日はいないようだが。

子供たちが蛸に銅銭を差し出し、蛸が飴を砕いて彼らに配る。子供たちは蛸が何かするたび笑い声を上げた。大した仕掛けでもないのに。

二文の飴は麦から作った水飴を安い黒砂糖で固めているので茶色く、大きな塊を食べやすく木槌《きづち》で一口大に小さく割る。精製されていない黒糖は雑味が多いがあれはあれで美味しい。辰の好きな一個四文の大福やら汁粉やらも黒糖で味付けされている。

一見お断りの三浦屋の白雪糕とは正反対だ。

飾りのない桐の箱に薫香の香り立つ華やかな白雪糕。精製を繰り返した和三盆。

店の名を堂々と菓子そのものに刻む。

それ以上の宣伝は必要ない。

「今日はここまで、次に行かないと」

「蛸のおじちゃん、明日も来る？」

用が済んだので飴売りが子供たちを散らそうとし、子供が名残惜しそうにしている——

目の前の子供たちは飴売りの名も知らなかった。

——一瞬、なびきには世の中の仕組みが見えたように思えた。

5

あちこち覗いてやっと豆腐を手に入れ、店に戻ると、辰が猫と遊んでいた。

辰は日頃、売れ残りの鰯《いわし》の頭などで野良猫を餌付《えづ》けして本物の猫撫で声で呼びかけていた。ついに魚を持っていないときでも相手をしてくれるようになったのがこの右耳の黒い三毛らしい。三毛は顔が逆三角形の美形ながらよく鼠《ねずみ》を捕ってくる尽くす女で、辰は「将来は三毛の情夫《イロ》になって養ってもらう」とうそぶいていた。

「おお、なびき、オレ昼間すげえ働いたんだから夜も賄い食わせろ」

辰は土間にしゃがんで組紐で三毛をじゃらしながら、なびきに左手を突き出した。

「明日の朝に食う焼き飯も寄越《よこ》せ」

「海老、食べきっちゃったからいいものないです。ちゃんと朝にご飯炊きましょうよ」

「面倒くせえんだよ」

魚河岸が開くのは夜明け前なので魚屋は早起きだが、辰は暗いうちに自分で朝食を作るのをどうにか怠ける方法を模索していた——食べないという発想はないので夕食のついでに買うのが定番だった。

今日はなびきは店の暖簾をしまい、夕食は味噌汁《みそしる》と糠漬《ぬかづ》けと、煮売り屋で売らない賄い料理だ。残り物と豆腐で手早く作る。

ということで。

昼に余った衣を揚げて作っておいた揚げ玉を鍋で炒《い》り、油が出てきたら水切りした豆腐をかき崩して炒る。

天つゆの残りを入れて煮る。

一煮立ちしたら汁ごとご飯の上にぶっかける。

お好みで七味唐辛子を。

「なびきの偽天ぷらご飯！」

「なめやがって！」

「なびきの偽天ぷらご飯、意外に美味しい！」

辰は手抜きと思ったか知らないが、なびきだって今日これ以上働くのは勘弁だ。これも料理には違いない。

茶色く崩れた豆腐とふやけた揚げ玉で見た目は悪いが、まあ間違いのない食材なのでそれなりに食べられる。本当なら賄いは客に出す料理と同じではない。しっかり〝ご飯の神さま〟にも供え、大工仕事を終えて帰ってきたおくまの夫も呼んできた。おくまの夫の信《しん》三《ぞう》はがっしりしているがおくまと並ぶとやせて見える。半纏に腹掛けに股引の仕事着を脱いで、翁格子《おきなごうし》の小洒落《こじゃれ》た浴衣《ゆかた》に着替えていた。

皆、床几に横に並んで座り、茶碗を左手に持って丼《どんぶり》をかき込む。

なびきとおくま夫婦はいつも、今日は辰とおしずがいる。久蔵がいなくても賑やかな食卓だ。

「辰ちゃん、あんまり七味振ると馬鹿になりますよ」

「うっせ」

文句を言いながら辰は一番がっついていた。少し三毛の分を取って土間に置いてやっていたが、猫は豆腐を食べるのか。果たして三毛はひと舐めふた舐めして、ふんと顔を上げて茶色い尻尾《しっぽ》をぴんと立てて去っていった。他にもっと上等な飯をくれる別宅でもあるのだろうか。

おしずは不思議そうに、ちまちまと箸でつついていた。

「……ウン、意外と美味しい」

三毛には拒まれたがおしずには褒められた。

「おしずさん、お匙《さじ》で食べた方が楽ですよ。お武家のお嬢さまはそういうことしない？」

なびきのこれはからかいが半分、鎌《かま》をかけるのが半分。

「アタシお武家じゃないよ、ただの医者の娘。成り上がりだよ」

「――それで小石川の」

武家屋敷でなく小石川養生所のことか。薬草を育てる小石川御薬園の横にあって、貧民、無宿人も無料で医者にかかって療養でき、飯も出るという。ご公儀の施設だ。

医者はどんな身分の出でも腕がよければ苗字帯刀《みようじ》を許され、真夜中でも木戸を通れるという。

「と言っても小石川に住んでたのは大昔、今は三河町《みかわちよう》なんだけどさ。コレでも子供の頃はひ弱でよく咳《せき》が出てね。医者の不養生。家は兄さんたちが継ぐからいっそ尼にするかと言われて、それなら薙刀《なぎなた》やら武術を習いたいなァッて。武術やってる間に頑丈になっちゃった」

「へ、へえ……」

聞いたもののなびきは何とも首肯しづらい。甘やかされて育ったのだけはわかる。

竹の匙を渡すと、おしずはばくばく偽天ぷらご飯をかっ込んだ。これは気取らずに食べるのが一番の味付けだ。食べながら話すのだから不作法だが、煮売り屋はそんなものだ。

「ソレで去年、嫁に行くことになって。兄さんの友達で京橋《きようばし》の薬種問屋の息子」

「お、お嫁に行ったんですか⁉」

つい声がうわずった。

年上ということは何も思わなかったなびきだったが、嫁に行ったと聞くとおしずへの畏《い》敬《けい》の念が生まれた。──しかし人妻が髪を丸髷に結っていないのはどういうことか──

「三日と置かず吉原に通う助平野郎だったから、箒《ほうき》でぶちのめして半年で出戻ってきた。コレで後家なんだよ。兄さんは怒ったけど、なら兄さんが嫁になりゃァいいんだ」

おしずはからからと笑った。

「戻ったはいいけど以来、家では穀《ごく》潰《つぶ》し扱いで。腫《は》れ物に触る？」

「……勘当されなくてよかったですね……」

なびきは返事に困った。武家や商家ならこんなに甘やかさないのでは。なるほど、虚無僧の扮装などかわいいものだった。現在、ほぼ女だてらに俠客《きょうかく》をやっているも同然だった。

「縫い物は性に合わないし。料理屋で働くとかどうかなッて思ってたンだ」

「……まさかうちで雇ってほしいって？　うち、余裕ないですよ」

即座に冷ややかに言ってしまった。

「ご飯美味しいし今日大行列だったのに？　天ぷらは封印しても、他にも技があるでしょ。これだって美味しいし。やってけないほどいつもあのデカブツにたかられてるの？」

「やってけないほど大寅さんにたかられてるわけじゃないけど、あの天ぷらは全然成功じゃないですよ……」

偽天ぷら丼は上々の出来だったが、なびきは重苦しい気分になった。

昼は深い考えもなしに小手先の技を弄《ろう》しすぎた。火事を出す可能性も考えていなかったし、煮売り屋は目立てばそれでいい飴屋とも違うのだ。全《すべ》ての行いが裏目に出たのは、今日だけでなく明日にも響くだろう。

そう思うと陰鬱《いんうつ》だった。甘辛いつゆの絡んだ炒り豆腐と揚げ玉はそれなりに美味しかったが心が晴れるほどではない。

「あたしの給金は半分でいいよ。その半分でおしずちゃんを雇ってあげな。久蔵じいさんが帰ってくるまででも。ものになるか試してやりなよ。ちゃんと雇うかどうかは久蔵じいさんが決めりゃいい」

おくまが急になびきの肩を叩いてそう言った。

「やたッ、おくまさん話がわかるゥ」

おしずは嬉しそうに両手を合わせてしなを作ったが、なびきは憮然としてしまう。

「ええ、おくまさんどうして」

「あたしゃ最近、目が霞《かす》んで銭を数えるのが億劫《おっくう》なんだよ。おしずちゃんは計算が速いからそっちの方がいい。——それになびきちゃんはじいさんやら中年親父やら年上の男に囲まれすぎだ。娘は娘同士仲よくしなきゃ、年寄りと口を利いてたんじゃ早く老けちまうよ」

「そうかしら」

おくまはわかったようなことを言うが、なびきは不信が隠せない。——大人の男はがさつで乱暴なのもいるが、おしずだって十分がさつで乱暴だ。若い女だからって許されるものだろうか。

それは確かに昼は女の集まる店に憧《あこが》れたが、なびきが期待していたのは伊州屋のおさえのようなおしとやかな女であって、間違っても虚無僧などではない――

ふう、とため息の音で横を見ると、おしずも暗い顔をしていた――ただし手もとの茶碗は空だし、いつの間にか若布《わかめ》の味噌汁まで全部飲んでいた。少し呆《あき》れた。

「食欲旺盛《おうせい》ですね」

「今日は動いたから。――赤ん坊でもこれ食べられたらいいのにねェ」

「豆腐は滋養がありますから」

江戸では大体皆、米と豆腐と納豆を食べていれば死なないとたかをくくっていた。

「あの子どれくらい生きてられるのかな」

――返答に窮した。

多分あの甘酒には〝ご飯の神さま〟の加護があるので二、三日は生きられるだろう。何せ飢饉にも対抗できるだけの力があるのだから。

しかし神通力だけで大人になるまで面倒をみてくれるほど〝ご飯の神さま〟は強くもなければ親切でもない。直感的にそう思った。

まだ助かったわけではない。

飢饉は天災だ。他の神さまが起こすことだ。雷さまやら竜神やら大鯰《おおなまず》やら、他の神さまが怒り狂ってむやみに強大な力を振るうのを、見かねて〝ご飯の神さま〟が庇ってくれるのだろう。

だが捨て子は人間の都合、〝ご飯の神さま〟がどう解釈しているかわからない——子を産む予定ではなかったとか育てる余裕がないとか悪い男に騙《だま》されたとか、神さまの知ったことではないだろう。折角授けたものをなぜ捨てるのか不思議がっているかもしれない。

白雪糕を湯に溶かしてもう何日か生き延びられたとして、時間稼ぎでしかない——

「ねェ、嫁に行ったまま帰ってこなきゃァ今頃アタシ乳の一つも出るようになってて、あの赤ん坊育てられたのかな」

おしずの声はしんみりしていた。——なびきは自分のことばかり考えていたのが恥ずかしい。

「わたしこそお嫁に行ってれば。髪は茶色いしちびでちんちくりんだから行き先なんてないって諦めてたけどもう十四なんだから」

「なびきさんは嫁になんか行かなくていいよ。結婚なんかロクなもんじゃないって。まだ尻も小さいし。アタシみたいな尻デカがさっさと子供の一人二人産んでりゃァ」

「そりゃ安産のためには尻がでかいに越したことはないけどあんたたち、余計なことで悩むんじゃないよ。子育てのために結婚するなんてあべこべだ。全く、妙な娘たちだよ」

なびきもおしずも心の底から嘆いていたのに、なぜかおくまにぶった切られた。

「なるようになるさ。そう思うしか。出戻りは感心しないが、やり直したって箒でぶちのめされた旦那の方が吉原から帰ってこなくなっただけだよ」

「おくまさんキツい、言い方がキッツい。アタシら真剣に悩んでるッてのに」

「一期一会、一瞬の縁だったのさ」

「それそういう意味の言葉じゃないですよ」

　大人はそんなに割り切れるものなのか――小娘二人が何となくしょぼくれていると、辰が空の茶碗を折敷に置いて吐き捨てる。

「赤子捨てる親が悪いんだよ、親が。もうちょっと育ててから捨てろよ。乳離れしてりゃオレらだって他にやりようがよ」

　この場に男は彼とおくまの夫だけだった。

「乳を飲ませたら情が移って捨てられないと思ったんだろうねえ」

　無口な夫に代わって、おくまがうなずいた。

　――おしずも「そうだそうだ」と言うかと思ったが、彼女は物憂げにうつむいていた。

6

「今日のはオレが気合い入れて仕入れた旬の鰺《あじ》、刺身で食えるピカピカのなんだからもっと声張って呼び込みしろ」

　と辰は言うが。

　今日、暖簾をくぐる客は皆、こうだ。

「何だ、今日は天ぷらじゃないのか？」

なびきは客が来るたび二本包丁で鰺を叩くのを止め、精一杯笑顔を向ける。

「今日は鰺のなめろう、刺身は昼だけですよ！　夜は塩焼きです！　汁は雪花菜《きらず》汁！」

「……刺身ねえ」

客は何か言いたげに、それで容赦なく出ていってしまうのだ。

——恐らく昨日は大行列ができていたので天ぷらを小娘が揚げているとか気づいた者はなかった。席についてから酒がないと知っても並んだ後なのだから食べて帰らなければ損だった。

今日は「小娘の作った青魚の刺身、しかも酒がない」で二の足を踏む。鰺は今が旬と言うがこの暑いのにぬるい刺身を食べるのにもためらいがあるのだろう。

ちゃんと暖簾をくぐって食べてくれるのは由二郎と、近所に住んでいて遠くまで行くのが面倒くさい一部の常連だけだった。

それに猫。どこで嗅《か》ぎつけたのか刺身を取った後の鰺の頭やはらわた目当てに三毛は勿論、黒、雉《きじ》、錆《さび》、普段は寄りつかない鉢割まで来た。店の中が猫まみれになってしまうので辰が桶で鰺のあらを持って裏で猫をじゃらし、その身を挺《てい》して店を守ることになった。

「なめろう、美味しいのに食べもしないんじゃ報われないな」

客が帰ってしまうたび、なびきよりも由二郎が座敷でため息《あ》をついた。

——鰺をいちいち下ろして二本包丁で刻んで味噌や生姜と和えるのはなかなか面倒くさ

く、身が乾いてしまうので作り置きできない。客が少ないのが前提の品だとは言いにくかった。

「すごい店を見つけた、これは毎日大変だと思ったのに」

「煮売り屋ですから。料理をするのはわたし一人なのに、毎日、昨日みたいなことになったらわたしが続きませんし」

「そんなものかなあ」

「由二郎さんはてっきり昨日の赤ちゃんが心配になって来てくれたのかと」

「それもなくはないが、昨日のはまぐれではないとわかったよ。切っただけの刺身ではないし、この雪花菜汁もよそのと違う」

由二郎はわかったようなことを言う。若く見えるが食通なのだろうか。年を取って食い道楽に走ると身体を悪くするので、若いうちから？

「味に奥行きがあるというか……その辺の味噌汁はしょっぱくて。うちの賄いよりよくできてるよ。うちでは大したおかずもなく丁稚に味噌汁でたくさん白飯を食わせるから、汁の味が濃いんだ」

「そうでしょうか。ありがとうございます」

鰹節だけでなく昆布の出汁も使っているからだろうか。江戸の水は昆布の出汁が出にくいので長く漬けておかなければならない。手間がかかる。そのわりに煮売り屋の客は味わいもせずかっ込んで出ていってしまうかやくたいもない世間話を始めるかなので、こんなにきちんと感想を聞いたのは初めてだ。

「しかし昨日の連中は薄情だ。行列に飴売りまで来ていたのに、お祭り騒ぎを楽しみたいだけだったのか」

由二郎は憤慨しているようだった。

「河豚の飴売りですか」

なびきは少し陰鬱になった。

「列のそばにおかしなやつがいると思っていたら何のことはない、飴売りで」

「由次郎さん、買ったんですか？」

「まさか、空きっ腹にしょっぱい天ぷらを食べようと並んでいるのに甘い飴を舐めたら台なしじゃないか」

思い出すと、由二郎は忌々《いまいま》しい気持ちまで蘇《よみがえ》ってきたようだった。

「大人の男ばかりのところに来る飴売りもおかしなやつでね。面白ければ何でもいいという者が買おうとしていたけど〝飴の持ち合わせがない、次の機会に〟なんて言うんだよ。〝根津《ねづ》の山羊楼《やぎろう》をよろしく〟とか言ってたかな。多分、岡《おか》場所の宣伝だったんだ。それで笑う連中もいたが何がおかしいんだか」

それを聞いてなびきは「やはり」と心が痛かった。

欠けた茶碗のかけらを集めて組み立てて漆で継ぐように、何人かの話の隙間を理屈で継いでいくと、昨日何が起きたのか手に取るようにわかった。

真っ昼間、裏通りながら人がたくさんいる往来を抜けて裏長屋に突然、捨て子が現れた。子守りも女もいないのに。

菅丞相のように空を飛んで？

人が空など飛べるはずがない。ましてや赤子が。

答えは一つしかなかった。

わかったところで、子の親を探す手立てもない――

「わたしはああいうのが嫌いだよ」

食後の麦湯を飲みながら、由二郎はかぶりを振った。

「妙な着物を着て変な顔をしていれば人が面白がってくれるなんて芸ではない。子供騙しだ。吉原の幇間《ほうかん》なんか意外にちゃんと古典を読んでいたり、笑い話をするだけでも言葉を磨いているものだ。悪ふざけで金を取ろうなんてろくなものじゃないよ」

由二郎はこのところ江戸を跋扈《ばっこ》する飴売りという存在そのものに異議を申し立てているようだ。若いのに年寄りみたいなことを言っている、となびきはおかしかった。

「由二郎さんは芸に一家言あるんですか？」

「芸というか、絵師の真似事をしていてね。商家の次男の手慰み、大したものにはなれないだろうが日々勉強はしているんだ。理屈くらいきちんとしないと。高浜屋の次男に生まれたんだからそれで食うに困らない、めでたし、で終わってはいけないと思う」

――真面目な人だ。

江戸のほとんどの男は独身のまま死んでいく。

日銭を稼いで酒と博打といくばくかの女遊びができれば上等。何者にもなれないまま路上で物を売って裏長屋で寝起きして煮売り屋の飯を食い、倒れたら小石川の療養所に担ぎ込まれて――

この店の客のほとんどは名もなき職人、大工、振売、駕籠舁きで一生を終える。箪笥や桶にいちいち落款《らっかん》なんか刻まない。

真面目になんてやっていられない。酒か博打か女に逃げる。

それが普通だ。

「その点、なびきさんはその歳《とし》でこんなにご飯が作れて。立派だ」

由二郎は褒めているつもりなのだろうか。

「わたしなんてそれこそおじいちゃんに教わったままやってるだけですよ。何も考えないで働いてるだけです」

何者にもなれずに一生を終えるのはなびきもだ。煮売り屋の飯に名前なんか書かない。

自分は〝ご飯の神さま〟の運命からも逃れられずにいる。

ずっとここで神さまのために飯を炊き続ける。

やっていられない。

「それが立派だよ、額に汗して世の中の役に立って」

由二郎の言葉はカチンときた。

「往来の飴売りが額に汗してないというのは由二郎さんが信じたい〝夢〟ですよ」

　気づいたらなびきは語り出していた。

「一個二文や三文の飴を売って食い扶持《ぶち》を稼ぐのがどんなに大変か。一個四十文の干菓子を売る仕事の何十倍も働かなきゃいけないんですよ。辰ちゃんだって天秤棒持って魚河岸と長屋の裏を行ったり来たりするだけで寺子屋の勉強なんてしてないけど、何の魚は焼いたら美味しいとか一度食べたら忘れません。魚は悪くなるから急いで売らなきゃいけない、それで皆、足が速くて早口で。飴は一日くらいで傷まないけど飴売りの人にも苦労はあるんだと思います。ふざけたふりで子供に媚び売るのが楽な商売だったら江戸の人は皆、飴売りになっているはずです」

　理屈が立つのは自分の悪いくせだと思う。

　由二郎は箸を手にしたまま、なびきの話に少し目を瞬《しばた》かせた。「何だこの餓鬼、口答えしやがって」と怒り出さないのだから上品で良識がある人だ。

「……なびきさんには飴売りの知り合いが？」

「いませんけど、多分飴売りでも煮売り屋でも絵師でも命を懸けるときはあるんですよ。河豚の飴売りの人には昨日それがあったんです」

　彼に言っても詮《せん》ないことだが。

「なぜそんなことを？」

「飴を売る人は子供に顔を憶《おぼ》えてもらって毎日飴を買いに来てもらわなきゃいけないのに、

子連れでもない大人に話しかけて飴を売らない飴売りなんかおかしいですよ」

「おかしいが、そういう宣伝なのだろう？　目立って世間の話題になるために」

「〝多分〟って言いましたよね。由二郎さん、その店知りませんね」

由二郎は目が泳いだ。

「根津《ねづ》には行ったことがないから」

岡場所に出入りしたかなんて小娘に言いたくないのだろうが、問題はそこではない――

そのとき、昼八ツの鐘が鳴った。

鐘の音を聞いて、長っ尻《ちり》の客が床几に銅銭を置いて出ていく。泣いても笑っても今日のお昼はこれでお終い――

鐘の音の余韻をかき消すように、駕籠舁きのかけ声がした。この辺りでは珍しい。駕籠舁きは日本橋や、駿河台《するがだい》の武家屋敷の辺りで仕事をして、この辺には安い飯だけ食いに来るものだ。表通りが混雑しすぎて駕籠が通れず、近道を？

しかもすぐそばで止まったらしい。

「アリャ、今日はもう終わったのかい？」

少ししておしずが暖簾をくぐって入ってきた。総髪こそ変わらないが今日は袈裟も編笠も尺八もなく、御納戸《おなんど》色の地味な小袖で帯も黒く、普通の人みたいだ。

――甘やかされたご令嬢とはいえ目と鼻の先の三河町からわざわざ駕籠で煮売り屋に？

「いえ、ぎりぎりやってます」

「昨日と随分違うね」

「今日は閑古鳥《かんこどり》です、そういうものなんです――」

なびきが説明しようとすると、もう一人入ってきた。小柄な娘で簡素なかすりの小袖姿だが、まだあどけない顔立ちなのに随分白粉《おしろい》が濃い。こんなに暑いのに小袖の下に何枚も着込んで、着膨れしている。

「この子に何か滋養のあるもの」

おしずの連れらしい。駕籠に乗ってきたのは彼女なのだろうか。

「――具合が悪いならいきなり刺身はつらいでしょう。まずは雪花菜汁でどうですか」

なびきは愛想笑いをした。笑顔を作りながら観察した。

げっそりとやつれて目が落ちくぼんだ娘だ。きっと顔色が悪いのを化粧でごまかしている。

これは神さまの思し召しなのか？

神棚をちらりと振り返るが、今日は何の夢も見ていない。そういう日の方が多い。

「――ご馳走《ちそう》さま、また明日来るよ」

由二郎は腰を浮かせて袂《たもと》の財布を探ったが。

「いえ、由二郎さん、そこにいてください。さっきの話の続きがしたいので少し待ってください」

なびきは引き留めた。

「さっきの話の続きッて？」

「人は見た目じゃないってことでしょうか」

しばし、おしずのために鯵を下ろして叩く。力を入れずに手早く。

座敷に座ったおしずにはなめろうと汁と大盛りご飯、煮豆と漬け物を一通り。折敷にひとまとめにして出す。

娘には雪花菜汁――おからの味噌汁だ。煮売り屋の定番だ。

「雪花菜汁は宿酔《ふつかよ》いによく効きます。多分、風邪《かぜ》とかお腹《なか》が弱っている人にも。おからは豆腐を作った後の残りだけど、大豆の滋養がたっぷりです。ゆっくり飲むと身体が温まりますよ」

なびきが汁椀を差し出すと、娘はおずおずと受け取った。

おしずは向かいでためらいなくご飯茶碗片手になめろうを味わい、驚いたようにまじまじと皿を見た。

「ン。これ味噌？　味噌で刺身食べんの？」

「漁師さんは獲った魚をその場で叩いて味噌で食べるんですって。醤油もちょっぴり入ってるけど。辰ちゃんご自慢のピカピカの鯵です。猫にも大人気」

「へェ、いろいろ器用だねェ。ご飯が進む。お清《きよ》ちゃんも食べられればよかったのに」

おしずは軽口を叩きながらなめろうとご飯を交互にぱくつき、たまに漬け物や雪花菜汁にも手を伸ばす。暑気あたりなど縁遠い、見ていて気持ちのいい食べっぷりだ。嫁入り前の、もとい出戻りでも女が人前でこんなに物を食べていいのだろうか。

——多分、なびきも見ているだけでは駄目なのだろう。

由二郎を引き留めてしまった。さっき決めた方向に進むしかないのだ。

「——昨日の話、捨て子の真相」

なびきが切り出すと、びくりと娘が震えた。

おしずは箸を止めもしないで聞き返す。

「真相ッて?」

「あの子は、流しの夜鷹が声も上げずに産み落として去っていったのでもなければ、ねんねこを羽織った子守り娘が捨てていったのでもない。てっきりわたしは菅丞相のおとぎ話のように空を飛んで長屋の袋小路にやって来たのかと思いましたが」

「人が空飛べるワケないだろ」

「夢のある話ですよ」

なびきは自分で言っていて歯が浮く。夢なんかどこにもない。

「まあ実際のところ、空は飛んでいないんでしょうが。——昨日、辰ちゃんが天ぷらの行列に河豚の着ぐるみの飴売りが飴を売るのを見たって。荒物屋のおときさんも? おしずさんは見かけました?」

「見た。世の中どうかしてるね」

「それが実際に列に並んでいた由二郎さんによると、飴を売っていたんじゃないんです、飴を持っていなかったんです」

「飴を持っていない飴売り？」

「不思議だと思いませんか」

「そりゃァね。商売ならまだしも、頓狂《とんきょう》な格好を好きこのんでするとか」

——飴売りも、昔の浮世絵で見たというだけの理由で好きこのんで袈裟をかけて虚無僧の格好をしていた人に言われたくないと思うが。

「答えは簡単、店の宣伝だったんです。岡場所の」

「ああ、ナルホド」

おしずはあっさりうなずいた。

「——と、由二郎さんに続いておしずさんも引っかかりました」

「え、何？」

「水が低いところに流れるように、それらしい理屈があれば人はそっちの方を選ぶ、ということです」

多分、真面目に考えても致し方のないことがこの世にはあまりにも多いのだ。

それでも考える。人の命がかかっているから。

「わたしはそんな宣伝を打つ店、この世にないと思うんです。由二郎さんは根津に行ったことがないから知らないと言うけど、そもそも根津に山羊楼なんて店は存在しない」

「どういう？」

「飴売りの人が目立ちたくなくて言いわけをしていただけです。河豚の格好をした人なんか見かけたらいくらでも話しかけて根掘り葉掘り事情を聞きたいけど、店の宣伝だよ、と言われたら聞いた方はちょっとがっかりするでしょう。それ以上追及する気がなくなる。——それが狙いですよ」

「わざわざ奇天烈《きてれつ》な格好して目立ちたくないッてどういうこと？」

「答えがあの捨て子です。あの子は首が据わらないから背中におんぶできない。両手で抱っこするしか。他人に見られないように抱っこするのに、必要なのは河豚のかぶりもの」

それで全ての理屈が嚙み合う。

目立たないために、逆に思いきり目立つ。

蛸は顔が赤かったが河豚は白黒に塗っていたのだろうか？　安白粉と竈の炭でそれほど金はかからないだろう。

道化になりきればかえって何者かなど追及されない。

子供たちは蛸や河豚の衣装が目当てで、日によって中の人が違っても気にするかどうか。

恐らくあの河豚は日頃は全然違うところで商売をしていて、昨日のことを問い詰められても白を切るつもりだ。河豚の扮装は自分ばかりがしているわけではない、灰を塗れば人相は変わるとか言って。

「蛸の着ぐるみはほとんど頭だけ。亀や唐辛子は背中。お腹が大きいのは、河豚。河豚だけは両手を引っ込めて正面に赤ちゃんを抱っこしていても外からそうとはわからない。昼日中に男の人が人目につかずに赤ちゃんを運ぶ方法はそれだけです。河豚がうちの裏の長屋に子を産んで去っていったんですよ。別にうちの裏でなくてもどこでもよかったけど、赤ちゃんはいつ泣き出すかわからないし、なるべく早く人の多いところに捨てるのがいい。人のいないところに捨てて野良犬にかじられでもしたら寝覚めが悪いし、人の多いところなら他に誰か疑われる人がいるかもしれない。捨てるところは見られたくないけど捨ててすぐ誰かに拾われてほしい」

「ムシのいい話だね」

子捨ては矛盾だらけだ。育てたくはないが死なせたくもない。

人の多いところで目立ちたくない。

「昨日はうちの前に大行列ができていて、あれだけ人がいれば一人くらい罪をなすりつけられるような女の人が通りかかると思ったんでしょう。結果的にそうならなかっただけで」

「行列に並んでる連中に見咎められるじゃないか」

「行列に並んでる人たちは、列から抜けたら元の順番に戻れないかもしれないから長屋の袋小路まで追いかけなかったんですよ。いかにもおかしな河豚を見かけて追いかけようかどうしようか迷っている間に、河豚はさっと子を捨てて自分から戻って行列に近づいて、ありもしない店の宣伝文句を言い出した。河豚の言うことですから妙ちくりんで辻褄《つじつま》が合わない方が面白がってもらえるし、形ばかり宣伝文句がついていれば皆、それなりに納得して冷静になる。底の浅い話が一つ見えたらそれ以上の答えは必要ない。世の中にはそんな商売があるのか、で終わります」

現に由二郎はそこで考えを止めてしまった。

江戸では奇抜な飴売りのすることなら何でもあり、がまかり通る。

「ふざけた格好の人は頭の中もふざけているもの、本当は深い事情があって悩んでいるとか誰も知りたくないんですよ」

おしずは初めて箸を止めた。うつむいて雪花菜汁をじっと見つめている。

「あの子、どうなった」

「まだ自身番に。子守りは暇な女の人で持ち回りするとして、乳が出る人が見つからないって。赤ちゃんは乳の出る母親がいる家にしか里子に出せないそうです。いくら育ててやりたくてもそれ以外は無理です、情で何とかなるものではないです」

なびきもなるべくそちらを見ないようにしていた。

「菅丞相は博士や大臣や神さまになれるお方だったから自分で親を選びましたが、河豚の子にそんなことはできません――」

わあっと声を上げて娘、お清が泣き伏した――

雪花菜汁の椀が土間に転がり、汁がこぼれて広がったが、なびきは文句を言わなかった。砂をかけて掃《は》けばいいのだ。

取り返しのつくこともある。

7

お清がおくまに連れられて番所に行った後、おしずは食後の麦湯を飲んでため息をついた。

「お清ちゃんはさ、小石川に住んでた頃の友達なんだけど半年ほど前に許婚《いいなずけ》が病でコロッとおっ死んじまってねェ。でも祝言を挙げる前でよかったとか言ってたら、あそこのおっ母さんがわざわざアタシに聞きに来たんだよ。中条《ちゅうじょう》流の堕胎医ってどうなんだッて。医者やってるのは父さんと兄さんでアタシにそういうことはわからないって答えたらそれッきり。そこに昨日の話。何だか据わりが悪いから今日になってお清ちゃんを訪ねていったら、青い顔して納戸で丸めた布団に寄りかかって。その割に子はどこにもいないしおっ母さんは歯切れが悪いし、ドンピシャリだよ。アレしかないじゃないか」

話しながら居心地悪そうに総髪の頭を掻く。

——産後の女は七日ほど座ったまま布団にもたれるなどして、横になって寝てはいけない、というのはおくまの言っていた話だ。

「コイツは具合が悪そうだ、今評判のなびきの天ぷら飯を食べればキット一発でよくなる、医者の娘のアタシが言うんだから間違いないって舌三寸で言いたい放題言って無理矢理駕籠に乗せて連れてきた。サアどうやって河豚太《ふぐた》のところに連れてくかって」

勝手に変な名前で呼ぶなと思う。

「医者じゃないからわからないのに？」

「結果がよけりゃァいいんだよ」

おしずはあっけらかんとしているが、なかなか無茶をしたものだ。

「祝言挙げてねえのに子だけ出来たんじゃ順番が逆じゃねえか」

辰は白けた顔で床几で三毛を抱いて背を撫でていた。鯵の頭とはらわたが売り切れるとあれだけいた猫たちはさっと散会して、結局情の深い彼女だけが残った。

「惚れ込んでたんだろうさ、野暮を言うない。お清ちゃんには次の許婚が決まってた。親としてはコブつきで嫁にやるわけにいかなかったんだろうね。親なんて勝手だよ、誰と結婚しろとか子を産むなとか」

傍若無人《ぼうじゃくぶじん》なおしずが、そのとき少しうつむいた。

——きっと〝ご飯の神さま〟は親心など解さないだろう。なびきにもわからない。

「あそこの家、地主でいくつか長屋持ってたから家賃のためなら何でもやる飴売りの一人二人いたんだろうよ」

「飴売りは悪いやつだったんじゃないか」

由二郎も顔をしかめていたが。

「いい人ですよ。押しつけられただけなのに面倒だからって人知れず川に流したりしないで、危険を冒して人の多いところまで来たんだから。生きてるのが一番いいんです」

言いながら、なびきの心は晴れない。

赤子と再会できたとして、お清の次の縁談はどうなる。

おしずはお清の親が勝手に捨てたと決めつけているが、なびきにはそこまでの確信はない。お清が飴売りに頼んだのかもしれないではないか。

新しい許婚とやり直す決意をしたのかもしれないではないか。

二人で寄ってたかって彼女の人生を邪魔しただけなのでは——

「——そうだよ、生きてるのが一番いい。そういうことにしときな。アンタだって昨日もらい乳できなかったらどうなるッて顔真っ青だったじゃないか」

おしずがおかしそうに笑った。

「今日も、別に黙ってたっていいのに河豚の着ぐるみがどうの。グダグダ理屈の多いヤツだと思ったよ」

「おしずさんは理屈がなさすぎるんじゃないですか？」

「言うねェ」

おしずはそこで、なぜか口に手を添えて声をひそめた。どうせ皆聞いているのに。

「——お清ちゃん、親に次の縁談を急《せ》かされただけで前の許婚のこと忘れられないみたいだよ。まだ半年だ。相手が死んじまったンじゃ欠落するわけにもいかないけどさ。二年や三年あの子に乳やって、次の男を探すか探さないかなんてそれから考えりゃいいンだ。あの子を里子に出すか自分で育てるか、乳離れしてから考えればいい。早く決めなきゃいけないことなんかない」

――あ。

それはそうだった。

なびきは自分の勇み足を恥じた。

祝言の前であっても、情もないのに子だけ産まれたのではない。

急に恋人に死なれた女の気持ちがなびきにわかるはずはなかった。

子だけ消えて失《う》せればさっさと切り替えられるだろうなんて、思い上がりも甚《はなは》だしい。

不幸な捨て子と不幸な女が現れるだけで、慌てて動き回っても心の傷は広がる一方かもしれないのに。

理屈ではないのだ。

「歳が何だと親にせき立てられて嫁に行くなんてこの世で一番しょうもない！　短い人生、どうせ棒に振るなら一緒に損する相手くらい自分で決めなきゃァ」

おしずが高らかに笑った――ものすごい説得力だったが、身も蓋《ふた》もなさすぎる。

「親に疎まれたらアタシと後家仲間やりゃァいいよ。後家仲間のコブのある方とない方でつるんで励まし合うさ」

そんな簡単な話か。

――たまには簡単に考えてもいいのかもしれない。いちいち生きるの死ぬの、悩むのも馬鹿馬鹿しい。

「うちで雇うのはちょっと……嫁《い》かず後家のわたしも合わせて後家の三姉妹とか、水茶屋じゃあるまいし」

「十四で嫁かず後家になるつもりとか、チト男に絶望しすぎじゃないかい、なびきさん。魚屋のせいか？」

「何でオレが悪口言われなきゃいけねんだよ」

——馬鹿な話は放っておいて。

厨《くりや》の後片づけを終えて、なびきは桐の箱を取った。

昨日、白雪糕をしまい込んで再び六個の菓子が整然と並んでいる。

——兎《うさぎ》はかわいそうだ。余所《よそ》さまの看板は気が引ける。

残るは桜と手鞠と扇——扇が薄桃色なので、それかと思った。

「小石川の静御前はやっぱり源氏《げんじ》方なんですか？」

「——アレ。抹茶を持ってくるの忘れてたよ。バタバタしてたから。今日はお清ちゃんのおっ母さんに話しかけなきゃいけないから、着物も地味でないと。探すの大変でさ」

「着物はそれくらいがいいです。——今日のところは麦湯で食べちゃっていいですよ。六個もあるんだから一個くらい」

言いながらなびきは扇形の白雪糕をまな板に置き、包丁を当て、一思いに叩き割った。

スパッと真っ二つになる。

なびきは小皿に半紙を引いて半分になった扇の白雪糕を載せ、おしずに差し出した。

「はい、那須与一《なすのよいち》が射落とした平家の扇の的でございます」

茶席の作法は知らないので言葉で飾るしかない。

「お互い、頑張りました、ということで」

自分では半欠けの白雪糕をそのまま指でつまんでかじった。心地よい甘みは辰が言うほど甘いだけではない。

おしずは目を丸くしていたが、やがてにやっと笑って白雪糕の残りを取った。

「ではご褒美つかまつる」

武家らしいのか、らしくないのか怪しい返事をして白雪糕をかじった——半欠けでも結構大きいので一口では入らない。

なびきももう一口かじった。

和三盆のすっきりとした甘みが広がる。それだけではないまろやかな味わいは、白隠元の餡《あん》が練り込んである？　だとすると見た目ほど日持ちするわけではない。

米の甘さ、麦の甘さは重たい滋養の味だ。人が生きていくのに必要な力。

ここで生きている限りその味からは逃げられない。運命のようだ。

純粋な砂糖の甘さは違う。軽やかだ。

そのままでは雑味だらけの黒糖を極限まで研いで真っ白の粉にして、豆と蓮の実と微塵粉で一層際立てる。隠元豆は豆でも五穀ではない。

ほのかに香る異国の香辛料。

当たり前のものなど一つもない。

一生知らなくても生きていける味だ。

「おじいちゃんの口癖なんですよ、〝若いうちの苦労は買ってでもしろ〟」

「その言葉、アタシはどうかと思うけどね。苦労なんてないに越したこたァないよ。人間五十年、辛抱なんかしてる暇ない」

おしずがそう言うのは大体わかっていた。

「それがうちのおじいちゃんもう六十で若くないし、十年前でも五十だし、苦労と称してお干菓子やら生菓子やら買ってくるんですよ。わたしにもくれるから舌ばかり肥えちゃって。こういうの食べ慣れてるんです」

「この店、煎茶もないのに生菓子買うのかい？　そりゃァ奇特なじいさんだね」

「謎《なぞ》でしょう」

「ナルホド、風流人の謎かけッてワケか」

昔はなびきも「美味しいお菓子が苦労なんて、おじいちゃんはどこか悪いのではないかしら」と悩んだものだ。美味しいものを食べるのに、大人は変な言いわけをしなければならないのか、とも。

最近は少しわかるようになってきたが。

「じゃあ静御前としての答えはこうかな――〝確かに九郎《くろう》はいいもんだ〟」

おしずがそう綺麗にまとめたので、今日はそれでいいことにした。

三話　雨の日の江戸はとことん眠い

1

「なびきよ。上方ではな、不幸せは仲間を連れてくると言う。〝寒い〟〝ひもじい〟〝死《い》んでもたい〟」

〝死んでしまいたい〟を上方流の早口で言うと〝いんでもたい〟になるらしい。

なびきが幼い頃《ころ》、久蔵は既に筋張った老人だった。見るからにいかめしい顔つきで唇を引き結んで、見た目通りに気難しかった。

久蔵の口癖だった。

「温かい飯で二つまでごまかせる。身体《からだ》がぬくもって腹がくちくなれば死にたい気持ちも多少は和らぐ。飯はお櫃《ひつ》に入れてもすぐ冷めるから温め直しやすい汁じゃな。味噌汁《みそしる》、粕《かす》汁、すまし汁。死ぬしかないと思い詰めとっても、冷たい飯に熱々の汁をかけてかっ込めば大方解決する。酷なことじゃ」

「コクって?」

「ひどい、という意味じゃ。死にたいほど悩んでおったのにこんな道端の飯屋で飯を食うたら治ってしまった、腹が減っていただけじゃった、と思い知らされて傷つく者もおる。武士は食わねど高楊枝《たかようじ》と言うが、飯を食えんでいると心まで貧しくなる。貧すれば鈍する。人は自分で思う以上に、心も身体も飯のことしか考えとらん。そうしてついに〝飯の神さま〟に手をかけるに至った――」

お告げの夢で見る〝ご飯の神さま〟は美しい女の人の姿をしている。美しいと言うわりに顔はおぼろげでよく憶《おぼ》えていられないのだが。

ただ、腐り果てた恐ろしい亡骸《なきがら》のように見えることもある。

夢の中でなびきは鎌《かま》や刀を持っていることがあり、亡骸に刃物を突き立てる――肉の隙《すき》間《ま》からぽろぽろぽろと白米がこぼれ落ちるのを、必死でかき集める。初めて見たときは怖くて泣いた。

久蔵も同じ夢を見るそうだ。

「あるいは〝飯の神さま〟が罪を赦《ゆる》さぬゆえに、人をこのような浅ましいものにしてしまったのやもしれぬが」

久蔵は〝ご飯の神さま〟のお供え番に選ばれ、仕えることになったのを〝捕まった〟と言っていた。

「飯を供え続ければいつかわしらの罪は赦されるのかもしれんし、そんな甘い話ではないかもしれんが――願を掛けて供え続けよ」

「がんをかけるって？」

「神さまにお願いごとをするのじゃ。——〝家族に会えますように〟とかな」

久蔵は起請文《きしょうもん》の書き方を教えてくれた。神に誓う——この場合はお供えを欠かさないと約束し、手に墨を塗って手形を捺《お》す。代わりに裏に願いごとを書く。

なびきの願いごとはいつも同じだった。


なびきが幼い頃、江戸には大火があった。

大火というのは一軒二軒が火事を出したという話ではなく、五百もの町が一日で灰燼《かいじん》に帰し、百年に一度あるかないかの火勢にご公儀も騒然となった——

そのときの火元は江戸城から見て南、湾に面した芝の車町《くるまちょう》と言われている。風に煽《あお》られ次々大名屋敷に燃え移り広がって、火炎は銀座《ぎんざ》、京橋と大風のように北上し、日本橋は壊滅。被害は神田、浅草《あさくさ》にまで及んだ。遠いところで二里半も炎は這《は》い進んで町を舐《な》め、江戸の東側三分の一が火の海に呑《の》まれた。炎の前では大名屋敷も商家も安長屋も、ただの木と土くれだった。

なびきは炎を見ていない。寝ているとけたたましい半鐘で起こされ、父と母と兄と四人で逃げた。なびきは四歳で兄は二つか三つ上。父が家財道具の行李《こうり》を背負って母がおんぶ紐《ひも》でなびきを背負い、兄の手を引いて逃げた。

あっちが燃えている、風向きはこうだからあっちに逃げろという怒鳴り声がして、同じように風呂敷《ふろしき》や行李を背負った人の群れに交じった。どこを見ても人。縁日の楽しい人だかりと違って皆、怖い顔をしていた。地べたを歩く小さな兄が踏み潰《つぶ》されそうだった。いなせな町火消しが颯爽《さっそう》と、なんて全然見えなかった。

そういえば夜空が夕日のように赤く染まっていたような。大人が皆、怒っているようでとても綺麗《きれい》だなんて言えなかったが。

どこか、大きな橋を渡った先の開けたところで「川を渡ったからここなら大丈夫だ」という話になって、母が紐を解《ほど》いてなびきを地面に降ろした。母もくたくただったのだろう。なびきは家族を元気づけたかった。近くに小さな稲荷《いなり》のお堂を見つけて、「火事が早くやみますように」と手を合わせて――

その後の記憶が曖昧《あいまい》で、気がついたらこの店の床几《しょうぎ》で久蔵にこんにゃくの味噌汁を飲ませてもらっていた。

久蔵の話ではこうだ。

――日本橋が黒煙を上げて消し炭になっていくありさまは神田の火の見櫓《やぐら》からも見えたそうで、明け方頃に自身番では半鐘とともに普段聞かない銅鑼《どら》や太鼓などあらゆる鳴り物が音を立て、火消しの怒号が響いた。この辺では火消しが喧嘩《けんか》をする余裕があったらしい。煙の匂《にお》いが息苦しいほどで、強風が吹いてどこかの町の燃えた灰が砕けてパラパラ落ちてきたが、久蔵は隣近所が逃げても店に残っていた。

お告げは当たり前のこんにゃくの味噌汁で、神棚の遷座などついぞなかった。

彼はどうせ独り身の五十代だ。

〝ご飯の神さま〟が守るに値する神かどうか、試すつもりでもあったそうだ。

二度寝する気にもなれず、南の空が緋《あけ》に染まるのを彼も見ていた。

そうすると煙の匂いの中、とっくに人がいなくなった往来を芥子《けし》坊主の子がよちよち歩いてきた。赤い着物でかろうじて女の子とわかった。

自分で「なびき、よんさい」と言っていた。

隣近所は皆、自身番の者までも久蔵の頑固ぶりに悪態をついて逃げていた。火消しはどこか遠くで仕事をしていて人っ子一人いない。

親もいないようなので、久蔵はとりあえず前の日の味噌汁の残りを飲ませて飯を食わせた。子供の相手などついぞしたことがなかったが、なびきは怯《おび》えもせずよく食べた。

それから夜が明けたが、朝から大雨が降ってそれで火事はやんだ。

――危ないところだった。目と鼻の先の佐柄木町《さえきちょう》はそっくりやられた。しかし紺屋町の煮売り屋――当時は〝かんなび〟――は残っていた。

炎は南から来て、ここより北の和泉橋《いずみばし》や筋違橋《すじかいばし》の辺りで燃えたところもあったのに――

久蔵はこれを〝ご飯の神さま〟の加護と思い、神意に従うことにした。こんな劇的な出会い方をしたなびきは、〝ご飯の神さま〟のお告げの夢を見る能力まで持っていた。只者《ただもの》ではなかった。

問題はなびきだ。大火の混乱ではぐれたのだろうが、親が捜していないはずはない。

だが四歳の子は自分の父と母の名を知らなかった。

兄の名は〝サキチ〟か〝タキチ〟か〝タイチ〟で寺子屋には行かずに家で遊んでいた。それくらいで、住んでいた町の名も言えない。

着物に身許《みもと》のわかるような印はなく、首にくくりつけた風呂敷の荷物は自分の着替え。他には木彫りの犬のおもちゃを持っていた。これが父親の手作りなら居職《いじょく》の職人だが、買ったか貰《もら》い物かもしれない。

手がかりはおもちゃが一つだけ。

なびきの渡った「大きな橋」が竜閑橋《りゅうかんばし》でお堂が出世不動の裏の稲荷なら、その辺りはすっかり燃えてしまっていた――

いやしかし、家族の行方はわからない。

竜閑橋から更に逃げたのかも。

江戸で最悪の振袖《ふりそで》火事こと明暦《めいれき》大火の犠牲者は十万余人。阿鼻叫喚《あびきょうかん》と言っていい。

対して、この大火の死者は千二百人。

二桁《けた》も少ない――大名屋敷や日本橋の大店《おおだな》、いかにも人の多そうなところばかり焼けたのに――

明暦大火から百年以上経《た》って町人も火消しも場慣れし、肝が据わった。「火事と喧嘩は江戸の華」を心に刻んで家が燃えるのは仕方がないと割り切って、町人は身一つで逃げるのをためらわなくなり、火消しも彼らを速やかに導くすべを心得た。「神棚が燃えたときにはわしの命もない」とか深刻ぶっていたのは久蔵一人だけで他の人は皆、ちゃんと避難していた。千二百人とはよほど運の悪い人の数だ。

なびきの家族も竜閑橋でちょっと休んだだけで、上野辺りまで逃げたのだ。神田の住人が根こそぎ逃げたのだから彼らもぼんやり火が来るのを待ったりしなかっただろう。

両親も兄もきっと生きている。

久蔵はなびきを出世不動の焼け跡に連れていき、迷子の貼《は》り紙を貼った。

何せ日本橋が丸々一帯焼け野原になってしまったので、あちこちで黒焦げの柱にたくさん人捜しの貼り紙がひっついていた。なびきは神社の神主が振る大幣《おおぬさ》のようだと思った。

なびきはまだ字が読めなかったので久蔵が代わりにその辺の貼り紙を読み上げてくれた。聞いたことのある名前はないか、と。

――誰々《だれだれ》を捜している、誰々は元気だ、この紙を見たらどこそこを訪ねてくれ――

大勢の祈りが風に揺れていた。


それらしいのは見つからなかった。

その後もちょくちょく人捜しの貼り紙を見て回ったが、半年ほどで出世不動は再建された。日本橋もみるみるうちに瓦礫《がれき》が取り除かれて元の大店が戻った。大工と材木問屋は引っ張りだこだったろう。

なびきだけが取り残された。

残る手がかりは、時刻。

大火の直後は噂《うわさ》が錯綜《さくそう》していたが、徐々に落ち着いて芝での出火は朝とわかった。なびきは一度眠りに就いてから半鐘を聞いて起こされて夜半に逃げた――幼子でも昼と夜とを間違えたりはしない。

火元に近い芝や銀座なら昼日中に逃げていたはずだ。

夜中ということは日本橋の北の方。元々の住まいは神田からそう遠くはない。

ご隠居が推理し、おくまとなびきで日本橋のたもとの自身番に迷子の貼り紙を貼ってくれるよう頼みに行った。

高札場や晒《さら》し場の近くなら通りかかった人も見てくれるはず。

寺子屋で字を習って以降はなびきが自分で貼り紙を書き、十歳を越えると一人で行くようになった。

〝居職の某《なにがし》の娘、なびき、当年十四歳。寅《とら》年三月の大火で竜閑橋にて父母を見失い候。神田紺屋町の煮売り屋にて待つ。父、母、兄、連絡されたし〟

自身番では他にもたくさん迷子の貼り紙を預かっているのを見せてもらった。なびきと同じく寅年三月の火事で焼け出された六歳の三郎《さぶろう》や八歳のお豊《とよ》。何となく友達のように思っていた。自身番の親方もすっかり顔馴染《かおなじ》みになった。

その後、貼り紙は少しずつ減っていって今ではなびきだけだ。

親が見つかるまで久蔵はなびきを煮売り屋の跡継ぎとして育てることになったが――久蔵はさほど嬉《うれ》しそうではなかった。

「店が燃えず新しい供え番が現れたということは、カンさんが言ったように、また飢饉《ききん》が起きるのじゃろうか」

カンさんというのがこの店の初代らしい。名は正しくは寛太《かんた》。久蔵に後を任せてふらりとどこかに行ってしまったそうだ。

なびきは家族が見つかったら店で働くのは通いになるのか、煮売り屋で働いて藪入《やぶい》りなどでときどき家族のところに帰るのか——あるいは家族は「煮売り屋で酔っぱらいの相手をするなんてとんでもない、嫁入り前の娘が」と怒って、なびきの嫁入り先を探すのか。

いろいろ考えつつ、〝いつか家族に会えますように〟と書いて毎年、起請文を神棚に納めている。久蔵に言われた通りに。

最初のうちは料理を運んだり皿を洗うばかりだったが、折敷《おしき》を落としてしまうことも多く、よく叱《しか》られた。

そのうちに米の炊き方を教わり、芋の煮方を教わり、豆の煮方を教わった。できることは何でもさせられた。

冬は手がひび割れるし重いものを持たされるしで決して楽ではないが、飯屋で憶えた技は将来どこでも役に立つだろうし、人買いに出会ったりしなかったのは運がいい方なのだろう。

再会したら両親は「今までよく頑張った」となびきを褒めこそすれ、「煮売り屋なんてとんでもない」なんて怒ったりしないと思いたい。

2

雨の日の辰は覇気がない。

「なびき、今日はこの鯵《あじ》の開き全部買えば間違いなしだ」

「わかった、全部買います」

いつもの朝のこのやり取りにも喜びがない。

天秤棒《てんびんぼう》の桶《おけ》が空になっても、三毛が足もとにじゃれついてしなを作っても、辰は柱に手を突いて嘆いていた。

「……まだ家に売らなきゃいけない開きが桶二つある……」

「お疲れさまー。うちはもうこれ以上は無理です」

なびきは他人《ひと》ごとだと手を振った。

雨の日は漁師が漁に出ないから魚河岸も休み。

だが棒手振《ぼてふり》の仕事は休みではない。

日頃、売れ残りの魚などを干物や塩漬けにしておいて、雨の日に雨具を着て売って歩く。家の外に出たくない人は多いので軒先まで持っていくと結構売れる。

漁師と大工以外は皆、雨の日でも普段通り仕事をしている。晴れた日しかできない仕事の人は内職に精を出す。辰に限らず皆、宵越しの銭を持っていないので梅雨《つゆ》どきなど「雨だから休み」とかほざいていると飢えて死ぬ。世の中は甘くなかった。

情の深い三毛はこんな雨の日に外に出たら死んでしまう、後生だから行かないでおくれとしきりにニャーニャー鳴いて辰を引き留めたが、辰は蓑《みの》を着込み笠《かさ》をかぶって彼女の頭をひと撫《な》でふた撫ですると、涙を呑んで彼女を振りきり、家に干物を取りに行かなければならなかった。悲しい別れの一幕だった。

煮売り屋は雨の日の客足は半分以下。やる気が出なくてよほど不機嫌になりたいところ。それでも雨の日は稼ぎどきだ。

「なびきさん、手伝いに来たよ」

なびきは全く期待していなかったので、昼四ツの鐘が鳴る頃におしずが番傘を差してやって来たのに驚いた——いや、ぜひ店を手伝いたい、おくまも一人では厳しい、銭の勘定はおしずの方が早いと言っていたので当たり前と言えば当たり前なのだが。

「来たんですか⁉」

「来るよ、アタシやる気なんだから」

おしずは傘を畳むと、手拭《てぬぐ》いで顔やら髪やら拭《ぬぐ》っていた。「食べ物屋なんだから」と釘《くぎ》を刺したおかげで人並みの紺のかすりの小袖《こそで》だけだ。置いてきぼりにされた三毛が、おしずの小袖の裾《すそ》をしきりに嗅《か》いでいた。

「何すればいい？　ご飯炊く？　野菜とか切る？　魚？」

その言葉に、もう一度驚いた。

「……おしずさん、ご飯なんかとっくに炊いて焼き飯にしましたよ」

「エ？」

おしずがぽかんとした。

「調理やりたかったんなら朝五ツには来てくれないと」

「朝五ツ⁉」

なぜおしずの方が怯《ひる》むのか。

「辰ちゃんは木戸開いたらすぐ魚河岸に行きますよ」

なびきは毎朝、木戸が開く明六ツ頃に起床。前の晩の残り物に一手間かけて神棚に供えて自分も食べ、米を洗い、夜のうちに水に浸《つ》けてもどしておいた大豆を煮ながら棒手振が野菜や魚を売りに来るのを待つ。豆は煮えるのに半時《はんとき》から一時《いっとき》かかる。

食材が揃《そろ》いきらないうちから見当をつけて芋の皮剝《かわむ》きなどを始めるので、本当のところ調理の開始は朝五ツより早い。

今日はお告げの夢が粕汁で振売の酒粕売りがすぐに来たのもあって、さっさと仕度が済んでしまっていた――粕汁の夢はあまり語りたくない。〝ご飯の神さま〟が口から酒粕を吐くところを詳細に思い出すのは勘弁だ。はいはい酒粕ね、で済ませたかった。

「ア、アタシ辰より起きるの遅いの……？」

おしずは一人で柱に取りすがって打ちひしがれていたが、魚屋が早起きなのは常識だと思う。お医者は夜中に叩《たた》き起こされるものという印象が強いが、そういえば朝は何時に起きるのだろう。

「明日は来るなら明六ツにお願いします。おしずさんの分も朝ご飯用意するので。来るなら前の日にそう言ってください」

「じゃあ今日はもうアタシのやる仕事、残ってない……？」

おしずは気まずげに上目遣いでこちらを見たが。

「まさか。雨降りですよ？　来てくれて助かります」

なびきは彼女の手を両手でしかと握った──実のところ、なびきは感激で目が潤むほどだった。こんな日に来てくれたおしずが天女のように思える。

このところの売り上げ不振を今日一日で取り返せるかもしれない。朝から頑張って汁を仕込んでよかった。報われた気分だ。

なびきの喜色満面の風情を、おしずは訝《いぶか》っているようだった。

「でも雨の日ッてアンマリこういうご飯屋、お客来ないンじゃないの？」

──そう思うのが素人の浅はかさ。

「髪結床や洗濯、小間物ならお客は晴れた日にしよう、今日はいいやと思うでしょうね。湯屋《ゆや》も我慢するかも。──でも〝今日は雨だから何も食べられなくていいや〟と思うのは猫だけですよ。ご飯抜きなんて折檻《せっかん》です」

なびきは胸を張った。これは十四年の人生の経験則である──三毛は雨の日でも辰に貢がれた目刺しの頭をしゃぶっていたが。

「雨の中、来るお客なんかいないンじゃないの？」

「相手が来ないならこっちが行くのです」

なびきは両手のひらをぴたりと合わせた。

――名づけて〝食らわんか作戦〟。

〝食らわんか舟〟とは上方、淀川《よどがわ》に出没する煮売り舟である。京から上方は淀川の流れに乗って船で移動すると楽なので、客や荷を乗せた三十石船が行ったり来たりする。

〝食らわんか舟〟はその三十石船に横付けして、水夫《すいふ》や客に牛蒡《ごぼう》汁やあんころ餅《もち》を売りつける。彼らの商売ぶりはといえば「早い、安い、不味《まず》い」――そんな態度でも川の上では他の店なんて選べないので、買うしかないのだ。

水で行動範囲を狭められているという点では、雨に降り込められた長屋の住人も同じ。ということで。

なびきは蓑と笠、そして天秤棒に倹飩箱《けんどんばこ》を用意していた。飯櫃《めしびつ》や粕汁の鍋《なべ》を倹飩箱に入れ、雨が入らないように覆いをする。

「出前ですよ！」

「客に頼まれた？」

「いいえ！　振売です！」

今日、雨が降るなんて誰も予想していなかった。注文に来るのも食べに来るのも手間は同じだ。

おしずはきょとんとしていた。

「……注文もないのに、イキナリ鍋持って長屋まで行くの？」

「そうです、これも計算のうちです！」

蓑を着て笠をかぶると普段でもそんなにない色気がいよいよ消えて失《う》せるが、仕事だ。おしずはもっと嫌がるかと思ったがわりと素直に自分も蓑を着た。袈裟《けさ》に比べたら蓑くらい普通か。

恐らく、まだ何をするかはっきり理解していない。気づく前にさっさと済ませよう。

なびきは倹飩箱を下げた天秤棒を肩に担いで持ち上げ、おしずにも同じように持たせる

――彼女は数歩、よろめいた。

「重ッ⁉」

「重いですよ」

なびきはおしずの悲鳴を受け流した。

「おくまさんに持たせたら腰を痛めるかと心配してましたけど、おしずさん薙刀《なぎなた》やってるならこれくらい平気ですよね？　わたしより背、高いんだし」

焼いた魚の干物や煮豆は軽いので、考えて均衡を取らなければならない。

なびきは拳《こぶし》を握り、気合いを入れた。

「わたしも重いのは嫌だからさっさと売って軽くしましょう！」

「無茶苦茶だァ！」

そこまででもない。冬なら笠をかぶってもなお顔に当たる雨粒が冷たくて、蓑も水を吸

って死にそうだが、今は暑い季節なので水に濡《ぬ》れても「どうせ風呂《ふろ》に入るからいいや」で済む。

雨の日に人は冒険しない。なので奇抜な飴《あめ》屋やおもちゃ屋などは商売にならない。必ず売れるものだけが売れる。

まずは番所を回る。木戸番は昼は寝ているし奥さんが締まり屋で買ってくれないのを知っているので、自身番の方。

「皆さまお疲れさまです！　中食に煮売り屋〝なびき〟の鶏《とり》の粕汁はいかがですか！」

恥ずかしい気持ちはもうずっと前に捨てた。

大声で腰高障子《こしだかしょうじ》の前で呼びかけてから開けると、折よく畳敷きに大寅と小者《こもの》二人、親方が三人座っていた――いきなり六人、幸先がいい。

自身番は町内の治安を守るため、地主自身が番をする――という名目で設けられていたが、雇われの番人が詰めていた。親方という。本当なら名主やら表店《おもてだな》の店主やら常時五人いなければならないが、奥に下手人を捕らえて尋問する板の間がある分、狭苦しいので略して三人だった。

ここに定回り同心など奉行所の役人が立ち寄ることがある。

彼らは町の犯罪に対処すべく日々決まった順路で見回りをしている。

小者はそのお伴など雑用をしたり、独自の情報網を生かして定回り同心の巡回路とは違うところを回って事件を捜す――ご公儀では思いつかないような人聞きの悪いところを巡る、とも言う。

のだが、こんな雨の日は順路が決まっている同心はともかく、小者の見回りはおざなりになる。

事件を捜して歩き回るのが馬鹿馬鹿しい、雨の日に悪人を追いかけたってどうせ捕まらない――

そんな甘えた考えで義務的にちょっと回ったら、後は自身番で雨宿りする。定回り同心も順路は変えられないが何だかんだ自身番での雨宿りの時間を長く取る。

狙《ねら》い撃ちできる鴨《かも》だ。喧嘩や盗みや殺しのお取り調べをするのは皆が皆、図体が大きくてよく食べる男。なびきは店を出て一番最初にここに来たので小者がたかるような銭も持っていない。

――どうせなら金払いのいい同心を捕まえたかったが、昼に腹が減るのは小者も同じだ。捕物帖《とりものちょう》では十手持ちが下手人を捕まえるが、煮売り屋〝なびき〟では飯屋が十手持ちを捕まえる。

普段は憎たらしい大寅の顔も、今日はありがたい〝お客さま〟だ。大寅は面倒くさそうに答える。

「酒のない煮売り屋か。粕汁と何だって?」

「粕汁と鯵の開きと煮豆と焼き飯です」

「仕方ねえなあ」

なびきはうきうきと持参の椀《わん》や皿に料理を盛り、勘定を済ませて小屋の戸を閉めた。食器は後で取りに来る。

「いきなり六人分も売れて軽くなったでしょう！　身体が羽根のようでしょう！」

「そ、そうだね……」

なぜかおしずは浮かない様子だったが。笠と蓑が恥ずかしいのだろうか。虚無僧よりも？　快活で凜《りん》とした美少女っぷりも蓑を着たら台なしだ。

「必要としているところに必要とするものを届けるのは商売の基本！　重い荷物を持って歩いて銭をもらうのです！」

なびきは自分に恥じるところなどなかった。いつもはうつむいていたが今日はぴんと背筋を伸ばしていた、倹飩箱が地べたにつかないように。

後は順繰りに、家族の多いところを狙って回る。

暇にしている大工の一家など丁度いい。大工の八兵衛《はちべえ》は三人の子持ち、一気に五人分売れる。

「ハチさんのおかみさん、煮売り屋〝なびき〟の粕汁はいかがですか！」

二階建ての長屋の裏口から大声で呼びかけると、腰高障子が開いた。

二十そこそこの大工の女房・おゆうはなびきと同じ悩みを持っている。髪が癖毛で髷《まげ》が緩みやすい。雨の湿気で一層丸髷が緩むらしく、鬢《びん》の毛が垂れていて疲れた印象に見えた。網代《あじろ》模様の小袖に襷《たすき》と前掛けをして、中食の仕度の最中だろうか。

おゆうは無遠慮になびきをじろじろ見たが、なびきは怯まず満面の笑みで彼女に尋ねる。

「いかがですか？　粕汁」

「……重そうだし雨の中わざわざ持ってきてくれたんだから、買うよ」

おずおずとうなずくおゆうに、なびきは頭を下げた——あまり下げると天秤棒が傾くので、軽く。

「ありがとうございます！」

おゆうは優しくていつも買ってくれる。中食の仕度を既に済ませていても、晩ご飯にしてくれる。

大工の家の鍋に粕汁を注ぎ、皿に握り飯の焼いたのを並べる。飯を握って焼いておくと出先での配膳が楽だ。ここは全《すべ》てこの家の食器を使うので皿を取りに来る必要もない。

「……まだ子供なのにお父《と》っつぁんおっ母《か》さんもいないでこんな、かわいそうに。重たいもの持たされて」

なびきが食事を盛っていると、おゆうがぶつぶつつぶやいて袖口で目頭を押さえていた。

勘定を済ませ、腰高障子が閉まるとおしずがなびきをつついた。

「今のおかみさん、かわいそうにって言ってたけど」

「おゆうさん、いい人なんですよ」

「いやそうじゃなくッてさ。なびきさん、角兵衛獅子《かくべえじし》の子みたいに見られてたよ」

「父さん母さんがいないのは本当だし」

なびきは何でもないことのように言った。からっとした大人になりたかった。

「天秤棒、軽くなると嬉しいでしょう。額に汗する労働の喜びです」

実際、予定の半分かたがもう売れた。売れただけ軽くなるのだからいつもよりやり甲斐《がい》を感じる。

「飯屋は人情半分、商売半分。働いてお金がもらえるってありがたい。お医者に助けを求める人はとても困っているんでしょうけど、さほど困ってない人と情が通うのがこの商売です」

「……そういうもん？」

おしずは呆《あき》れ気味だったが。

「ここ最近赤字だったから取り返さないと。大工さんは稼ぎ頭、大工の奥さんは晩ご飯を作らなくて済むしわたしは料理が売れるし金子が世間を回っていいことばっかり。お金は使ってこそ価値があるのです」

「そりゃァ天秤棒、軽くはなったけどさ」

なぜかおしずは腰が引けっ放しだ。医者は黙っていても客の方がやって来るから、自分で客を捕まえる苦労を知らないのだろう。

「軽くなってきたらちょっと冒険しましょう。そっちは行ったことないです」

なびきはずんずん路地を進んだ。

どこも同じように見える裏長屋だが、腰高障子の紙に住人の名前を書いたり、居職の職人は商売の絵を描《か》いたりで物珍しい。こんなところに下駄職人が住んでいるとは。馬の絵が描いてあるのは、はて何かしら。長屋で馬を飼えるわけがなし、判じ物？

気にしながら長屋の前で声を張り上げた。雨音に負けないよう、一軒一軒、腰高障子の前で唱える。

「煮売り屋〝なびき〟の粕汁はいかがですかぁー、鶏の粕汁ー」

にべもなく「うるせえ」と一蹴《いっしゅう》もされたが、三軒目で腰高障子が開いた。蠟燭《ろうそく》の絵が描いてあった。

「あら小さな子。煮売り屋さん？」

市松《いちまつ》模様の小袖を着た丸髷が白い老女だった。なびきははきはき答えた。

「はい！　本日のお料理は粕汁と焼き飯、鯵の干物、煮豆です。よろしければ味見はいかがですか」

少し皿に取って食べさせもした。老女は粕汁をすするとぱっと顔を明るくした。

「あら、これ」

「うちの粕汁は味噌も醬油《しょうゆ》も入れずに酒粕だけで煮込んでいます」

「京風だね、懐かしい」

老女は嬉しそうにうなずいた。

「うちの母が京生まれなんだよ。自分で作らなきゃこういうのは無理かと思ってた。二人分もらうよ」

「ありがとうございます！」

江戸では粕汁は塩気の強い魚を煮込んで味噌を溶くものが多く、そうでないのは戸惑われることもある。喜んでもらえると素直に嬉しくてなびきははにかんだ。

「うちは爺《じい》さんと二人暮らしで、わざわざ粕汁を煮るのが手間でねえ。酒粕を買っても余らせちまうんだよ」

「ちょっとしかいらないのは困りますよね」

なびきはうなずいた。何せ久蔵が年寄りなので、年寄りと話すのは得意だった。

「うちで粕汁をやるとき知らせましょうか？　汁物、煮物は大きな鍋でたくさん煮込んだ方が味が染みて美味《おい》しいです。店まで鍋を持ってきてくれれば持ち帰りできます」

「へえ。お店はどこ？」

話が盛り上がり、二人分売れた上に店の宣伝までできた。ついでにあの馬の絵は、居職の馬具細工師の家だと教わった。

しかもこれだけで終わらない。渡された銅銭を数えてなびきは首を傾《かし》げた。

「あれ、十文多いですよ」

こういうことはちゃんとしなくてはならない。が、老女はかぶりを振った。

「玄関先まで来て年寄りの話相手してくれたんだ。駄賃だよ。取っておきな」

――お小遣いまでもらってしまった。〝ご飯の神さま〟のご加護か、なびきの実力か。

腰高障子が閉まったとき、なびきは破顔していた。愛想笑いではなく心から笑っていた。

「おしずさん、後何人分くらいあります？」

聞きながらなびきはおしずの答えを待たず、自分で倹飩箱を覗《のぞ》き込んだ。

「三人ってとこですね。うちの裏の長屋回って帰りましょう。ご隠居さんと瓦《かわら》屋の奥さんと浪人さんできっかり三人分です」

「腕抜けそう」

おしずは随分口数が少ない。よほど疲れ果てたのだろうか。

「店売り分はだらだら売って今日のお仕事は終了！　夜は二人も来れば上等ということにしましょう」

なびきは計算通りでほくほくしているが、おしずは気のない声を上げる。

「雨の日、いつもこんなことしてンの？　梅雨どきも？」

「梅雨や秋の長雨はやったりやらなかったりですね。毎日だとお客も飽きて断るのに抵抗がなくなるから。元々振売の煮売り屋と縄張り争いにもなりますし。たまに、がいいんですよ。わたしたち必死で儲《もう》けを出したいんじゃなくて、食べていけるだけ細く長く続けるのが大事なんですから」

「そういうモン？」

おしずはぴんと来ないらしい。商売は一発大きく当てるものだと思っているのだろう。

なびきは〝ご飯の神さま〟のお供えを人に配るのが勤めだ。恐らく撤饌《てっせん》は多すぎてもいけない。神さまを疲れさせる。毎日、そこそこ。

細く長く〝ご飯の神さま〟に仕えて次の飢饉のための力を溜《た》めてもらう。

地道にやっていればいつかなびきの願いもついでに叶《かな》う――

きっと〝ご飯の神さま〟はそんな素直に言うことを聞いてはくれないのだろうが、運命から逃げようともがくのもしんどい。

お告げの通りに粕汁を作ったら褒められた。何だかんだ、褒められるのは嬉しい。

――諦《あきら》めた方が楽なのかな、と思う。

3

ご隠居と瓦屋の奥さんは普通に粕汁を買ってくれた。

――なびきは一番の難関を最後に回していた。最初でつまずいたら目も当てられないので。全て上手《うま》くいったら最後も勢いで何とかなる、そう前向きでいたかったので。

一見平凡な裏長屋の腰高障子の前で、なびきは身を引き締め、声を低めた。

「……おしずさん、ここでは余計なこと言わないでくださいね」

「アタシ出前始めてコッチ、全然喋《しゃべ》ってないよ。なびきさんばっかりだよ」

おしずは気のない返事をした。

「そうでした？　とにかくここは浪人さんが住んでて、あんまり喋らなくていつも寝てて気難しいんです。ひと月分前金をもらってて、毎日朝昼晩、三食届けることになってるんです」

「ってことは女房がいないんだね。お侍なのに女中もいないで」

おしずはそう言うが、女中がいるようならこんな安長屋で貧乏暮らしなどしていない。

なびきは深呼吸してから心持ち、高い声で呼びかけた。

「長谷川《はせがわ》さま、煮売り屋〝なびき〟が中食をお持ちしました」

大声で言ってから腰高障子を開ける。

――饐《す》えた臭《にお》いがした。

狭い長屋の中は何もかも見える。敷きっ放しの万年床。それ以外に何もなくがらんとしている。いや、大小の黒鞘《くろさや》が無造作に放《ほう》り出してあって埃《ほこり》が積もっている。

そんな部屋の真ん中に座して微動だにしない男。

小袖は着たきり雀《すずめ》でもうかなり茶色くて元の色がわからない。武家髷は形が崩れて月代《さかやき》がぼうぼうに伸びている。髭《ひげ》がすごくて年齢も顔立ちももうわからない。

――あまり直視しないようにして畳床の手前を見ると、今朝持ってきた豆腐の雑炊《ぞうすい》の茶碗は空になっていた。まあまあ気に入られたらしい。

「ちゅ、中食は粕汁と鯵の干物です」

緊張で声が震えた。

なびきは手早く持参の椀に粕汁を注いで焼き飯やら何やら置いて、朝の食器を倹飩箱の空いたところに押し込んだ。

急いで腰高障子を閉め、深呼吸する――垢《あか》じみた臭いを吸いたくなかった。

「……エ、アレ、ヤバくない？」

横で一部始終を見ていたおしずが小声でささやいた。

「あの人、いつからお風呂入ってないの？　お武家さまって仕事なくても身綺麗にしてないと怒られるンじゃないの？　うちの兄さんは医者だから総髪だけどアレもチャント髪結床でマメに整えなきゃいけないンだよ？　あの人、あの何もない部屋で普段何して過ごしてンの？　釣りとか読書とか内職とかしないの？　厠《かわや》は一人で行けてンだよね？」

浪人は職を失った武士だが、職を失ったままでいられるほど江戸は甘くない。次の仕官先を探してお殿さまの屋敷に挨拶《あいさつ》回りに行ったりしなければならないはずだ。長谷川某は職探しがどうこうという身なりではない。

魚屋でも大工でも飯屋でも医者でも、人は毎日湯屋に通う。湯に浸《つ》かると言うほど湯はないが身体はこまめに洗う。

武家も家風呂があるところは稀《まれ》なので湯屋に行くはずだ。髪結床にも。

「アンマこんなこと言いたかないけど……足腰立つのにお風呂入れないのッて病気だよ？」

それは悪口ではなく、おしずも心配しているのだろう。あの様子を見て何も思うなと言う方が無理だ。

「……わたしも気にならないわけじゃないんです」

なびきだって不安だが、これまでは久蔵があまりかかわるなと言うから何となく突っ込んだことを考えないようにしてきた。

改めておしずにまくし立てられると、ぞわぞわと違和感がこみ上げる。

おしずは次々におかしなところを指摘する。

「武家が大小をアンナところに放り出して。刀掛けとか使うモンじゃないの？　アタシが悪い奴《やつ》だったら持って逃げてたよ」

「とっくに質入れして竹光なんじゃないですか」

おしずにせき立てられると、なびきも一つ一つ疑問が増えていく。

「今月分を前払いッて、来月分はどうするんだよ」

「本当だ。あの人、来月どうするんですか」

ぞっとした。

いくら江戸っ子が宵越しの銭を持たず明日のことなど考えないと言っても、あんなのは違う。

4

大家と言えば親も同然、店子《たなこ》と言えば子も同然、という。

浪人が病気なら助けてやるべきは雇われ大家であるご隠居だ。長屋の住人が病に倒れたら大家が医者を呼んで薬代を立て替えてやるなどするべきだ――

再びご隠居の部屋を訪ねた。

ご隠居は久蔵より十ほど年上で、昔は寺子屋で師匠をしていたということで学があり、和歌や故事に精通している。暇人を自称して、なびきに何かとかまってくれるのだから親切な人でもある。怒っているのを見たことがない。奥目がちだが穏やかな風貌《ふうぼう》で、老成した今も白髪をきちっと結って銀鼠《ぎんねず》色の浴衣《ゆかた》を着て、いつ誰が訪ねてきてもいいように小綺麗に整えていた。

部屋も煙草盆《たばこぼん》と文机に少し古本があるくらいで狭いなりに片づいて、布団を畳んで衝立《ついたて》の陰に隠していた。長谷川のと同じ間取りとは思えない。これが人徳者の生活というものだった。

ご隠居は膳に食器を並べ、焜炉《こんろ》に炭を熾《おこ》して小鍋で先ほどの粕汁を温めているところだった。まめな人だ。

「あのう、ご隠居さん、お話が――」

「はあ。長くなるならお座りなさい」

なびきとおしずが話をしようとすると鍋を炭から下ろし、膳をわきに寄せ、正座して二人に座布団を勧めた。

「長谷川さまですか」

長谷川の窮状を聞くと、穏やかな顔が曇った。ご隠居は刻み煙草を丸めて煙管《きせる》に詰めたものの、火を点《つ》けあぐねた様子だった。

「あたしも気にはしてるんですよ。男同士ですからたまには湯屋に行こうとか髪結床に行こうとか、気晴らしに釣りはどうだとか声をかけてお誘いはしてるんですけどねえ。一度もうんと言ってくれたことがなくて。ええと」

ご隠居は煙管で壁に貼った暦《こよみ》を指した。繊細な字でいくつか書き込みがしてある。

「二十六日だから、そろそろ斉木《さいき》さまがおいでになる頃です。人目をはばかるから、今日あたりおいでなんじゃないでしょうか。雨降りでお客が少ないでしょう。ここの家賃を払っているのもそちらの店に支払いしているのも朋輩《ほうばい》の斉木さままでです。お医者がどうとかあたしからお武家さまには言えません。高熱出して寝込んでるならともかく、湯屋に行かないのが心配だとか無礼ですからね。斉木さまに相談なさい」

ご隠居の主張はこうで、なびきもおしずもすごすごと店に戻るしかなかった。

店の方はどうせ雨で大して客など来ないだろうと数人分の粕汁を残しておくまに店番を任せていたが、戻ると由二郎が座敷で麦湯を飲んでいた。

「あ、由二郎さん」

「どうも」

なびきを見ると軽く手を挙げた。今日は雨なので壁に坊主合羽《ガッパ》をかけている。おくまが帳場から顔を覗かせた。

「旦那、なびきちゃんが帰ってくるの待ってたんだよ」

「エッこんな細っこい娘に下心あンの？」

おしずの無遠慮な物言いに由二郎は目を細めて鼻白んだ。

「違う。いない間に食べて帰ったんじゃ失礼かと思って」

「それを下心ッてんだよ」

「違う」

「もうちょっと待ってください、着替えてきますから。蓑の下、びしょ濡れで」

なびきはにかんでごまかした。自分のような髪の茶色いちんちくりんとの仲を勘繰られるなど由二郎が気の毒だった。

おしずと二人して二階で身体を拭《ふ》いて着替えた。おしずになびきの着物は丈が合わなくてつんつるてんだったので、おくまのお古を借りて。

改めて一階に戻り、由二郎に今日の中食を出す。炭火で煮詰まった粕汁と、鰺の開きの炙《あぶ》ったのと漬け物、こちらも炙って温めた焼き飯を折敷に一揃い並べて。

粕汁を一口飲むと、由二郎は目をみはった。

「……これは」

「京風です。お口に合いませんか？」

「いや、美味《うま》い。……美味すぎて何だか……」

その後は言葉にならなかった。何度か唇を動かしたが何も言わず、由二郎は箸《はし》を置いた。

粕汁は温かいのに顔が青い。そのくせ、こめかみに汗がにじんでいる。

「すまない、体調が悪い。今日のところはこれで。何だか……調子が悪くて」

口に手を当てて、少し呂律《ろれつ》も怪しかった。

「具合が悪いならお医者か駕籠《かご》を」

「そこまでではないんだ。本当に……申しわけない」

由二郎は銅銭を支払い、合羽を羽織り傘を手にそそくさと店を出ていった。

「どうしたんでしょう？」

なびきは首を傾げた。

「腹でも悪いンじゃないの。具合悪いヤツが多いね、この界隈《かいわい》。病人の残したもの食わない方がいいよ」

おしずは興味なさげに床几に腰を下ろし、おくまはむしろなびきを気遣うように見た。

「あの旦那、甘酒も嫌いだったから酒の味が嫌いなんじゃないかい？」

――そんな話なのだろうか？

何か悩んでいるようでもあったが。

そろそろ昼は店じまい、びしょ濡れの身体を拭ったので今日は湯屋に行かなくてもいいだろう――というところで飾り気のない番傘が店に近づいてきた。

武家は髷でそうとわかる。髱《たぼ》がたるんでいない。袴《はかま》も基本的に武家が穿《は》くものだ、最近は偉そうな人なら誰でも穿いているが。

しかし決定的なのは、腰に差した大小。刀を抜いて斬《き》り合うなんておとぎ話だ。今どきは「この人に逆らうな」の印――

この煮売り屋にはたまには武家も来た。何も知らずにふらっと来るのではない、大事な評定などの前に験を担ぐ。貸切など大騒ぎにしないと決まっている。

傘を差しているのは濃い色の羽織に鼠《ねずみ》色の袴、腰に大小を差した男だ。——雨降りでいつもより涼しいとはいえ、秋に羽織。流石《さすが》に絽《ろ》で風通しよく仕立ててあるが。

男は目鼻の造作が小さいのにえらの張った顔で、頑健な箱河豚《はこふぐ》、そう思ってからなびきは慌てて考えをかき消した。何かの拍子に口に出してしまってはいけない。

「御免」

武士はまっすぐこちらに来て、傘を畳んで店に入ってきた。

——そういえば武士が来るという話だった。斉木？　駿河台小川町《おがわちょう》から来たのだろうか。

なびきは背筋を伸ばした。

「い、いらっしゃいませ」

「主人はどちらか」

斉木は落ち着き払ってそう尋ねた。

「おじいちゃん……久蔵は生憎《あいにく》と富士のお山に願掛けに行っておりまして、早くて五日、遅くて十日ほど帰りません」

なびきは答えたが、子供っぽい高い声を出さないように努めた。

富士山と聞いて斉木は目をみはった。

「何と。こちらの主人はもうじき還暦ではなかったか。富士？」

「はい。年寄りの最後のわがままと。留守はわたしが預かっております」

非常識で少し恥ずかしいが、なびきのせいではない。

幸い斉木は怒ってはないようだった。大分呆れていたようだが。

「そのほうは孫娘か？」

「はい。なびきと申します。ご用向きはわたしが伺います」

「こちらの食事もそのほうが？」

と斉木は由二郎が残した折敷を指した。

「はい。粕汁です。まだまだ半人前ですが」

「折角だ、もらおうか」

斉木は雪駄《せった》を脱いで先ほど由二郎が座っていたのと逆の、座敷の衝立の陰に座った。

なびきは試されている気分で粕汁の最後の一杯をよそい、折敷に載せていつもよりもすり足でしずしずと店の中を横切り、心持ち恭しく座敷の畳敷きに置いた。

斉木は手を合わせると、汁椀を取り上げて少し吹き、一口すすった――

由二郎が一口で帰ってしまったので、なびきはどうなることかと思ったが――斉木は目をつむって味を嚙《か》み締めているようだった。

「どうですか」

我慢できなくなってなびきはつい尋ねてしまった。

「ちと待て」

斉木は箸で具の大根と鶏肉を摘《つ》まんで口に放り込み、しばし味わっている。飲み込むとまた汁をすすり――

　武士は食事中に話をしない、全部食べ終わらないと物を言わないのだとなびきは気づいた。いつも、店の客は大工とか魚屋とか謎の博徒とかで皆、口の中に物が入っていても平気でだらだらくっちゃべっていた。そもそも斉木の箸が止まらないので、聞かなくてもよかった。

「うむ、馳走《ちそう》であった。実に美味であったぞ」

　椀がすっかり空になってから答えてもらって、何だか申しわけなかった。

「正直驚いた。童女の身でこれほどのものを作れるとは。味噌汁ならば多少難があっても味噌が美味ければ食えるものだが粕汁で。いや大したものだな」

　斉木の感想になびきは恐縮する。流石、本物の武士は言葉遣いが重々しい。

　――褒めてくれたのはありがたいが、童女って、いくつだと思われているのだろう。おしずが角兵衛獅子とか言っていたし、なびきは幼く見えるのか？

「ではそのほうに頼もう」

　斉木は四角い小さな二分金を一つ、畳に置いた――小さくても小判の半分、銅銭ばかりの煮売り屋では見かけない大金だ。相撲《すもう》の席料は高いので辰はいつも紙の番付を見たり道行く力士を追いかけたりして大関がどうの横綱がどうの言っているが、これで何回取り組みを見られるか。芝居だってご馳走とおやつのついた一番いい席が取れる。

　黄金の輝きにおののいたなびきだったが、

「これは来月分の長谷川源之丞《げんのじょう》の飯代だ。引き続き、かの御仁の朝昼晩、三食の世話をしてやってくれ」

斉木が言うのを聞いて我に返った。金に目がくらんでいる場合ではない。

「裏の長屋の長谷川さまでございますか」

「ああ。そのほうであれば勤まろう」

「差し出がましいことを申しますが」

恐る恐る、なびきは口にした。

「長谷川さまと申すお方、どこかご病気ではないのですか？　お医者に診ていただいた方が。こちらは医者の娘で、心配だと」

「エ、アタシィ⁉」

なびきが手で指すとおしずがひっくり返った声を上げた。――言い出したのはそちらではないか。

「そうか、主人からは聞いておらんのだな」

斉木は重々しくうなずいた。

「医者にはもう診せたが、長谷川は気塞《きふさ》ぎの病とのことだ。これまでも薬を飲ませたり鍼《はり》を打ったりいろいろ試した。狐憑《きつね》きを祓《はら》うまじないなども。八方手を尽くし、後は食って寝て治るのを待つくらいしか」

気を悪くするでもなく説明してくれるのだから、親切な人だった。なびきは恐縮した。

「さ、左様でございましたか。事情も知らず出すぎたことを申しました」

「いや、彼の身を案じてくれるのはありがたい。優しい子だな」

斉木はおしずにも会釈した。

「そちらも見た目は蓮《はす》っ葉《ぱ》でも医者の娘は情に篤いな。仁慈の道を知っている」

「ハ、ハア、どうも」

おしずは曖昧に相槌《あいづち》を打ちながら目を逸《そ》らした。

「拙者、長谷川どのの朋輩でな。西国のさる藩より勤番で江戸に参ったが、長谷川どのは国元に身重の妻子を残して――」

語っている斉木の眉間《みけん》に皺《しわ》が寄った。

「勤めてふた月でご妻女は産気づいたが、難産の末にあえなく母子ともに泉下の客となり果てた」

「し、死んじゃったの」

いかつい表現でおしずはびくついた。

「実に御仏の宿縁とは惨《むご》いものである」

斉木はうなずいた。普段聞かない言葉を使う人だ。

「親族の手紙と、形見の遺髪と臍《へそ》の緒だけ江戸に送られてきた。長谷川どのはみるみるやつれ果て、寝つくようになって勤めもままならず、ついにお役御免になった。任を解かれたのだから国元に帰り、妻子を弔うべきである。なのにその力もない。とても西国まで帰れぬ。足腰は立つがあれでは駕籠や船に乗せられぬ。せめてよく食って寝て国元に帰る英気を養ってほしい。世話する者もなく長屋で寝起きさせるのは心苦しいが、我らも勤番の身の上ではままならぬ。もはや神頼みしかないとこちらに飯を頼んでいたが」

なびきは湯島天神の講釈小屋で太平記《たいへいき》の読み語りを聞いているような気になっていたら、突然〝神頼み〟という馴染《なじ》みある言葉が耳に飛び込んできた。斉木は何やらじっと、湿った目つきでなびきを見ていた。

「そのほう、役目に適《かな》うやもしれんな。神通力というものは童女の方が強いか」

「そ、それはわかりませんが」

――〝ご飯の神さま〟の力で病気を治す？　そんな話だったのか？　だが斉木の期待はそちらでもないらしい。

「ここの主人は町人にしてはいかめしい顔をしており愛想もあまりなかった。そのほうは違う。愛想の塊のようでいるだけで空気が和やかになる。無邪気な幼子が優しい気遣いの言葉をかければ少しは長谷川どのの心も安らぐのではないか。亡くした子も娘であったという。神通力はさておいても、童女の声には胸を打つ響きがあろう。あれくらいの歳の男はそう、いたいけな童女の姿を見て声を聞くだけでなぜか泣けてくるものなのだ。他の者は拒んでもそのほうには閉ざした心を開くやもしれん」

斉木に、楠木正成《くすのきまさしげ》の奇策のような調子で自分の話をされてなびきは混乱した。――無邪気な幼子って。この武士は本当になびきを五歳くらいだと思っているのでは？　十四歳はもう嫁に行ける歳だが？

「拙者、朋輩なれど主君への忠義一徹でこのように武張った物言いしかできず、他人を労《いたわ》り慰めるなどしたことがない」

——そんなことを断言するのか。武士とはそういうものなのか。

「そのほうらに代わりにやってほしい」

——は?

なびきは耳を疑ったが、斉木は彼女の戸惑いに気づいてすらいなかった。

「いや、大したことをせずともよいのだ。気の病であるし。それとなく言葉で励ましたり力づけたり、長谷川どのを明るい気分にさせてやってほしい。女人ならではの心の優しさで長谷川どのを助けるのだ。今のままではかの御仁は湯屋や髪結床にすら行こうとせぬ。縛って連れていくのは本意ではない。何とか前向きに生きる気持ちを取り戻させてくれまいか」

斉木はむしろなびきを気遣って譲歩しているつもりですらあるようだった。勝手なことを頼んでいる自覚はなさそうだった。

「頼む、労ってくれる家族はもう長谷川どのにはおらぬのだから。こちらは心を同じくする朋輩からかき集めた金子、かの御仁のため役立ててほしい」

斉木がそう言って頭を下げると、なびきは慌てた。この江戸で町人は二本差しの人に逆らってはいけないのだ。

「あ、頭をお上げください。たかが飯屋の娘でございますが、そういうお話ならば誠心誠意、尽くさせていただきます」

　なびきは慌てながら口を滑らせた。

「うむ、任せたぞ」

　斉木は満足げにうなずいた。

　――引き受けてしまったものの一介の煮売り屋には荷が重い、煮売り屋だけに。なんて洒落《しゃれ》を考えている場合か。

　とりあえず、できることをしなければ。精一杯前向きに考えてなびきは尋ねる。

「……ええと。長谷川さまの食べ物の好き嫌いなどご存知《ぞんじ》ないですか？」

「武士たる者、飯の好き嫌いを言うものではない」

　勢いよく言い切ってから、斉木はそういうことではないと気づいたようだ。

「ないが……そうだな。亡き妻女は京女であったゆえ京風の味付けを好むのではないか」

　取って付けたように無理矢理答えた。――一応、助けになりそうな情報は出てきたのでなびきはこれでいいことにした。多分お武家さまは朋輩でも茄子《なす》や葱《ねぎ》が好きとか嫌いとかしょうもない話はしないのだろう。

　こうして斉木は頼むだけ頼み込んで帰っていき、なびきは二分金一つで、家族を亡くした寂しい男の心を癒《いや》すことになった。久蔵が帰ってくるまでどう過ごすか、赤字続きで青息吐息のところに大金が舞い込んだのはありがたいが、魂を売ったような気分だ。

「……やっと行ったかあの武家。何なんだよ」

斉木が去った後で、辰がひょいと裏口から顔を出した。店内のただならぬ雰囲気を気取って、厄介事にかかわらないよう隠れていたらしい。土間でばさばさ水浸《の》しの笠と蓑を脱ぐ。蓑から飛ぶしずくを嫌がって、駆け寄ろうとした三毛が飛び退く。

「冷えちまった。オレにも汁くれよ」

「さっきのお武家さまに出したので最後です」

「何だとぉ⁉」

辰は役者みたいに大袈裟に目を剝いた。彼もそれくらい損すればいいのだ。

おしずは呆然《ぼうぜん》と立ちつくしていた。

「……女人ならではの心の優しさッて何？」

力なくそうつぶやいた。——浮気な元夫を箒《ほうき》でぶちのめし、同心の小者を投げ飛ばした女にはわからないらしい。

「アタシの見た目が蓮ッ葉とか言いたいこと言ってくれたね？」

「相手はお武家さまですから……」

なびきは斉木を庇《かば》ったが、おしずも斉木本人がいるときに茶々を入れなかった辺り、町人の自覚も自制心もあるようだ。

「いい人なんだろうけど、なびきちゃんよりよっぽど夢見がちで心が乙女だったねえ」

おくまが首を掻《か》いていた。よくよく考えてこの店内には女が三人、なびきを無視して一番年上のおくまと話してもいいくらいだったのに、斉木は馬鹿正直になびきの方を見て話していた。かの御仁、よほど〝童女の霊性〟に興味があったらしい。

「女房子供が死んで気が塞ぐッてそんな、声かけたくらいで治るもんなの？」

おしずの疑問もわかる。

「お医者にかかってお薬飲んでるなら、後はまあ日にち薬ってものなんじゃないでしょうか……荒縄で縛って髪結床に連れていくよりは、わたしたちで自分から外に出る気になるように優しい言葉をかけて……？」

口に出すと、なびき自身ものすごい違和感を抱く。自信がない。斉木が信じるほどなびきは自分を信じられない。

「マア何となくあの斉木サマがたどたどしく長谷川サマを気遣って看病してもそんなことしてる暇あったら働けとお殿さまに怒られるだけで、長谷川サマも別段嬉しくないのはわからなくもない。……神頼みとか神通力とか何？」

「な、何でしょうね」

なびきはついごまかした。普段、辰に神憑《かみがか》り呼ばわりされるのには慣れていても、何となく〝ご飯の神さま〟とかおしずに説明するのは恥ずかしかった。

とんでもないことを安請け合いしてしまった――いや安くはないから、金に目がくらんだ？　〝ご飯の神さま〟は神通力はあるが薄情なのでいまいち自信がない。

自分が金を前にすると人格が変わってしまうなんてなびきは知りたくなかった。どこが無邪気な幼子だ。

「京風の味付けッてたとえば？」

「ええと」

おしずが首を傾げるので、なびきは水屋の隅から茶色い壺《つぼ》を引っ張り出した。自分にできることは何か、とりあえずそこから考えた方が早そうだ。

「おじいちゃんの秘蔵の白味噌。なかなか手に入らないんです。昆布で出汁《だし》を取ってこれで味付けすれば京風の味噌汁になります。京ではお正月の雑煮も白味噌仕立てです。京の方がお餅が美味しいらしいですよ。京では餅を一個ずつ小さく丸めるけど江戸では伸《の》し餅にして切るからいまいちだって」

語るものの、なびき自身は丸餅を食べたことなどないが。

ついでに、二分金を砂糖壺の底に沈めて隠すことにした。大寅辺りに見つかって丸ごと持っていかれたら首をくるしかなくなる。後でもう少しましな隠し場所を考えよう。

「何でなびきさんはそんなに詳しいの？」

おしずの疑問に、なびきの代わりにおくまが答える。

「久蔵じいさんがそっちの人だって。なびきちゃん、〝箸〟の発音が上方なんだよ」

「〝箸〟？」

「ほら」

おくまが箸を持つ仕草をしながらそう言うが、なびきには自覚がない。

「後は……江戸ではおむすびは三角だけど京では俵型に握るんですって。丸を細長くしたような。京菜とか青葱とか野菜が全然違いますが、これは手に入らないでしょうね。あ、おせちに使う棒鱈《ぼうだら》。もどすのに三日くらいかかりますから今からやりますか」

なびきは言いながら思う——何かもっと大事なことがあったような——

思い出せないので、仕方なく神棚を見上げた。相変わらず煤《すす》だらけで戸を閉ざしている。

——〝ご飯の神さま〟は長谷川を助けてくれるのだろうか？

これまで、久蔵も京風の飯を出すくらいはしていただろう。

なびきしかできないこととは何だ。

「——うちのおじいちゃんに愛想がないのはそうです。頑固だし説教するしわたしにもそんなに優しくないし、ご隠居さんやおくまさんの方が親切だったたし。わたしたちにはおじいちゃんにはない労りと愛嬌《あいきょう》と話芸があります。あるんです、多分」

なびきは半ば自分にも言い聞かせるつもりで声に出して数え上げてみた。

「アタシ、イマイチやる気になんないな」

おしずは床几に腰かけて足をぶらぶらさせていた。

「お内儀と子供亡くして悲しくて何もする気にならないッて当たり前なのに、関係ないアタシらの言葉で消しちゃうとかひどくない？」

——おじいちゃんと同じことを言う。

つらい気持ちを言葉で消すのと食べ物で消すのと何が違うのか。

だがそう言われるとなびきの心の中に不思議な反発が起きた。おしずが言うことには反論しなければならない気がする。

「足腰立つのにお風呂に入れないのは病気だって言ったのおしずさんじゃないですか。悲しくても悲しいまま湯屋や髪結床に行くべきですよ。垢すりしたって月代剃《そ》ったってお内儀さんとの大事な思い出が減ったりしません。あれじゃ全身かゆくてたまらないでしょう。身体洗わないで他の病気になったらどうするんですか。お風呂に入って悪いことなんかありませんよ」

「そうだけどさ」

まくし立てると、なびきは自分でも何となく道筋が見えてきた気になった。――最初はご飯で、次がお風呂。

「話してお風呂に入ってもらえるなら話しましょう。少しずつお勤めに戻る練習みたいなものもしないと。いつまでも斉木さまに甘えてられないでしょう。家族を亡くして悲しいからもう二度と世の中には出ないで長屋で腐っていくんじゃ大家のご隠居さんに迷惑ですよ。あんなんじゃ禅寺にも引き取ってもらえませんよ。動けなくなる前に潔く出家してたら格好がついて世話してくれる小坊主の一人もついたのに」

「ホント、斉木サマはなびきさんの何見て心癒される無邪気な童女とか言ってたのかね。長谷川サマ本人にそんなこと言っちゃダメだよ？」

おしずに呆れられた。

――そうは言ってもいっぺんに家族を失ったのはこの世に長谷川だけではない。なびきだってそうと言えばそうだ。

ある日、住んでいる家を出て何もかもが変わって煮売り屋の娘になれと言われて——

自分はどうやって立ち直った？

幼すぎてわかっていなかった？

折敷を運んで皿を洗うのに必死で悲しむ暇なんかなかった？

久蔵が「〃神さま〃に願掛けすれば会える」と言ったから？

とりあえず今は、白味噌で味噌汁を作るしかない。

なびきは味噌の壺を抱えて決意した。自分にできることをする。

5

長谷川の夕食は暮六ツの鐘が鳴るより前に用意しなければならない。彼は行灯《あんどん》など灯りを点《つ》けないので日が沈んで真っ暗になってからでは飯どころではない。灯りを点けたら厠に行くときにひっくり返さないか、ご隠居の方が気が気ではない。

雨なので夕食は客が来てから干物を炙る程度。それより長谷川の味噌汁だ。手持ちの素材で考えた。

薄揚げと大根で京風の白味噌仕立ての味噌汁。これで一点突破だ。なので、おかずは目刺しの焼いたのときゅうりの酢の物と沢庵《たくあん》。どうせ鮎《あゆ》なんて今から取り寄せられない。

雨は小振りになったので倹飩箱一つに長谷川の食事を一通り入れ、傘を差して裏の長屋に行く。――食事を届けるだけならなびき一人でいいが、「優しい女の言葉で励ます」ためにおしずにもついて来てもらうことにした。一人より二人いた方が話の接ぎ穂も見つかるだろう。

「長谷川さま、煮売り屋〝なびき〟が夕食をお持ちしました」

腰高障子の前で言ってから開ける。

中は昼と大差ない。昼は座っていた長谷川が煎餅《せんべい》布団の中で横になっているくらいだ。

畳床の端を見てなびきは心が凍った。

昼に置いた粕汁の椀がそのままだ。

鰺の干物は少しほじった跡がある。漬け物がなくなって、焼き飯はいくらか減っている。

食欲がないわけではないが、粕汁はお気に召さなかった――

何を言うつもりだったか、それで吹っ飛んだ。

なびきが固まっているのにおしずが気づいて背中をつついた。

「チョット、なびきさん?」

それで思い出して倹飩箱の食事と残飯を取り替えるが、肝心の言葉が出てこない。何か言うつもりがあった、あったはずなのだが――

――一体何が気に入らなかったんですか、はっきりおっしゃってください。お内儀さんとどう違うんですか?

これは言ってはいけないと思う。

考えれば考えるほど心の中が真っ白になっていき、言葉など出てこない――

なら、どう？

「――エット、夕食は京風の白味噌の味噌汁ですよ？　目刺しはチョット愛想がないけど雨なんでこれくらいしかなくて」

おしずが代わりに言った。なびきが黙り込んでしまったので、彼女が明るい声を作った。

「このなびきさんが頑張って作ったんですよ。白味噌の味噌汁って不思議ですねェ、何か味が薄くて。その分、味わいが深い？　お武家サマはアンマリ食べ物の好き嫌い言わないらしいですけど、煮売り屋としては言ってくれた方がイロイロやりやすいです。なびきさん、器用なンですよ、天ぷら揚げたり。見た目はチビッ子ですけど頑張り屋サンで。おじいさんに京料理教わって詳しくて。食べ物が美味しいのは大事ですよ。食は健康の第一？　医食同源？　ア、アタシは医者の娘なンですがね。医者は父さんと兄さんで、アタシは別に心得とかあるわけじゃないンですが――」

おしずは懸命に、当たり障りのない話をべらべらと喋った。話題は薄味だが致命的にまずい話もない。とにかく何か喋りかける方に彼女は舵《かじ》を切った。

彼女は自分で言うよりずっと気遣いのある優しい娘だった。長谷川は起き上がりもせず相槌すら打たなかったが、それでもおしずは気を悪くした様子もなく喋り続けた。

「マアその、折り目正しい食事が暮らしの第一です。長谷川サマ、とにかくよく食べてください。アタシらまた来ますので。……隣のご隠居と湯屋に行ってみるのもいいかもですよ？　たまには気分転換に」

おしずはそれこそ暮六ツの鐘が鳴るまで喋りまくった。

不自然にならないよう鐘をきっかけに話を切って挨拶し、二人で長屋を出た。

相槌もないのに、おしず一人で四半時《しはんとき》くらい喋っていたと思う。

「何で暮六ツの鐘って日が沈む丁度に鳴るの？」

向かいの長屋の上、空が夕日の名残で紫色になっているのを見て、おしずはあっけらかんとつぶやいた。

なびきは自己嫌悪でいっぱいだった。

「……ごめんなさい、おしずさんばっかり喋らせちゃって」

やっとそれだけ言葉が出てきた。

「いやァいいッてことよ。アタシ変なこと言ってなかった？」

「いいこと言ってたと思います。……わたし、粕汁が残ってるの見たら何だか……ぼーっとして……」

「多分、長谷川サマがたまたま酒粕嫌いだったんだよ。昼間のおばあちゃんと斉木サマは美味しいッて言ってたし。気にしない気にしない。白味噌の味噌汁ならキットいけるって。大根嫌いな人とかいないよ、江戸で生きていけない」

おしずは軽口を叩いて励ましてくれる。

――そうなのだろうか。

なびきは自分がとんでもなくしくじったような気がしてならない。あの粕汁に悪いところがあったのでは――

愛嬌と話芸で湯屋に行くよう勧める予定だったのに、全部おしずに言わせたのも落ち込んだ。

金のためなら何でもできるんじゃなかったのか。

中途半端だ。理屈ばかりの思い上がったちびの小娘で、幼いなりの愛嬌もないなんて。嘘《うそ》でも笑いかけるくらいできたろうに。

――嘘の笑みで癒されるほど人の心は単純だろうか？

斉木が言うように子供が笑いかければ大人は何でも嬉しい、世の中は本当にそんなものなのか？

ましてや自分は子供ですらない。

自己嫌悪している場合でもない。

「ごめんなさい、おしずさんは嫌がってたのにいろいろ押しつけて、本当にわたしって」

目の前のおしずに謝らなければならなかった。

おしずはたやすくぱかっと笑う。考え込むほどうつむくなびきと違って。

「なァに、次があるよ。アレで終わりじゃないんだから、一日三回なんだから。――心でどう思ってようと、飯食って湯屋に行くのッて多分大事なんだよきっと」

彼女は逆に、ぽんぽんとなびきの肩を叩いてくれた。

「なびきさん、昼前に粕汁売りに行ったときに今日の愛嬌使い切っちゃったンだよ。アタシできないもん。知らないおばあちゃんなのに粕汁が美味しいって。すごいよ」

——できることをしているだけだ。おしずが思うほど大層ではない。

「アタシ、来たお客にご飯出せばいいんだと思ってた。ご飯売るなんて簡単だって。ウウン、水茶屋みたいなことすれば手っ取り早くお客なんか集まると思ってた。甘かったよ」

「ご飯売るのは本当に簡単ですよ」

お腹《なか》の空《す》いている人の前に差し出すだけだ。

おしずは数歩歩いて、くるりとその場で回った。武術の型なのか舞いの動きなのか。彼女がいるとどぶ板長屋も芝居の舞台のようだ。

「じゃあ長谷川サマのこともアンマリ考えないで簡単にやった方がいいんじゃないかなァ。ウン、なるようにしかならない。大根の味噌汁もダメだったら次は茄子にしよう。一回しくじって死ぬようなこともないでしょ」

「おしずさん、大人」

「一回嫁に行ってるから？」

おしずは茶化したが、まぶしいくらい前向きだ。

——でもそう何度もしくじれない。

なびきの心はまだ暗い。

長谷川に余裕があるのは飯が食えているうちだけだ。食が細ればあっという間になけなしの体力もなくなる。

久蔵は長谷川を湯屋に連れ出すことはできなかったが、自力で厠に行ける程度の体力はつけていた。

何が違うか考えなければならない。あの粕汁は何が悪かったのか。傷ついている場合ではない。損なのは一食食べ損ねた長谷川だ。

なびきはどうして昔、灰が舞い散る無人の神田の町で一人、知らない老人の味噌汁を飲む気になったのだろう？

6

夢を見た。

いつもの〝ご飯の神さま〟のお告げと少し違った。

なびきはなびきではない。腰に差した大小が重い。逆に足は軽すぎる。下駄ではなくて草履《ぞうり》で、落ち着かない。

石垣のそばの下り坂を歩いている。柳の木々が揺れる。見たことのない場所だ。

西の空が赤い。日が沈みきるまで後、半時というところ。

土塀に囲まれた我が家にたどり着く。

帰った、と言うと赤子を背中にくくった妻が水を張ったたらいと手拭いを持って玄関に出てくる。沓《くつ》脱《ぬ》ぎに腰を下ろして汚れた足をたらいで洗ってもらう。

武家は奢侈《しゃし》を禁じられている。妻は簪《かんざし》一つ差さず、白粉《おしろい》一つはたかない口もとにほくろがあり、かすりの着物も地味なものだが、気品に満ちて楚々《そそ》としている。

飯の炊ける匂いがしている。後は自分でやるから、と妻を台所に帰して、足を洗い手拭いで拭く。

妻が汁に味噌を溶いている。背中で赤子が動くのをあやしながら。

大小を外したり羽織や袴を脱いでいる間、妻は膳に茶碗や味噌汁、焼き魚の皿を並べている。大した料理ではない。干物と糠《ぬか》漬《づ》け。

それに白味噌仕立てのこんにゃくの味噌汁。

妻は膳のそばに飯櫃と汁の鍋を置いて正座で控えている。椀が空になったのを差し出すと、お代わりをつぐ。

背中の子がむずかって泣き出す。

一度膳に箸を置いて、また呼ぶから、子を泣き止ませてきなさい、と言う。

妻は申しわけなさそうに三つ指をついて頭を下げてから、障子を開けて隣の間に行く。

子に乳をやるのだろう。

目が醒《さ》めたとき、目の周りがぱりぱりしてかゆくて布団でこすった。涙をこぼしていた。

——綺麗なだけで幻だ。

長谷川はお内儀とも子とも会わないまま、手紙と遺髪と臍の緒だけ送られたのだから。事実ではない。

〝ご飯の神さま〟が考えたこと。

次いで途方に暮れた。

なびきが赤ん坊を背負って味噌汁をついだってあんな風にはならない。

たかが煮売り屋が武家の妻のふりをするなんて無理だ。

その次にやってきたのは、むなしさ。

なびきは家族の夢を見たことがない。この十年、一回も。

長谷川の妻のほくろは目の裏に焼きついているのに、自分の父母や兄の顔はもうよく思い出せない。

町で出会ってもそうと気づかないのではないか。

十年も経《た》ってなびきもちびなりに大きくなった。四歳から十四歳だ。頭が芥子坊主だったのが、銀杏髷《いちょうまげ》を結うようになった。

寅年の火事からもうすぐ十二支が一回りする。

二つ三つ年上の兄は生きていたら父の跡を継いで職人になったか、丁稚《でっち》奉公に出たか、辰のようなその日暮らしの棒手振をやっているのか、無頼漢の仲間にでもなってしまったか。

十四になってもまだ日本橋の自身番に貼り紙を持っていくのはなびきだけだ。他の子は一年や二年で頼まなくなる。

見つかったのか、諦めたのか――

そもそも向こうは捜していないのか。

家族がとっくに死んでいるとはあまり考えないようにしていたが、見捨てられたと思った途端、肌にひりつきすら感じた。

久蔵もおくまもご隠居も、自身番の親方たちも、誰も諦めろと言わなかったから気づかなかった。

長谷川と同じように家族をそっくり失ったのに、なびきは皆の優しさに甘えきっていたから寝込まず食も細らなかっただけだった。

毎日飯を炊いて店を手伝ってたまに縁日に連れていってもらえる生活に夢中で深く考えたことなどなかった。

優しい言葉を真に受けて、いつか元に戻れると今の今まで信じて疑わなかった。

失うのが怖かったから心を鈍くして失っていないふりをしていたのだ。

引きこもって腐っていたら他人に迷惑だなんてよく言えたものだ。

久蔵は、久蔵はいつ頃から気づいていたのだろう?

なびきを見つけてくれる親なんか現れないことを。

今頃になって昼間の「親がいないなんてかわいそう」というおゆうの言葉が押し寄せてきて、叫びたくなった。笑って流したがなびきはどこからどう見てもかわいそうな娘だった。

自分で何でもできると思っていたのに。

駄賃を十文くれた老女も、なびきがかわいそうだったからそうしたのか。憐《あわ》れみだったのか。

粕汁は褒めてもらえるほど上手くできていたのか。

一度気づいたら人の優しさの全てが裏返って見えた。

7

「飯なんか食えるときに食うでいいじゃねえか。餓鬼じゃねえんだから」

辰は店の者でも客でもないから気楽なことを言う。今日は朝に秋刀魚《さんま》を売りに来て、昼八ツで店が空いた頃に三毛を連れていちゃつきに来た。

――やはりなびきの嫌な予感が当たって、長谷川は昨日の白味噌の味噌汁をほとんど飲んでいなかった。目刺しはそこそこ食べていた。

問題は今朝。

なびきは夢で気が動転してとても飯どころではなかったので、考えなくても作れるものにした。

昨日の味噌汁の残りに飯を入れた雑炊。もとから朝はさほど手間をかけない。なびきは中食の仕度の最中に味見もするし、昼まで持てばいいのだ。武家はきっちりしたものを食べるらしい。

その椀が中食を持っていったときには、空になっていた。

――愛想笑いなどして食欲が出てよかったとか言って、動揺した素振りを見せないようにしたが。

いよいよ法則がわからなくなってきた。

粕汁が苦手なのではなく汁物が苦手？

問題は味ではない？

凝らないものの方がいいのか？

「お武家サマの気紛《きまぐ》れ、深く考えちゃダメなんじゃないの？　斉木サマ、武士たる者は飯の好き嫌いを言うなッて話は何だったのさ」

つき合いきれないとばかりにおしずも床几に腰かけ、三毛が秋刀魚の中骨を夢中でかじるさまを眺めている。

「三代家光《いえみつ》公はご幼少のみぎり、食が細くて乳母《うば》の春日局《かすがのつぼね》さまは七種もご飯を用意したって言うねえ」

「ウワア、かえって食べたくないよソレ。アタシ武家じゃなくてよかったー」

おくまが語るのに、おしずは舌を出した。冗談を言っている場合ではないが。

長谷川は昨日の味噌汁の使い回しを食べたということは、味つけは今のままでいい。好き嫌いでもない。

なびきが何かを勘違いしている。

思えば斉木が来る前、久蔵に言われた通りに何も考えずに長谷川に食事を出していた頃は、食べ残しなどなかった。天ぷらご飯も。

どうして長谷川は急に食事を残すようになったのか。

理由がわからないと夕食を作れない――

「大金に目がくらむとろくなことがねえなあ、なびき」

なびきが悩んでいるというのに辰はへらへら笑っていてまるで他人ごとで、三毛をおしずに任せるとふらりと店を出ていった。

――彼だって三毛がちょっと吐いたらやれ昨日の魚が不味かったのか、まさか鼠を喰《く》って石見銀山《いわみぎんざん》が身体に回ったのか、医者はどこだと大騒ぎするくせに。犬を診るという触れ込みの医者がたまに現れるが大体いんちきだ。猫の医者はまずいない。どうせいんちきなら猫の医者もいてもよさそうなものだ、辰が全財産を貢ぐのできっと儲かる。

と、一瞬で辰は帰ってきて、なびきに向かって竹串《たけぐし》に刺したきんつばを差し出した。

「まあ甘いもんでも食って気分を変えろよ、おごってやるから。礼はいらねえ」

どこかにきんつばの屋台が出ているのを嗅ぎつけて買ってきたらしい。そんな匂い、なびきには全くわからないのに。犬並みの鼻だ。

――彼なりの励ましだというのはわかる。しっかり自分の分のきんつばを持っていて、自分が食べたくなったついでだとしても。

「早く食え、焼き立てだぞ」

辰が無邪気なのか、お菓子で手放しに喜べないなびきが大人になりすぎたのか。

「……わたし、いくつだと思われてるのかな。髪、島田に結おうかな」

「なびきさんがどうこうじゃないでしょコレ。焼き立てッて、今日も暑いンだからせめて白玉とか涼しげなモンにならないのかい」

おしずが白けた調子で言う。なびきもそう思う。

なびきは何となく敗北感に打ちひしがれながら辰のきんつばを受け取った。やけくそのようにかじる。

四角く固めたあんこに小麦粉の衣をつけて一面ずつ鉄板で焼いた駄菓子は素朴で手堅い味だ。粒餡が下品という人もいるがこれはこれで食感が面白い。

焼き立てでホクホクして黒砂糖の甘みが強いが、時間が経つと固くなる大福と違ってきんつばは冷めても美味しい――

「ん!」

あんこを頬張《ほおば》っていると急になびきの頭に天啓が降りてきた。

降りてきても口の中に物が入っていると言葉にできない。

気が逸《はや》り、なびきが手だけばたつかせてもがいていると、

「のど詰まった?」

おしずが麦湯の湯呑みを差し出した――違う。

「背中叩こうか?」

おくまも親切にしてくれようとするが、なびきは頑張って首を横に振った。

なびきはやっと口の中の物を飲み下し、言葉が喋れるようになった。

「〝寒い、ひもじい、死んでもたい〟!」

なびきが久蔵の教えを口にすると、おしずがちらりと外を振り返る。

「え、寒いの? 今? 外カンカン照りなのに?」

「わたしじゃなくて!」

一刻も早く飛び出したい気分だが、なびきは食べかけのきんつばを放り出せない。一個四文やそこらだが一口でやめるとか勿体《もったい》ない。大急ぎで続きを食べる。

辰は勿論《もちろん》、おしずもおくまもきょとんとして見ているのが何だか気まずくて焦って味がよくわからない。

昨日、斉木はこんな気持ちで粕汁を食べていたのか。じっと見て悪かった――

いや、そういえば。

何もかも教わっていたではないか。

一つ歯車が噛み合うと、次々思いつく。昔、縁日の見世物小屋で見たからくり人形のように。

おもりを釣った糸やばねが連動して、人形が口を開けて派手な金ぴかの扇子をパッと振り上げ、台から丸めたおみくじが出てくる。

あらゆることに答えがあった。

やっと食べ終わって、なびきは襷をして袖をまくり、雑巾《ぞうきん》とたわしと手箒とちりとりを持って走り出した。

「ど、どこ行くのなびきさん」

おしずに説明するのもまどろっこしい。

裏の長屋の腰高障子の前に立ち、大声で喚《わめ》いた。

「長谷川さま、煮売り屋〝なびき〟です、お掃除に参りました！」

それから腰高障子を開ける——今日は、長谷川は布団の上にごろ寝していたのが少し頭を上げた。

「失礼します！」

なびきは土間に踏み入った。昼前に出した白味噌の味噌汁が半分ほど残っていたが、予想していたので驚かなかった。

それよりも入口を振り返った。

腰高障子の横に簡単な厨《くりや》がある。一間の長屋の台所は大抵、焚《た》き口が二つの竈《かまど》と流しがあるかないか程度で便利のいいものではない。予想通り、ご隠居の部屋で見るのと同じ造りになっていた。

まずは上の天窓。竈の真上は縄で開閉するようになっているはずだが——なびきがそれらしいのを引っ張ったら日の光が射《さ》し、少し埃が落ちてきた。

これを開けないで火を焚くと、煙が部屋に充満して息が詰まる。

次に竈の本体——石を組んで土を塗り固めて作ったへっついは埃だらけ、蜘蛛《くも》の巣だらけだ。本当なら煤けているはずなのに。

表面の埃と蜘蛛の巣を手箒で落とす。竈は油でべたついているところに埃が貼りついていて、はたきでは間に合わない。雑巾で拭きもした。

表を綺麗にしたら、中もだ。

屈《かが》んで焚き口を覗き込んだ。中も蜘蛛の巣だらけだ。手を突っ込んで手箒ではたき、しつこいのはたわしでこする。埃と古い煤が粉になって顔まで飛んだ。

竈は年に一度、左官が土を塗り直して手入れしているから見た目を綺麗にしたら使えるはず。

ここで一度、なびきは外に出て井戸で顔を洗った。やはり煤だらけだった。頭に巻いた手拭いもほどくと真っ黒だ。

店に戻ることにした。道具を厨に戻して手拭いと前掛けを綺麗なのに替える。

「何やってんだお前」

辰が呆れていたので、指さして言いつけた。

「辰ちゃん、夕食おごるから長谷川さまの長屋に薪《まき》持っていって！　おしずさんとおくまさんは釜持って井戸で米洗って！」

「エ、米ェ？」

そう言うなびきは三人の反応など見ず、夕食用に残しておいたこんにゃくに向き直る。中食に使いきるにはどうもぴんと来なかったこんにゃくの半分。

包丁を使わず、手で千切ることにした。半ば自分への怒りをこめて。

薄揚げは湯をかけて刻む。太い葱の白いところも。それら全部、中食を作るついでに取っておいた鍋の出汁に放り込む。手順なんかこの際どうでもいい。

重たい鍋を持って長谷川の長屋に行く。辰は薪を運び終えていたがおしずとおくまはまだ米を研いでいたので、なびきは竈に火を入れることにした。

店から熾火《おきび》を持ってきてもよかったが、新しく火口箱《ほくちばこ》で点ける。

火打ち石を小さな鉄の鎌で叩いて火花を散らし、綿を焼いた目の細かな炭に火を点ける。この火花は神聖で、大工の嫁が火打ち石を打って勤めに出る亭主の魔除《まよ》けをしたりする。

炭が燃え始めたら硫黄つきの付け木を割ってそちらに移し、付け木の火を小さめの薪に。消さないように息を吹きかけながら。生まれたばかりの火を育てる。

さっき火花だったのがもう手のひらに載るほどになっていた。

竈に火が入る頃、おしずとおくまが二人がかりで羽釜を持ってきた。竈に据えて、新しい火に初めての仕事をさせる。

米は万能の食べ物だが生のままでは固いし腹を壊す。野菜だって魚だって生で食べられるものは少ない。

火で熱して初めて、命をつなぐ力になる。火はじかに触ると火傷《やけど》するが、食べ物を炙ると人を生かす力を与える。

〝ご飯の神さま〟の神棚の横に、もう一柱の神さまがいる。三宝荒神。もらったお札を小さな棚に置いているだけで、お告げをくれたりはしないが日々祈っている。

炎は恐ろしい、江戸の町を一日で三分の一も減らしたりする。大勢の人の運命を変えてしまう。

恐ろしくても人は火の力なしでは生きられない。

だからせめて神に祈る、その力が竈から出ないように。

米を美味しいご飯に変える、恵みだけくださるように。

なびきは身体が小さいせいか火吹き竹を使うと息が切れて目の奥が真っ暗になりそうだ。

だがふらふらしながら休む間もなく他の食材を店に取りに行った。

「何かすることある？」

おしずに聞かれた。混乱するから、となびきは断ろうかと迷ったが。

「糠漬けを出して洗って切っておいてください。後でわたしたちも食べるから、多めに。糠床は掻き回して、空いたところに今日買ったきゅうりを洗って入れて。糠漬けの場所はおくまさんに聞いて」

火を使わない仕事もあるのを思い出した。

汁鍋に取りかかるのは米を蒸らす頃。

汁はもう材料が全部入っているので沸かして味噌を溶く。これだけ。

それもとっておきの白味噌はやめて、使い慣れた普通の赤味噌。江戸の人並み。西国ではちょっと塩辛いくらい。

主菜はありあわせの鯖《さば》の干物。竈に鉄輪を置いて軽く炙る。

火に脂が落ち、長屋の中に煙と煮えた米、味噌汁、焼き魚の様々な匂いが立ち込めた。

おしずが切った糠漬けもやって来た。

――後はあれだ、四つ足の膳。

今日はひとまずご隠居に借りることにした。そのうち買えばいい。

一通り膳に料理を並べる頃には、長谷川はいつの間にか畳に正座していた。

しきりに袖で顔を拭っている。声は上げないが、どうやら涙を流しているようである。

――まだ食べさせていないのだが。

呆れるのを堪《こら》えて、なびきは草履を脱いで畳に上がり、膳を長谷川の前に置いた。それから畳の端まで下がり、三つ指をついて頭を下げる。

「こんにゃくと薄揚げと根深葱の味噌汁、鯖の干物でございます、長谷川さま。どうぞ」

「――いただこう」

初めて、長谷川の声を聞いた。少し涙でこもっていた。

背筋を伸ばし、なびきは黙って長谷川が飯碗と箸を取るのを眺めていた。嬉しいとか安《あん》堵《ど》とかはなかった。当たり前のことなのだから。

食べるのをじっと見つめていると、沈黙に耐えられなくなったのか、土間まで来ていたおしずが声を上げた。

「あの、長谷川サマ――」

なびきは彼女を振り返って手を振り、指を立ててしーっと沈黙を促した。話しかけてはならないという掟《おきて》を、それで彼女も理解した。

武士は食事しながら話をしない。言葉を発するときは箸を置く。

町人同士、ああだこうだ喋りながら食べる飯屋とは違う。自分たちが賄いを食べるときとは。

斉木は話をしてくれと言ったが、正確には「食後に話しかけてやってくれ」だったのだ。食べる前に話しかけたらいつまで経っても食べられない。

飯が冷める一方だ。折角火からもらった力が逃げる。

これが夕べと、中食の白味噌の味噌汁が残っていた理由だ。朝の雑炊は急いでいて話しかける暇がなかったので熱いままだった。

そのうち長谷川は空になった茶碗を差し出す。やはり無言でなびきは飯櫃から飯を盛って返した。

長谷川が二杯目の飯に口をつけた。

なびきは少し根性がひがんでいた。今朝の〝ご飯の神さま〟の夢は武家の妻の美しいのを見せていたのではない。

大事なのは彼女の礼儀作法だった。

武家の食卓では武士ではない者は黙って座ってご飯や汁のお代わりをつぐ係。最初にどんと飯櫃ごと出して終わり、ではない。

なびきがちびだとか美女でないとかどうでもいいから、見たまま武家の妻の真似《まね》をすればよかったのだ。

大金をもらったからには客の礼儀に合わせるのが筋だった。

長谷川は飯を三杯、汁を二杯お代わりした。

「馳走であった」

「お粗末さまです」

なびきは軽く頭を下げた。

「こちらは町人ゆえ至らないことが多く、これまで無礼を致しました。三食食べていただけるよう、これからも誠心誠意尽くします」

「——放っておかれるのも悪くはなかった」

長谷川の答えは短かった。

「武家に戻らなければならないのか」

その言葉が少しなびきの心をえぐった。

「すぐに、でなくていいと思います。あの、気が向いたら一度店の方にもおいでください。その気になったときでいいですから」

そこでは皆、喋りながら飯を食う。礼儀も何もなく、武家が取るに足りないと思っているようなくだらない話ばかり。

だが賑《にぎ》やかで、妻がもういないことを思い出さなくていい。

昨日の粕汁のよくなかったのは、味付けではない。

順番だ。

自身番は一番最初に行ったので、粕汁をこちらの貸した汁椀に盛ってそのまま食べてもまだ温かかった。

夕食にする大工の奥さんは勿論、長屋の老女、瓦屋の奥さんも鍋で粕汁を受け取った。彼女らは食べる前に炭火などで汁を温めただろう。ご隠居がそうしていたように。

だが長谷川は、ここに来てから竈を使ったことがない。長屋の部屋には炭を燃やす焜炉のたぐいもない。

汁椀で粕汁をもらったら冷たいまま飲まなければならない。

鶏の脂の浮いた冷たい粕汁——味付け以前の問題だ。きんつばは冷めても美味しいがそんなものは世の中に少ない。

一家の主婦は飯の炊けるのに合わせて主菜と汁物を完成させ、全て温かいまま一つの膳に並べる。そうするにはあらかじめ段取りを考えなければならない。

一つの凝った料理が得意なだけでは駄目だ。一品一品は簡単なものでも出来上がりの足並みを揃える、それも技だ。

なおかつ、京や上方では夕方に飯を炊いて夕食に温かい飯を食べ、朝や昼は残りの冷えたのを温めて食べる。

逆に江戸では朝、飯を炊く。中食、夕食の飯が冷たい。

〝ご飯の神さま〟の夢は「武士が勤めを終えて帰った夕方の光景」であることに意味があった。根っからの江戸っ子なら「朝起きたら飯を炊いている妻」になっていた。

西国の人には夕食に特に温かい飯と汁を出さなければ久蔵の言う「寒い、ひもじい、死んでもたい」が解消されない。

――夜闇《よやみ》の中で飢えを満たすために一人、冷えた飯を腹に押し込むのはどれだけ惨めか。野良犬と変わらない。

火の力の宿った熱い食事を食べて、人は人になる。

煮売り屋では昼前と夕方、客を迎える前に飯を炊く。冷たい飯は身内だけで食べる朝の賄いなので考えたことがなかった。

四六時中、飯を炊いてばかりのなびきは知らなかった――「外から帰ったら温かいご飯が炊ける匂いがする」というのが安堵感をもたらすことを。

飯の匂いがしない場所にいる人はそんな風に思うのだ。

8

おしずの家では女中が家事をやっているらしく、いつの飯が温かいとかついぞ考えたこ

のを出している。

続けて最後の方が煮詰まりがちだ。魚は注文を受けてから焼くとして、煮豆などは冷めた

ぶっかけて食べてもらうのが一番手っ取り早かった。なので、煮売り屋の汁は熾火で炙り

蒸すとか握って焼くとか冷えた飯を温める方法はいくつかあったが、温かい汁を添えて

「違うんですよ」

「飯の汁が温かいとか冷たいとかでそんなに違うもん？」

とがなかったらしい。

今後、長谷川の食事は〝ご飯の神さま〟のお供えの次に出すことにする。

「うちのおじいちゃんが言うには、お殿さまが乱心してどこそこの藩がお取り潰しになったりするのって〝毒見のしすぎで冷めたご飯ばかり食べているから心が荒《すさ》む〟んだって」

「じいさん、フカシすぎじゃない？」

おしずは疑っていたが、なびきも久蔵の言い分は少し大袈裟だと思う。

毒見がなくても、お殿さまの食事は大勢でそれぞれ凝ったものを作るので足並みを揃えることができず、全ての品を膳に並べる頃には冷めていることが多いのだそうだ。蒸して温め直すと味が変わる。都度、完成した順に食べてもらうなんて無礼なことはできない。

家光公の七色飯も、七つもあっても全部冷めていたのではないだろうか。

豪勢なものが美味とは限らない。

暮六ツの鐘が鳴った。

今日はもう夜営業は無理だった。店で皆で鯖を炙って味噌汁の残りを食べて賄いを済ませることにした。

「毎日アレやんの?」

「明日からはうちで作って出来立てのうちに小さめの鍋に分けて、炭火で温めます。二分金もらってるんだから焜炉くらい貸しますよ。買った方が早いのかな、どうせお膳も買うんだし」

なびきがやる気を見せた方がいいのかと、竈を掃除してみせただけで多分もう使わないだろう。独り者は大体炭火の焜炉で飯を炊いて買ってきた煮売りの汁を温めるので、長谷川でなくても長屋の竈を持て余すものだった。はなから竈のない長屋もあるらしい。

「――斉木さまが言う通り、本当にわたしが動いてみせると男の人って泣くんですねえ」

「アレはチョットよくわかんない」

肩をすくめる娘二人に、おくまがわかったようなことを言う。

「男は女が味噌汁作る姿に惚れるものなんだよ」

「そうなのかあ?　オレも男だけどわかんねえぞ」

「魚屋は餓鬼だから。――でもなびきさんが火吹き竹吹いてご飯炊いてるの、顔真ッ赤で小鬼みたいな形相でどっちかッていうと怖かった。長谷川サマからは背中しか見えてなかったから健気《けなげ》だと思ったんじゃないの?」

「ひどいですよ」

皆で賑やかにやいのやいの言いながら床几で賄いを食べるのは楽しい。

武家の静かな食事風景は痛ましいがすぐにどうにかなるものでもない。彼が自分でやめようとするまではああでなければならないのだろう。

熱い汁と飯は少しずつ長谷川をこの世に連れ戻すだろう。

酷なことだ。

——彼は恐らく長屋で一人、飢えて死んでしまった方が楽なのだろう。妻子とともに極楽浄土に行けるならそれで。斉木や朋輩が何を思おうと知ったことではない。

本物の悲しみなのに、小娘の飯を食って紛れてしまったら自分の身体に裏切られたようだろう。

湯屋で身体をこすっても厠に行っても思い出はなくならないが、皆の小手先の優しさは心を鈍らせる。鋭く尖《とが》った悲しみは曇って丸まってすり減って、そのうち何でもないものになっていく。

日々の忙しさと当たり前の飯で、身体もどんどん違うものになっていく。

忘れてしまう。前の自分も大切な人のことも。

〝ご飯の神さま〟がするのは少しの手伝いだけ。

皆の望み通りによりよく生きるとはつらいことばかりだ。

四話　和蘭陀《オランダ》時計の謎

1

久蔵はときどき高価な上生菓子だの干菓子だの買ってきて、なびきにも食べさせた。色とりどりの練り切り、こなし、求肥《ぎゅうひ》、紅葉《もみじ》やら花やら鯛《たい》やら打ち出の小槌《こづち》やらおもちゃのような凝った形の打ち物、押し物。

「これが本物の味じゃ。季節で色が変わり、型が変わるが、上等な菓子屋は毎日同じものを作っとる。こういうものを求めて江戸中から客が集う。選び抜かれた和三盆《わさんぼん》、選び抜かれた微塵粉《みじんこ》、隠元豆《いんげんまめ》、ささげ、栗《くり》、葛《くず》、寒天。微塵粉も糯米《もちごめ》をじかに粉に挽《ひ》いたもの、餅《もち》にしてから粉にしたもの、干した餅を粉にしたもの、いちいち使い分ける。あんこを煮てからもう一度蒸して練り込んだり、様々な工夫をしておるのじゃ」

久蔵の話は難しかったが、食べながらなびきは思った。きっと、極楽で天人が口にする〝甘露〟は和三盆でできている。毎日食べていると空を飛べるようになる。

「料理屋なら〝八百善《やおぜん》〟、通人のために高級食材を惜しみなく使って一杯で一両二分の茶漬けを出した。大根の漬け物を味醂《みりん》で洗って出すとも聞いたな。――そんなものだけ口にして生きていけるのは一握り、お殿さまや大店《おおだな》の旦那《だんな》さま、お姫さま。わしらはそうはいかん。傷《いた》みかけた魚を味噌《みそ》やら生姜《しょうが》やら唐辛子やらでごまかして近所の客に食わせる。客というのはうちが近くて安いから来てくれるだけ、よっぽど不味《まず》いのでない限り、まあまあ食えて腹を壊さなんだらいい。その程度よ。江戸中の人を虜《とりこ》にするような美味な食事など作れん。そのようなところに〝飯の神さま〟はおわす。わしらを憐《あわ》れんでいらっしゃるのかな」

憐れみとか何が何やらだが、本当に神さまがいるのなら毎日和三盆をお恵みになるべきだと思った。

それも空に浮かぶ雲のようにふわふわして、それだけ食べて満足するような素晴らしいもの。きっと江戸中の人が幸せになれる。

十四歳になった今なら少しわかる。

人が生きていくのに必要な食事は、面白くもない五穀と青魚と青菜と大根。大奥でも吉原でも大差ない。

五穀は〝ご飯の神さま〟に呪《のろ》われている。

偉いお坊さんや修験者《しゅげんじゃ》は〝五穀断ち〟をするという。肉や魚などの生臭《なまぐさ》を断つだけでなく、五穀も拒んで木の実や山菜だけを食べる修行をするそうだ。

稲も大豆も小麦も粟《あわ》も黍《きび》も死した〝ご飯の神さま〟の骸《むくろ》から生える。

その穢《けが》れを厭《いと》うているのだろう。

2

「何だい、久蔵じいさんはまだ帰らないのかい？　女ばっかりで、ここもすっかり水茶屋だね」

近頃《ちかごろ》、荒物屋のおときは店を始める前にわざわざ厭味《いやみ》を言いに来る。——中食でごった返す頃に来ても、客がうるさくて彼女の相手どころではないからだ。

大寅はあまりつき合ってくれないらしい。彼からすればたかり先を潰《つぶ》してもいいことがないのだろう。

代わりにおときは新たな飛び道具を使うようになった。

「じいさんが出てって何日経《た》った？　立秋の頃だろう、十日で帰ってくるとか言ってたのにもう八月になっちまうよ。商売なんかしてる場合かね。養い子ってのは薄情なもんだね」

「〝早くて十日〟だから歩くのが遅かったら十五日くらいになるんですよ。富士講の皆さんもいるし、一日や二日のことで大騒ぎして甲州《こうしゅう》街道に飛脚を飛ばしたんじゃ無駄遣いです。おときさんにまで心配をかけて、本当に年寄りの冷や水は困りますね」

最初の数日、なびきは軽く聞き流していた。

おしずが給仕をするようになって、煮売り屋〝なびき〟は客が増えた。中食は売り切れる日もあるし夕食もまずまず出るようになった。相変わらず酒はないし、天ぷらは一回やっただけで他は同じような料理を出しているはずなのに。

給仕をしてもらうにあたり、食べ物屋なのだから抜け毛が皿に入らないように毎日綺麗《きれい》な手拭《てぬぐ》いで姉さんかぶりすること、派手すぎる格好をしないと約束してもらったが、総髪に手拭いは若衆《わかしゅ》めいた色気が出て駕籠《かご》舁きや八百屋の評判がいい。

おしずのざっくばらんなもの言いも「気《き》っ風《ぷ》がいい。もっと叱《しか》ってほしい」と受けているようだ。叱ってほしいというのは意味不明だが、本当に水茶屋のように彼女のために食べもしない飯を注文されるよりいい。

酒なしでも以前の売上に追いつくようになっていた。どうなることかと思っていたが、斉木の二分金を仕入れに回さなくてもやっていけそうだ。

「隣の荒物屋を広げるどころか、コッチから攻めて乗っ取ってやろうか」

「大きなことは豆くらい煮られるようになってから言ってください。調理がわたし一人なのに店を広げられるわけないでしょう」

図に乗って息巻くおしずをなびきがたしなめなければならないほどだった。

おしず目当ての客ばかりではない。由二郎が毎日来てなびきに話しかけるのは顔を見に来ているという説がある。

あれから斉木も何だかんだとやって来て飯を食う。勤番は妻女を国元に残しているのでお武家さまも自炊するのだそうだ。どちらが「ついで」かわからないが、彼なりに長谷川に声をかけてもいるらしい。斉木の分ともう一人分、二つだけ四つ足の膳を買って店に置くようになった。

「その辺で蕎麦《そば》をたぐるよりこちらできちんとした煮物など食った方が健康によいのだろう。己では豆が上手に煮られん。豆は好きだし安くて健康によいと知っているが扱えぬ。小者《こもの》も料理下手でな」

と、斉木は昼食を食べた後に麦湯を飲みながらこぼした。

「豆は水に漬けてひと晩もどして弱火で半時《はんとき》から一時《いっとき》、柔らかく煮てから味をつけます。弱火が上手《うま》くできない人は多いですね。おくまさんも弱火、できませんからね」

なびきは斉木を慰めたつもりだった。おくまは働き者だが料理が苦手なのだった。

「〝弱火で半時なら強火で小半時でもいいだろう〟とか思っちゃ駄目ですよ、料理にそういう近道はないです。一人で半時も豆を煮ているとつい他のことをしたくなるので糠床《ぬかどこ》を搔《か》き回したり煮ころばしの里芋の皮を剝《む》いたり、また豆の世話に戻れるようなことをついでにするといいんですけど」

「ううむ、拙者は一つのことをしているとついでというのがなかなか。なびき殿は働き者でよく気がつく。拙者の娘はこれほどになるだろうか」

「娘さんがおられるんですか。おいくつですか」

「三つ」

斉木の答えを聞いて、なびきは顔が歪《ゆが》みそうだった——やはり斉木はなびきの歳《とし》を十ほど勘違いしている。

なびきが幼く見えるのはともかく。

できない人の代わりに日々、豆を煮るのは仕事だ。おくまは洗濯と皿洗いをし、おしずは給仕と勘定をし、なびきは豆を煮、お武家さまは刀を振る。それぞれに取り柄があって世の中が回るのはいいことだ。

だが悪いこともあった。


「今頃、野晒《のざら》しになってるんじゃないのかい。十年も育ててもらったってのに薄情な娘だ。邪魔者のじいさん抜きで出戻りの友達と親不孝者同士、仲よく中秋の名月を迎えるのかい。恩を仇《あだ》だよ。子なんか拾うもんじゃない」

おときはわざわざやって来て、かまきりみたいな尖《とが》った顔で当てこすりを言った。

久蔵の不在が半月近くなると、なびきも聞き流せなくなってきた。

壁に貼《は》った暦はもう一見しただけではバツの数が数えられない。

連絡が取れない久蔵が悪い、帰ってこないのは向こうの勝手——そんなことはとても言えない。

なびきだって心配になってきた。店が繁盛したって久蔵がいなければ。

帰ってこないかも、などと考えると手足の先が冷たくなる。何も言葉が出ない。

「甲州に飛脚を飛ばして返事を待ってるところなんだよ。なびきちゃんだって心配なのに、縁起でもない。あたしらがここで足踏みしたって久蔵じいさんが前に進むわけじゃなし。

自分とこの客が少ないからって若い者の商売に口を差し挟むんじゃないよ」

おくまが代わりに言い返してくれたが、

「あんたらの神さまもよくよくご利益がないもんだね。久蔵じいさんは何十年お供えをしてきたんだい。明神さまの縁日にも行かず正月も祝わず朝夕必死で飯を炊いて、店が大きくなるでもなし別嬪《べつぴん》の嫁が来るでもなし。これだけ尽くして叶《かな》えてくれる願いはピンピンコロリだけかい」

おときの捨て台詞《ぜりふ》がざくざく胸に刺さった。彼女が去った後も、なびきは声が震えていた。

「――飛脚、お願いした方がいいんでしょうか」

「やめときな。どこの関所に送るんだよ。高くつくだけさ。あれこれ悩んだって仕方ない。何かあったなら富士講の連中が連絡するだろう。店もあれだけどあの歳になるとなかなか新しい友達なんかできやしないもんだからひがんでるんだ」

おくまがなびきの背中を撫《な》でた。

――おくまさんはそうやってまたわたしを甘やかして希望を持たせようとする。

自分が前向きで一生懸命な少女を見ていたいから。悲しんでいる小娘なんか見たくないから。

なびきは言おうとしたが、やめた。

代わりに、茄子《なす》を切りながらおしずが尋ねた。

「カミサマとかご利益とかって何？」

「そこの神棚にいるんだってよ。お供えするとお告げをくれるって」

なびきが説明する前に、三毛を抱いた辰が神棚を指さした。

「まあ〝飯の神さま〟がしょっぱいのはアレだよな。大昔に客の富くじが当たったたって言うけどオレが出入りするようになってから一回も当たってねえし。じいさんが当たりの富くじ拾うくらいないとご利益って言えねえんじゃねえか」

「久蔵じいさんにはなびきちゃんって跡継ぎができたじゃないか」

「足りねえよ」

辰はおくまの反論も切って捨てた。

「荒物屋の言うことは癪《しゃく》だが、江戸の男なら嫁の一人ももらうか花魁《おいらん》と縁を結ぶかくらいできてねえと願いが叶った感じしないのはそうだぜ。この店だってもっと広くして料理人抱えて、自分じゃ働かずに金勘定だけしてりゃいいくらいにならねえのかよ」

なびきは聞いていてそれは違うという思いと、そうだ、〝ご飯の神さま〟はしょっぱい、もっと言ってやれという思い、二つがない交ぜになった。多分お供えを作る係が三人以上は多いが、その分もう少し見返りがあってもいい。

「なびき、その神棚の中ってどうなってんだ？」

辰に問われるまま、なびきは答えた。

「この中はご神体と、起請文が入ってます」

ご神体は古い小さな銅の鏡だ。年に一回だけ、錆《さ》びないように磨いて薄く油を塗る。それに久蔵となびきが〝ご飯の神さま〟の供え番をするという誓いを書いて二人の手形を押した紙。これも年に一回書き換える。

後は四歳の頃になびきが持っていた木彫りの犬のおもちゃ。耳と背中が黒く塗られて首に赤い布が巻いてあり、腹に〝なびき〟と名前が書いてある。何をどうしたのか尻尾《しっぽ》が欠けているのを膠《にかわ》で継いだ跡がある。そこだけ木の色が白っぽく、新しくくっつけた木を元の形のように彫ったらしい。

家族の唯一の形見。

「その起請文にじいさんの願いごとが書いてあるんじゃねえのか?」

辰が図々《ずうずう》しいのをおくまが咎《とが》める。

「辰、他人の願掛けを知りたがるもんじゃないよ」

「起請文って別に願掛けのために書くわけじゃないですよ。お供えをするって約束で、願掛けはついでです」

なびきは苦い思いで説明した。

かつて久蔵はなびきに起請文に願いを書くように促したが、どういうつもりだったのだろう。

〝ご飯の神さま〟にご利益はある。おときや辰にわからないだけだ。

いつか来る飢饉《ききん》のために力を出し渋っているのか簡単に人を助けてくれるようなもので

はないし、久蔵がお告げに従っていた事情も薄々わかってきた。──〝捕まった〟ら〝逃げられない〟。きっとそういうもの。

起請文の願いは、叶ったら儲《もう》け、程度のものだろうか。目先の目標があった方が仕事に身が入る。

大火で失った家族に再び出会う。──孤児をその気にさせるのに丁度いい。どうせ、神頼みくらいしかできることはないのだから。

「じいさん、何だって富士山なんかに」

辰は三毛のあごの下を撫でながら不思議がっていた。

「〝飯の神さま〟に願掛けしても効かないからもっとご利益ありそうな富士山に鞍替《くらが》えしたのか？」

「鞍替えとか、さっきから黙って聞いてりゃ罰当たりだね、辰の字」

「もう六十のじいさんが命懸けで富士山まで行ったのに誰《だれ》も理由を知らねえって方が薄情じゃねえかよ」

──その通り。

「久蔵じいさんのたっての願いだからだよ。これまで店一徹だったじいさんが何かをしたいなんて初めてだったんだから、聞かないのが人情ってものだろ。帰ってこなくなったから送り出した方が悪いとでも言うのかい」

「そんなことは言ってねえよ。出てく前に突っ込んだ話してなかったのかって──」

おくまは庇《かば》ってくれるが、辰の方が正しい。

なびきは久蔵が何を考えているのか確かめるのが怖くて、二つ返事で送り出しただけだ。信頼していたのではない。こうなるとそれが事実だ。

おしずはずっと、何も言わず茄子を切っていた。


神さまを神棚に祀《まつ》った初代の〝カンさん〟はふらりといなくなったと言うが、何か願いは叶ったのだろうか。

彼は飢饉を生き延びた、それだけで満足だっただろうか。成し遂げたのだろうか。

久蔵は十年以上も大病らしい大病もせず、結婚はできなかったがなびきという跡継ぎを得た。江戸では恵まれている方だ。

おくまは何不自由なく見えるが、夫の信三は三十前半でぎっくり腰になった。命にかかわるものではないが、腰を痛めるたび半月近く寝込むので働き者なのに長屋で貧乏暮らしをしている。本当なら今頃大工の棟梁《とうりょう》になって、おくまともども一軒家で女中に家事を任せて息子たちを跡継ぎとして指導して暮らしているはずだった。

彼女からすれば足腰の強い久蔵は羨《うらや》ましいほど幸福だろう。

一方で足りない、という辰の言い分もそれほど間違っているようには聞こえない。

いつ来るかわからない次の飢饉まで、わかりにくい神さまのご機嫌を取って恵みを世の中の人に配る。

なびきや久蔵の人生はそんなものなのか？

3

次の日もその次の日も、久蔵が帰ってくる気配はなかった。

八月になってしまったが、なびきはかえってすっぱりと切り替えて余計なことを考えないことにした。今更、自分や久蔵を責めてもむなしいだけだ。

今日のお告げの夢は、棒鱈《ぼうだら》だった。


〝ご飯の神さま〟と一緒に、人間ほども大きなカチカチに反り返った棒鱈の塊が二人――二つ？――丸桶《まるおけ》の五右衛門《ごえもん》風呂《ぶろ》に入っている。三人入っても広々した風呂を、なびき一人で一生懸命、下の焚《た》き口に薪《たきぎ》をくべてぐらぐら沸かす。火吹き竹も使う。夢では熱くないし息が切れないので現実よりましだ。

ときどき上の様子を窺《うかが》うと、〝ご飯の神さま〟は裸ではなく白い小袖《こそで》のようなものを着たまま湯に浸《つ》かっていた。

棒鱈たちは後から落書きしたような頼りない手足があって、一人前にお猪口《ちょこ》で酒を飲んでいた。魚の口ではなく身の部分にお猪口を当てて。

〝ときに、日本橋の大時計の腰元はどうしたい？〟

〝伴天連《ばてれん》の悪魔に魅入られた腰元かね。ありゃ長くねえな〟

〝日の本に住んでるのに何でわざわざ伴天連の。業が深いねえ〟

奇妙に甲高いくすぐったいような声でこの世のものとも思えない話をしている——棒鱈が天下国家を論じていたらその方が変だが。

〝よくよく運のないこった。折角そちらのはからいで富裕の家に生まれたのに〟

〝人間は度しがてえ〟

棒鱈たちが話していると、〝ご飯の神さま〟が歌い出した。

〝帰しともないお方は帰り　散らしともない花は散る〟

しっとりとして艶《つや》のある歌声になびきは思わず聞き入ってしまったが——

〝おい、湯がぬるいぞ〟

棒鱈にすごまれた。なびきは慌てて頭を下げ、火吹き竹を吹いた。

〝芋の旦那はまだかい、一緒でないとおいらたちばかりが煮えちまう〟

〝醤油《しょうゆ》と味醂《みりん》が足りねえ〟

何と棒鱈は自分たちを煮付けるのに必要な調味料まで指示してくれた、分量まで——それが叶ったら自分たちがどうなるのか、考えていないのだろうか——干物は食べられるのが身上で今更助けてもらっても嬉《うれ》しくないのか——

〝ご飯の神さま〟の歌い声が続いた。

〝ぬしとわたしは時計の針よ　合ったと思えばまた離れ〟

長谷川が京風の味付けを好むと聞いた日から、棒鱈を金鎚《かなづち》で叩《たた》き割って水に漬けてもどしていた。

夢の話の意味はまるでわからなかったが、棒鱈が煮てくださいと言うのなら今日が頃合いなのだろう。よくよく考えて、生きていた頃の鱈の姿でなく棒鱈のまま風呂に入って酒を飲んでいたのがふざけた話だ。

京では棒鱈は海老芋《えびいも》と煮付けるらしいが、海老芋なんて青物市で見かけたことがない。久蔵も使っていたことがない。なので里芋で代用。

出汁《だし》に皮を剥いて切った芋ともどした棒鱈を入れて煮て、芋が柔らかくなったら醬油と味醂で味付け。この味つけは夢の通り。

味が染みたら芋と棒鱈を取り出して汁だけ煮詰めてとろりとさせる。

芋と棒鱈に汁をかけて完成。久蔵秘伝の煮売り屋〝なびき〟の〝なんちゃって芋棒〟だ。

「美味しいけどお正月ッて感じ。今残暑だから落ち着かないね」

「滋養はあるんだろうけどな」

手間をかけたのに味見したおしずと辰は微妙な顔をしていた。

たくさんはできなかったので、客向けには辰から買った戻り鰹《がつお》を叩きにして出した。

江戸ではなぜか皆が皆、夏の初鰹に熱狂してとんでもない大金を出すが、高いばかりで何が楽しいのか。話題に乗っかりたいだけではないのか。高すぎてなびきも食べたことがないのだが。辰も仕入れてきたためしがない。

秋の鰹は脂が載って味が濃い。こちらこそが旬だ。藁の火で炙って少し脂を落とすくらいでいい。江戸前にも秋の実りがある。話題にならない分、安くてありがたい。客の受けもそこそこだ。

鐘が鳴った後、ふらりと由二郎が来た。この御仁、来る時刻がまちまちだ。彼だけ鰹の叩きが折敷《おしき》に並んでいるのに首を傾《かし》げた。

「あれ。今日は煮付けの匂いがするのに刺身なのか?」

「〝なんちゃって芋棒〟を作ってみたんですけど、辰ちゃんが〝おばあちゃんの煮物〟とかひどいことを言うから。お客さん用じゃないいんだけど毎日来てくれるから、由二郎さんにはちょっとお出ししましょうか」

なびきにとってはおまけというほどでもなかったが、申し出ると由二郎の顔が明るくなった。

「うん、食べてみたい。なんちゃって芋棒?」

「京ではお正月でなくても棒鱈を煮て食べるんですって。海老芋ないから里芋で」

「海老芋の〝炊いたん〟か。わたしは京には不思議な縁がある。なびきさんのお手並み拝見だな」

――〝炊いたん〟は懐かしい言葉だ。里芋の煮物はお品書きには〝煮ころばし〟と書くが久蔵は〝炊いたん〟と呼んだ。

江戸っ子たちが食べ慣れないだけで、棒鱈はお告げだけあって我ながら上手くできた。

辰の頭より固かった棒鱈がほろほろと崩れる。それでいて里芋の方は煮崩れない、ほどよい塩梅《あんばい》。

鉢に盛って差し出すと、由二郎は箸《はし》を伸ばし、鱈の部分をほじって口にする。由二郎は大店の生まれだからか所作が上品で箸の先に左手を添える仕草が女形みたいで妙に色っぽい。煮売り屋の他の客は大口を開けてかき込むばかりだというのに。

なびきが固唾《かたず》を呑《の》んで見守っていると——

急に由二郎が左手で口を押さえた。わななな身体《からだ》が震えた。

そのまま、箸を取り落とし、座敷の壁にもたれてずるずるくずおれた。

「ど、どうしたんですか！」

なびきは慌てたが、由二郎は目をつむって苦しそうでもなかった。

かすかに唇が動いたが、声にはならなかった。

「お、お医者！」

なびきの狼狽《ろうばい》した声を聞いて、おしずがうなずき、飛び出していった。

不安になって、なびきは神棚を振り返った。夢の中で〝ご飯の神さま〟は花が散るとか帰るとか歌っていた。

こうなることを知っていたのだろうか？

4

「心配すんなよ。あの青瓢箪《あおびょうたん》、普段から毛虫見ただけで倒れそうな顔してたぜ」

辰がなびきへの慰めなのか由二郎の悪口なのかわからないことを言った。

由二郎はとりあえず店の二階、普段なびきが寝起きしている部屋に布団を敷いて寝かせた。

おしずが走って父を呼びに行った。走って戻ってきたのは彼女だけで父の方は走らず、後から歩いてやって来た。重々しい漆《うるし》塗りの挟み箱を持たせたお伴を一人、連れていた。

おしずの父は二階に上がって由二郎の枕許《まくらもと》に座ると、まぶたをめくったり脈を取ったり、ずっと口をへの字に曲げていた。その間、なぜかお伴は一階で待っていた。

おしずの父は総髪が真っ白で仙人みたいだ。肌の張りを見てもそれほどの年寄りではない。本物の老人はもっと萎《しな》びてあちこちしみが浮いている。四十か、せいぜい五十だろう。医者は僧のように黒っぽい羽織を着ているのも超然としている。すっかり枯れた風情だが目鼻がすっきりして、むすっとしていても男前がわかるのだから若い頃は相当の二枚目で鳴らしていたとみえる。

彼は毒見と言って〝なんちゃって芋棒〟も少し口にしたが、面白くもなさそうだった。

「この御仁が生来、蒲柳《ほりゅう》の質で虚弱なのだ。頭に血の気が足りない。暑気あたりで食が細っているのもあるのだろう。毒だとか、店の食べ物にあたったとかではないから慌てずともよい」

傲岸《ごうがん》にそう言い放った。

おしずのお喋《しゃべ》りなのと違って愛想も何もない。本当に親子なのか疑わしいほどだった。

「滋養を摂《と》りなさい。暑いからとそうめんや西瓜《すいか》のような水っぽいものばかり食っていてはいかん。もっと歯応《はごた》えがあって精がついて血肉の増えるものを」

「薬とかそういうものは」

「滋養は食べ物から摂るものだ。大した病でもないし、礼金はいらん」

おしずの父は愛想もなくそう言って、一階で待たせていたお伴と一緒にさっさと帰っていった。おしずにも一言もなく、おしずの方も自分で呼んできたのに連れてきた後はそっぽを向いていた。

由二郎本人はおしずの父が様子を見た頃には正気を取り戻していたようだった。

「すまない、心配をかけて。わたしは頭痛持ちで、あのときたまたま頭が痛くなって気が遠くなってしまったんだ。なびきさんのせいじゃない。今日は駕籠《かご》で帰って早く寝ることにするよ」

こちらは病人のくせに起き上がって申しわけなさそうにする。貧血だとか頭が痛かったとか、話が食い違っている。なびきは納得がいかない。

「あの芋棒、何かあったんじゃないんですか」

気が気でない。

多分おしずの父の言う通り、食あたりではない。昼より前に味見をしたおしずや辰はぴんぴんしているし、自分で食べても普通の棒鱈と里芋で酸っぱい味などもなかった。

そもそも〝ご飯の神さま〟のお告げの食べ物が傷んでいたことなどない。

――なのにあれのせいではないかと思う。

「いや、少し悪い夢を見ただけだよ。……そう、悪い夢なんだ」

由二郎は答えたが、どちらかというと自分に言い聞かせているようだった。

高浜屋のある小網町《こあみちょう》は魚河岸《うおがし》の向こうということで辰がひとっ走りして、あちらの奉公人という人を連れてきた。お富《とみ》という二十歳《はたち》そこそこの小作りな顔の女中で、格子の小袖に黒繻子《くろじゅす》の帯、前垂れは多分店のお仕着せだ。

彼女が駕籠を手配して由二郎を連れ帰った。

なびきにできることは何もなかった。


ためらったが夕方、一応裏長屋の長谷川にも芋棒を出した。元々彼のためのもので、お告げもあった――「倒れた人がいる」と念を押した上で。

「――よくできていたと思う。医者の言う通り、その御仁の間が悪かったのであろう。気に病むな」

長谷川はぺろりと平らげた後で感想を述べた。あれ以来、食後に少し話をするようになった。

夜は店にそんなにお客もいない。なびきが部屋にいる間は行灯《あんどん》を点《つ》けていいということになった。長谷川は人のごった返す湯屋《ゆや》はまだ抵抗があるようだが、長屋の裏で水浴びをして古着を買い換えて、少し体臭と見た目はましになった。

「棒鱈か、懐かしい。——妻が煮るのに買った棒鱈を、酒肴《しゅこう》にしてよく叱られた」

長谷川が語るのになびきはびっくりした。

「え、棒鱈、煮る前に食べちゃったってことですか？」

「歯が強ければ食える」

簡単に言うが、すごい根性だ。金鎚《かなづち》で割るほど固いのを何日もかけて水でもどすのに。流石《さすが》、武家は違う。

「妻は拗《す》ねて海老芋だけ炊いた。今から思えば悪かったな」

長谷川は悲しげでもなくつぶやいた。

棒鱈のない〝海老芋の炊いたん〟と、海老芋のない〝なんちゃって芋棒〟——完璧《かんぺき》な芋棒を出すのがそんなに難しいとは。教訓めいている。

〝ご飯の神さま〟は長谷川のために棒鱈を煮ろと言ったのだろうか。

だがやはり由二郎も気になった。〝ご飯の神さま〟の歌は長谷川のことではなさそうだ。

それに彼は倒れるとき、「久蔵さん」とつぶやいていたような気がした——

5

翌日、由二郎は店に来なかった。予想通りだった。

なのでなびきは料理を持って、おしずと二人で高浜屋に行くことにした。日本橋小網町なら歩いてすぐだ。

「そんなに気にする？　大店のお坊ちゃん、どうせいいもの食べてるよ」

「まあそうなんですけど、一応」

おしずはそう言うが、なびきが何かしたいのだ。滋養は食べ物で摂《と》れと言うならなびきの領分だ。

倹飩箱《けんどんばこ》に一鉢、料理を入れる。なびきが屈《かが》んでいるとおしずも覗《のぞ》き込んだ。

「ちなみに料理は何？　店で出すのと別に作ってたでしょ」

「鶏肉《かしわ》の定家煮《ていかに》です。鶏《とり》を食べると血の気が増えるかと。ご馳走《ちそう》なら滋養があるかっていうとそうでもないみたいだし」

塩や味醂でたれを作って鶏肉を煎《い》り煮にしたものだ。そんなに難しくない。

「テイカニ？　鶏なのにカニ？」

おしずは初めて聞いたらしく、料理名に目を細めた。

「テイカ・ニ。藤原《ふじわらの》定家、昔のお公家《くげ》さまです」

「お公家と鶏に何の関係が？」

「鶏じゃなくて魚でも作りますけど。――定家は和歌をたくさん詠んだ人で、そのうちの一つになぞらえて」

古歌を口にするのは何となく恥ずかしかったが、なびきは意を決して唱えた。

「〝来ぬ人を松帆《まつほ》の浦の夕凪《ゆうなぎ》に焼くや藻塩の身も焦がれつつ〟――塩で身を焦がすから定

家煮。ただの煎り煮です」

これはただの料理の名前だから――なびきは割り切っているのに、おしずは少し泡を喰《く》ったようだった。

「そ、そりゃァ恋に身を焦がすッて意味かい。大胆だねなびきさん。来ぬ人を待つ？」

「昔のお公家さまもまさか自分の名前が煎り煮のことになると思ってなかったでしょう」

昔のお公家といえば在原業平《ありわらのなりひら》は今は蜆《しじみ》のことだ――業平橋《なりひらばし》の近くで獲《と》れるから業平蜆。風情もへったくれもない。

「いやいやいや、〝身も焦がれつつ〟とは激しいよ」

おしずは何だか勝手にうんうんうなずいた。

「そうだねェ由二郎はうらなりの青瓢箪だけど線の細い男前と言えなくもないし、目病み女に風邪引き男、病弱な男を放《ほ》っとけないッて女は多いし、次男だから兄さんに何かあったら大店の若旦那で玉の輿《こし》。何もない部屋住みの甲斐性《かいしょう》なしでも、どうせなびきさんが煮売り屋やって食わせてやらなきゃいけないのは魚屋でもおンなじだし」

「そんなんじゃないですよ。何で辰ちゃんの話が出てくるんですか。わたしは神さまのお告げがあったから作っただけで」

ひたりとおしずが軽口を止《や》めた。

「――神さまのお告げ」

そう繰り返す。

「そう、お告げ。夢に出てくるんです」

なびきがいつものように言うと、何やらそれきりおしずは押し黙ってしまった。

なびきにとっては妙な詮索《せんさく》をされるよりよほどよかった。

ちなみに大嘘《おおうそ》だった。〝ご飯の神さま〟は何も言わない日もある。毎日では疲れるのでその方がありがたい。

物売りやら何やら雑然とした神田の往来を南に下って竜閑川を今川橋《いまがわばし》で渡る。そこからが日本橋の目抜き通り、本銀町《ほんしろがねちょう》。

一軒で長屋一棟より遥《はる》かに大きな二階建ての大店の商家がずらりと立ち並ぶ。大きく屋号を染め抜いた太鼓暖簾《たいこのれん》が至るところに翻り、漆喰《しっくい》塗りの白い壁がまぶしい。

若い娘としては菓子屋や人形屋に目を引かれる。特に唐饅頭《とうまんじゅう》の焼ける甘い匂いがたまらない。白餡《しろあん》を小麦粉の生地で包んでいるらしい。煎餅屋も負けじと香ばしい匂いを振りまいている。勿論《もちろん》、錦《にしき》の振り袖を着た娘人形だって目に毒だ。銭を出す用事などないからとおくまに財布を預けてきてよかった。

往来には神田の裏通りではあまり見かけない紗《しゃ》の羽織を着た人が一気に増え、暑いからと裾《すそ》をからげているような人は減った。頭巾《ずきん》をかぶった道服の学者、本物の墨染めの仏僧なども通りかかる。

女は皆、大店のお嬢さまなのか島田につげの櫛《くし》、銀や鼈甲《べっこう》の簪《かんざし》を差して、お仕着せの女中を二、三人お伴に連れている。薄手でも花柄の派手な振り袖が目にまぶしい。花魁でもないのに島田に簪を何本差せるか挑戦したとしか思えないような髪型の人までいる。

なびきは急に、自分の銀杏髷《いちょうまげ》が恥ずかしくなった。魚河岸に行ったとき、いつも貼り紙を持っていくときはもっと裏通りを通ったのだから今日もそうすればよかった。ここならおしずは多少虚無僧ぶったくらいが普通だった。――自分は出前、ただの出前なんです、倹飩箱持ってるし。誰にともなく心の中でそう言いわけした。

少し進むと本石町の時の鐘が見えた。上野では鐘《かね》撞き堂は寛永寺の中にあるが、ここと本所横堀は町の中に鐘撞き堂だけある。近くに鐘撞き人が五、六人住み込みしているらしい。耳が悪くなったり人に嫌われたりして長く居着かず、株で身分を売買しているとのことだ。

――本石町の鐘撞き人の娘は生まれつき、ろくろ首だったとか世間ではまことしやかにささやかれている。首が伸びるらしい。なびきは見たことがないし、隠しているなら噂《うわさ》にならないので怪しい話だ。

町木戸の開閉もだが鐘で門限が決まっている人が多いので、鐘を撞くやつが悪い、と本末転倒な恨みが発生するのだった。吉原でもう刻限で帰らなければならない、名残が惜しい、なんて粋《いき》な話ではなくて、武家屋敷は暮六ツの鐘で容赦なく門が閉じる。遅れると門番を拝み倒したり袖の下が必要だったり、最悪閉め出されるので、武士たちも鐘撞き人を嫌っている。時の鐘を撞くのはご公儀が決めたことだというのに誰のためなのやら。

鐘撞き人は町ごとに鐘撞き料を支払って雇っている。長屋の家賃に含まれている。かなりの扶持《ふち》をもらっているはずで、それも人に嫌われる一因だという。しかも鐘撞き料の納める先が本石町と本所横堀は町奉行、上野寛永寺などは寺社奉行と、それぞれ違ってややこしい。そのくせ寛永寺で鐘を撞いているのは僧や寺男ではなく専門の鐘撞き人で、寺の所属ではないと言い張っているらしい。勝手にやってくれ、となる。

昼で人気のない魚河岸を通って堀沿いに進むとやっと小網町だ。

朝に漁師の舟が行き来するので昼間は桟橋が空いている魚河岸と違って、堀に大型船がぞろぞろつながれている。その辺の堀割に浮かんでいてちょっと人を乗せる猪牙舟《ちょきぶね》とは違う、帆を張って海を進み上方と江戸をつなぐ弁財船《べざいせん》だ。一隻《せき》で二千石もの積み荷を載せるらしい。腹掛けに股引《ももひき》、脚絆《きやはん》の水夫《すいふ》などが船の番をしていて、なびきは簪だらけの令嬢より話が通じそうだと思った。

大型船を泊められる場所は決まっているので、小網町は大店の廻船《かいせん》問屋だらけだった。少し違う店があると思っても油問屋など豪商で、堂々たる店構えに圧倒される。

廻船問屋〝高浜屋〟はその一つだった。煮売り屋〝なびき〟がいくつ入るかもわからない見世に丁稚《でっち》やら手代やらが文机《ふづくえ》に帳面を広げて、立派な羽織の商人やら頭に鉢巻きを巻いた船乗りやらとああだこうだ言っていて騒がしい。人の出入りだけで目が回るようだ。活気にあふれる店先の様子を見て、なびきは怖じ気《おけ》づいた。それでも何とか、自分より幼い丁稚を捕まえて声をかけた。

「あのう、由二郎坊ちゃんのお見舞いに参りました。神田の煮売り屋〝なびき〟と言ってくれればわかるかと」

するとすぐに倹飩箱を取り上げられ、奥に通された――土間から上がるときに女中がたらいを持ってきて足を洗ってくれた。なびきは気持ちがいいというよりは恐縮したし、むずがゆかった。「自分でやります」と言いたかった。

座敷は木彫りに金をあしらった偉そうな異国のからくりが置かれた立派なもので、新しい畳が青々として匂い立つようで、柱に竹筒がかけてあり、桔梗《ききょう》の花が上品に一輪活《い》けられていた。柱も欄間《らんま》もただ太くてまっすぐな木というのでなくわざと節くれ立った部分を使って〝侘《わ》びさび〟を漂わせている。

なびきとおしずは錦の座布団に座らされた。天鵞絨《ビロード》が張られた脇息《きょうそく》まである。からくりはコチコチ音を立てている。

縁側から小振りながら松やら石灯籠《いしどうろう》やら苔《こけ》やら見事な庭園が見える。普段暮らす埃《ほこり》っぽい下町から歩いて小半時とは思えない。まるで別世界だ。何やら涼しい気さえした。

煎茶《せんちゃ》と干菓子も出た。漆塗りの小さな菓子皿に和紙を敷かれた上に、有平糖《あるへいとう》が二個。半分が白く、もう半分が赤や緑に染められたねじれた飴《あめ》。勿論真っ白な砂糖で作られていて玻璃《はり》細工のようだ。――そういえば由二郎は、三浦屋の白雪糕《はくせつこう》が一個四十文と知っていたのだった。彼は高価な菓子を食べ慣れている。

「……お干菓子は日持ちするとはいえ急に来たのに……？」

「コリャ湯沢《ゆざわ》屋の有平糖だね、最近流行《はや》りなんだよ」

おしずは気後れもせず有平糖をぽんと口に放《ほう》り込んだ。

「丁稚サン、どうせならさっきの唐饅頭買ってきてくれりゃいいのに。アレ美味しそうだった」

なびきはガチガチに緊張して座布団の上で正座したまま動けないのに、おしずはもぐもぐ有平糖を食べて煎茶を飲んで、実に自然体だった。

なびきが有平糖に手を伸ばすかどうか悩んでいると、由二郎が現れた。休んでいたのか多少寝乱れた縞《しま》の浴衣《ゆかた》姿だ。なびきは少しほっとした。着飾って出てこられたら心臓に悪い。

「由二郎、なびきさんがワザワザご馳走持って見舞いに来たンだからモット食べ応えのある菓子出してやりな。上生菓子だよ」

おしずは挨拶もなしに無遠慮に言い放った。

「ああ、今、煉羊羹《ねりようかん》を買いにやらせたところだ」

「とびきり分厚く切るンだよ」

由二郎がいつも通りなのをいいことに、おしずはポンポン言うが――羊羹は一棹《さお》で銀一匁《もんめ》、鶏の煮物がそんなものに化けるなんてまるでわらしべ長者だ。この有平糖だっていくらするか。見舞いに来てかえって気を遣わせている。

「こ、このたびはまことに、まことにそのわたくしどもの至らなさゆえに由二郎さまにご無礼を……」

なびきはぎくしゃくと三つ指をついて、気の利いた挨拶をしようと思うのに舌が回らない。

「なびきさん、普通に喋っていいんだよ。至らないのはわたしの方だ。店先で倒れてなびきさんに迷惑をかけて。わざわざお料理まで持ってきてもらって。夕食にいただくよ。ほら、なびきさんも有平糖を食べてくれ」

「は、はひ……」

なびきは生きた心地もしないまま有平糖を口に入れた。

白砂糖の甘味で少し我に返った。雑味のない端麗な甘さ。

「美味しいですね、これ。やっぱり飴は甘くないと。生きる気概が湧《わ》いてきます」

「ア、いつものなびきさんに戻った」

「上等の有平糖を褒めないなんて失礼ですから」

「そうでなくちゃ。羊羹も食べるし、お土産《みやげ》にも持って帰って」

「そうします。毎日お見舞いに来ようかな」

菓子の力で、なびきは冗談を言う余裕が出てきた。

「ははは、でも迷惑をかけたのはわたしだしね。これくらいの償いはしなきゃあ」

由二郎は自分も座布団に座り、有平糖をかじっていた。いつも通りで元気そうに見える。

「明日は本銀町の唐饅頭にしな」

おしずも笑っている。

——楽しいのになぜだかいろいろ気がかりだ。

「……由二郎さんはこんなおうちに住んでるなら、わざわざうちみたいなけちな煮売り屋に毎日通わなくてもご馳走が食べられるんじゃ？」

なびきは素直に疑問を口にした。

ここまで来た道のりを思うと、とても釣り合わない。途中にいくらでも高級料亭や奈良《なら》茶漬け屋がある。久蔵が羨《うらや》むような、豪商しか入れないこだわりの店が。

おしずが肘《ひじ》でなびきを小突く。

「なびきさん、野暮だよ。アンタがそれ言っちゃいけないよ」

「わたしは丁稚や手代よりおかずが多くつくけど、味噌汁だけは丁稚や手代と同じものを食べるからね。しょっぱくてあれが好きじゃなくて――」

自分で言いかけた由二郎の笑顔が曇った。何かためらいがあるようだ。

「――ごまかすのはもうよそうか」

「ホラ、アタシ席外す？　お庭の松の枝振り見てくる？」

おしずは妙な気を回して腰を浮かす。何が「ホラ」なのか。

「いや、おしずさんも聞いていてくれ」

「そう？　証人がいた方がいい？」

由二郎が引き留めて、おしずは座布団に戻った。

「ちょっと気持ちの悪い話だからね」

「ソンナ卑下したもんじゃないよ。歳の差はあるけど大事なのはお互いの気持ちじゃないかなァ。アタシなんかわけわかんないうちに兄さんが話決めてきちゃって最悪で」

おしずは何か勘違いして、それこそ遣手婆《やりてばば》のようにまくし立てていたが。

由二郎の話はそういうものではなかった。

「昔から京料理に目がなくてあちこち探し回っていた。大体の料亭は行きつくした」

「食い道楽なンだ？　やせの大食い？」

「ずっと探していた味があったんだよ。――わたしは子供の頃からひ弱でそれこそ蒲柳の質で、よく熱を出して寝込むので両親が心配して何人ものお医者にかかった。お殿さまの御殿医にもかかって高麗人参《こうらいにんじん》は飲み慣れるほどで、出島の蘭方医《らんぽうい》に腕を切られて血を抜かれたこともある」

「ア、それかえって身体によくないよ」

「いろいろ試した挙げ句に親戚《しんせき》が連れてきたのが占い師で。豊臣秀吉《とよとみひでよし》の陰陽師《おんみようじ》狩りを逃れた賀茂《かも》家の末裔《まつえい》の最後の一人、瑞縣《ずいけん》さまという」

「……占い師？」

おしずの相槌の切れが鈍った。

「その御仁が言うにはわたしの身体が弱いのは前世のせいだと」

「……前世？」

「この家に生まれる前の魂がよくなかったと言うんだ」

　由二郎はそこで深呼吸をした。

「わたしは前世ではおよねといって京の公家の姫君に仕える侍女だった。二十二のときお屋敷の近くの柳の木の下で凍え死んだんだ。およねが死んだ三日後に同じ場所で、許婚《いいなずけ》の岡崎兵衛《おかざきひょうえ》という方も腹を切って亡くなったそうだ。およねと岡崎兵衛さまを弔わなければわたしの身体は治らない。およねと同じ二十二歳で死ぬ」

「ハ……ハア？」

　それまでべらべらお喋りだったのはどこへやら、おしずは話を聞いて絶句してしまった。

　由二郎も自分で語りながら気まずそうだった。

「わたしもすぐに信じたわけではない。でも母がすっかりその気になってしまって――うちはこういう商売だから船に乗って上方に行くくらいわけはない。十八のときに伏見稲荷《ふしみいなり》を参拝するという名目で自分で京に確かめに行ってみた。そうしたら瑞縣さまの話の通りにお公家さまの屋敷と柳の木があって。何もかもあの方の言った通りだった。お仕えしていた貴子《たかこ》姫さまはさるお大名に輿入れして既に亡くなっていて、当時のことを知る人もほとんどいなかったが」

　由二郎は苦しそうに額を押さえた。

「盛大に法要を営んで、貴子姫さまの形見も譲っていただいた。わたしは今二十七歳で、病は治ったんだ。まだ多少疲れやすいけどとにかく死ななかった」

　おしずはおめでとうとも言わなかった。

「その後、瑞縣さまと連絡も取っていないんだが、江戸に戻っても京風の料理を食べ歩くようになって。──なびきさんの作るご飯が、何だかとても懐かしい。およねだった頃を思い出す。粕汁のときにちょっと思い出しかけて、芋棒でいよいよ憶《おぼ》えがあるとなった。わたしはおよねだった頃にあの芋棒を食べていたんだ。海老芋が里芋に変わっていても確かにあの味だった。全部本当だったんだ。わたしは前世であれを食べたことがある」

なびきは聞いていて、不思議と落ち着いていた。横でおしずが化け狐に魂だけ喰《く》われたような顔で放心しているからだろうか。

「──わたしも前世が京の生まれだったということですか？」

「違う。なびきさんのおじいさんは京や上方の出だと。わたしの記憶では、久蔵は貴子姫さまのお屋敷の厨番だ。その人に料理を教わったから、なびきさんのご飯はわたしには懐かしい」

久蔵は還暦手前で──およねが死んだ頃、久蔵は三十二、三。

ありえなくはない。

「わたしはずっと瑞縣さまの話が不思議だったんだ、侍女とはいえ公家にお仕えして多少は身分のあるおよねがなぜ寒空で凍え死になどしたのか。そこだけ曖昧《あいまい》で──でもあの芋棒を食べて思い出した。わたしはあの日、久蔵と欠落《かけおち》の約束をしていたんだ。暮六ツにあの柳の木の下で。だが、久蔵は来なかったんだよ」

由二郎の切れ長の目からはらりと涙が落ちた。

「思い出したらわけがわからなくなって。どうしてあの人はわたしを捨ててあんなところで孫と煮売り屋なんかやっていたんだ、どうして！」

大声を上げて、由二郎は畳に突っ伏してしまった。肩を震わせ、嗚咽《おえつ》している。

「どうして……わたしは……ずっと待って……」

酔ってもないのに取り乱す男を前にしているわりに、なびきは冷静だった。泣き上戸なら怒り上戸よりましだから、だろうか。

普段のなびきなら「前世なんてそんなことがあるはずがない」とか言っているのだろうが、あちこち腑《ふ》に落ちる部分があった。

久蔵が〝神さまに捕まって〟恐らく二十年以上もしたくもないけちな煮売り屋をしていたこと。

京から逃げた彼はそれ以上逃げられなかった——

わざわざ上等の菓子を食べて、安物の食材しか手に入れられない自分に罰を与えていたこと——

その少し後で丁稚が分厚く切ってほとんど真四角の煉羊羹を出してくれた。竹の皮に包んで寝かせて、表面に砂糖の結晶が浮き上がった極上品だった。

それを美味しく味わうのは凄《すさ》まじい苦行だった。

粘土のようにしか思えなかった。

他人のおごりでもこんなにつらいのだから、身銭を切った〝苦労〟の味はどんなにか。

まして、しょうもない煮売り屋で人に飯を食わせて。

死にたいほどの苦しみの中にいる人にご飯を食べさせて「生きろ」と声をかけるのは、贖罪《しょくざい》どころか罪の上塗りだ。

何もかもから逃げた代わりに皆が逃げた大火からは逃げなかった老人。

親に見捨てられた小さな子供をどう思っただろう？

＊　＊　＊

その日、なびきは店に戻って暖簾を下ろすと、神棚に手を合わせた。

それから床几の上に踏み台を置いてよじ登り、神棚の扉に手をかけた――

年に一度、ご神体の煤払いのときしか触れてはいけない神棚の戸を開けた。綿埃が積もっているのが日々の煮炊きの脂でべたついてひどい手触りだった。

中に入っていたのは古ぼけた銅鏡が一つ。なびきと久蔵の手形を押した起請文。木彫りの犬。

それにもう一つ、折り畳んだ手紙のようなもの。

まず起請文の裏を見た。なびきが「家族に会えますように」と書いた横に、久蔵の願いがあった。

〝御霊《みたま》の安らかなることを〟

――これは毎年同じだ。てっきり〝御霊〟は神さまのことだと思っていたのだ。

もう一つの手紙は尋常ではなかったので、戸を閉じて踏み台を降りてから読んだ。

薄紅色の洒落《しやれ》た紙で、神棚にべたついた脂で指の形のしみができてしまったのを申しわけなく思った。

そこには久蔵のものではない柔らかな筆跡で文《ふみ》が綴られていた。

〝わたしたち夫婦は上方で千旗《せんき》という料理屋をやっていてまずまず繁盛しています。あれから長いこと経ちました。いろいろありましたが、およねさんはきっと極楽浄土におられます。兄さんももう歳です。千旗の料理人は皆、兄さんの料理帳を読んで一人前になった兄さんの弟子のようなものです。養い子も連れてこちらにいらっしゃったら小さな家をご用意します。妹からの最後の孝行として楽隠居させてあげたいのです〟

書いたのはおてるという人だった。

なびきは読み終えて、座敷にごろんと寝転んでしまった。踏み台の上にいたらよろめいて大怪我《おおけが》をしていたかもしれなかった。

――神棚はやはり、煤払いのとき以外は開けてはいけなかったのだ。

凄まじい天罰がなびきから全《すべ》てを奪った。

――久蔵は上方に行きたくても養い子を連れてはいけなかった。〝ご飯の神さま〟の供え番の役目がある。

いつか来る飢饉のためにこの神棚は守り続けなければならない。

お告げがないのに遷座してはいけない。

だからなびきは一人、ここに残されたのだ。

ずっとそのために養われていたのだ。

〝神さま〟の言うことを聞いていればきっといいことがあるなんて甘い言葉で騙《だま》されて。

初代の〝カンさん〟も久蔵に継がせるとふらりといなくなったと聞いていたのに。そうやって去ることになっているのだ。

いや。どうせなびきに他の道などなかった。久蔵はわざと引き留めたりしていない。

家族は見つからなかっただけだ。

だがせめて久蔵には正直に言ってほしかった。

富士山に登りたいなんて嘘はつかないでほしかった。

どうせなびきはこんにゃくの味噌汁一杯で拾われた娘だ。飯を炊く以外に取り柄もない。

一言、ここにいろと言ってくれれば素直にここにいたのに。

それとも、一度逃げた彼は逃げるしか方法を知らなかったのだろうか。皆が逃げたときは逃げなかったくせに。

〝ご飯の神さま〟は供え番を〝選ぶ〟のではない。〝捕まえる〟。

なびきは捕まったのだ。

どこへも行けないことはずっと知っていた。

6

他の神さまがどうかは知らないが、〝ご飯の神さま〟の残酷なことと言ったらない。明六ツに鐘が鳴って昨日の残りで賄いの朝食を作る。大抵、残った飯や干し飯を味噌汁に入れただけの雑炊。そこに棒手振《ぼてふり》が売りに来る豆腐が入ったり納豆が入ったりおからが入ったり葱《ねぎ》が入ったりする。気分を変えたいときは七味やら山椒《さんしょう》やら胡椒《こしょう》やらかける。

夜通し、もう二度と朝日なんか見られないというくらい泣いたのに、その程度のものを作って食べたら何となく今日も飯を炊いて豆を煮て魚を焼いて、煮売り屋の仕事ができるような気がする。怠《なま》けていい理由は特にないと気づく。米に身体を動かされてしまう。働き者の自分が嫌いだ。お告げなんかなくたってなびきは運命を支配されていた。

「な、なびきちゃんひどい顔だね。目が腫《は》れて真っ赤になってるよ」

信三を連れて朝食を食べに来たおくまがぎょっとしたが、なびきは言いわけをする気にもなれなかった。

「わたしの顔なんか誰も見てないからいいですよ、おしずさんがかわいければ」

不貞腐《ふてくさ》れたつもりはないが口に出すと不貞腐れていた。

「よかないよ、嫁入り前の娘が」

「寝て起きたら治るでしょう、腐って落ちもしないでしょう。自分じゃ見えないからいいですよこれで」

「腐って落ちやしないだろうが、小半時でも井戸水で冷やした方がいいよ。鼻の下も真っ赤だ。とち水……目のそばにつけてよかったっけ？　へちま水つけな。何もしないよりましだ」

　おくまが大騒ぎしたので、おしずが店に来る頃にはなびきは床几に仰向《あおむ》けにされて顔中手拭いで覆われていた。

「何の騒ぎ？」

「なびきちゃん、泣きすぎて目が腫れちまってて」

「おうなびき、大変そうだな。見えねえなら丁度いいや、この鮪《まぐろ》を全部買え！　漬けなら素人《とうしろ》に毛の生えたようなおしずでも切って出すだけ！」

「〝見えねえなら丁度いい〟ッて何売りつけるつもりだよこの魚屋は。エエト、豆煮りゃいいの？」

　辰は声しか聞こえなかった。

　まずこの風通しのいい煮売り屋の立地が、深刻に思い悩めるような場所ではなかった。しかし江戸のどこに深刻に思い悩める場所などあるのだろうか。

　由二郎は高浜屋の綺麗な松が見える座敷で丁稚などを遠ざければ一人になれるから、うっかりいつまでも懊悩《おうのう》してしまうのかもしれない。羨ましいような気の毒なような。

「おしずさん、豆の火ちょっと強いですよ。これくらいで」

いつまでも顔を冷やしていていても仕方がないので、なびきは起きて竈《かまど》の様子を見て、火搔きで薪を引っ張り出した。

「豆は泣いても笑っても早くは煮えないので、火が消えないように気をつけながら米を研いで芋を洗って漬け物を切って時間を潰すんです。……今日は切り干し大根の煮物もつけるかな」

「泣いてたッて聞くけど、元気なの？」

今日もこざっぱりと手拭いを姉さんかぶりにして小袖に襷《たすき》をかけたおしずは、なびきを気遣っているのか怪しんでいるのか。

空元気だ。

――久蔵は多分帰ってこない、ということをわざわざ皆に言うこともないだろう。

一か月もすればわかる。行き倒れているかも、と心配する人が出るようならそのときに言おう。

荒物屋のおときが先に言ってくれるかもしれない。あんな人でもなびきのためになることがあるのだ。こういうのを禍福はあざなえる縄のごとし、と言う。違うかもしれない。

「働くと余計なこと考えなくて楽なんですよ」

なびきは答えた。そういう側面もある。

「何で泣いてたの？　――まさか昨日のとっちゃんぼうやのたわごとを真に受けて？」

おしずは訝《いぶか》しげに目を細めていた。

半分はそうだし半分は違うが、説明が難しい。言わないと決めたことはやはり言うまい。

「違いますよ。わたしはわたしで悩みがあるんです」

なびきはそう答えた。

「そうなの？」

「おじいちゃんが旅先で無事かどうか、夜中一人で考えすぎて思い詰めちゃったんです。泣いたら落ち着いたんでもう二、三日は待つつもりです」

これくらいだ。

「――それはそうとして、とっちゃんぼうやとかたわごととかひどいですね。信じがたい話ではありますけど」

「だって生まれ変わりとか取り柄がないのに目立ちたいヤツが言うことだよ。豊臣秀吉のオン……何って？」

おしずは顔を歪《ゆが》めた。

――ええと、豊臣秀吉の陰陽師狩りを逃れた賀茂家の末裔の最後の一人、瑞縣。だったと思う。なびきも思い出すと「何者だそれは」と真顔になるが。

「いい歳して占いとか真に受けるヤツがあるかよデタラメに決まってるだろそんなの。言ったモン勝ちだ」

おしずは悪びれもせず断言した。

「親は甘やかして、いくら貢いだンだよ。蔵一つ二つは突っ込んだのかね、大金ドブに捨てたようなモンだ。占い師なんか芸人崩れでそれッぽいこと言ってるだけに決まってンだろ。太閤《たいこう》秀吉もそう思ったから陰陽師狩りしたンだろ。刀狩りならともかく陰陽師狩りなんて寺子屋で習わなかったけどさ。占い師とかまじない師とか世の中にいなくても誰も困らないンだろ」

——それはとても乱暴だ。

往来には時たま、芸人なんだか物乞いなんだか神職なんだか巫女《みこ》なんだか仏僧なんだか修験者なんだかよくわからない札撒《ふだま》きなどがいて、社のお札を配ったり何やらのお告げを喚いたりしていた。踊ったり楽器を鳴らしたりときには裸で、飴売りよりも奇抜な連中がいた。芸を見せると言うが大体、店の前でおかしなことをされると迷惑なので金を出して帰ってもらうのだ。なびきは見世物小屋で死者の霊を降ろす老婆を見たこともある。

全てが本物ではないだろうが全てが贋物《にせもの》なんてなびきの言えた義理ではない。なびきの神さまは芸をさせるのでなくてよかったと思う程度。

だがおしずは決めつけているようだ。

「絵師とか変わり者ぶったヤツが多いンだろうけどまさかあそこまでこじらせてると思わなかった。母親が迷信深いのに加えて、キット出来のいい兄さんと比べられてひねくれたか、跡継ぎになれない次男の身の上を悲観しすぎたンだね。ソレで泣くとかどうかしてるよ。あの男はやめときな。言うほどの金持ちでもないしくっついても差し引き苦労の方が多いよ、アレじゃァ」

おしずは小町娘にあるまじき呆《あき》れた顔で手を振りながら言い切った。突き放した言い草で辛辣《しんらつ》だった。由二郎を迷惑な大噓つきとすら思っているようだ。辰はとっくに三毛を連れて天秤棒を担いで次の店に行ってしまったが、床几や座敷を拭《ふ》いていたおくまが振り返った。

「こじらせてるって何ごとだい」

「由二郎のヤツ、自分の前世がお姫サマで不幸な死に方をしたとか占い師に言われたって、一人で浸って泣いてるンだよ、気色悪い。それが今と何の関係があるンだよ。気のせいだよ気のせい。二十七にもなってメソメソしやがって。今生きてるなら御の字だろうが。根性がそんなんだから何もないのに倒れるンだろ」

「あれまあ。そんな風に見えなかったけど」

おくまはほおに手を当てた。信じられない、までは人並みの反応だと思うが。

「公家の姫さまの腰元ですよ。おかしな話だけど変なことを言われたら気にするくらいあるでしょう。それはびっくりしたけど、倒れたり泣いたりするほど悩んでる人を馬鹿にするのはどうかと」

「ダメダメ、ああやって人を引きずり回すのが目的なんだよ、ああいう手合いは」

おしずは大袈裟なまでに首を横に振った。

「そのうち〝もう一度確かめたいから京への旅費を都合してくれ〟とか言って金子をふん

だくるつもりなのさ。なびきさん、大金持ってるンだから気をつけないと。ソレでなびきさんまで占い師に見てもらえッて話になるンだよ。一回会ったが最後、尻《ケツ》の毛までむしられるンだ」

「そ、それはそういう話になってから断ればいいじゃないですか。占い師に会ってくれとは言われなかったですよ。縁は切れてるって」

「そういう話になってからじゃ遅いンだよ、金が目当てならまだマシな方で人の親切心につけ込んで甘えたくてやってるのもいるンだ」

「そ、そこまで言いますか？」

——確かに大金は狙《ねら》われるかもしれないが——

人の親切心に甘えるのが悪いとはどういうことだろう？　なびきは戸惑った。

おしずは長谷川には同情して気遣っていたのに、なぜ由二郎にはこんなに冷たいのだろう？

彼が今も病弱で血の気が足りないというのはおしずの父も言っていたことなのに。

長谷川は安長屋でひとりぼっちで身なりもひどくてなびきのご飯を食べられなかったら飢えて死にそうだったが、由二郎は豪邸で女中と丁稚に囲まれて小綺麗な姿で高価な菓子を食べているから？

由二郎の見た目が不幸らしくないから？

長谷川の妻子も由二郎の前世もおしずとなびきがその目で見たわけではなく、聞いた話だ。身の上話がそれらしいか、らしくないかでこんなに違う？

由二郎には金子を払って何とかしてくれと頼み込んでくれる斉木がいないから？

「あの人も不安なんですよ。前世云々《うんぬん》はおじいちゃんに確かめないとわからないし、占いが全部嘘と決めてかかるのはどうかと」

「わかるでしょ、デタラメに決まってるよ」

なびきが言い募っても、おしずは冷ややかにはねつけた。

「チョット何とかの言葉に心当たりがあったとか辻褄《つじつま》が合ったとか、ソレくらいで夢物語にノセられたら痛い目見るンだから。前世なんかないし時間は戻らないし平凡なアタシらの前に遥かな時を超えて義経やら鎮西八郎《ちんぜいはちろう》やら真田幸村《さなだゆきむら》やらが現れたりしないの。人は死んだらソレで終わり。神サマがオマケつけてくれるとかない、当たり前でしょ。何で言わなきゃわかんないの？」

――そう言われると、なびきも信じる根拠は手紙の〝およね〟という名前くらいしかないが――

おしずの剣幕は、少し怖いほどだ。ここに来て声音が硬くなり、目が四角くなった。いつも笑っているだけに落差がある。

「楽しいだけの夢なら読本《よみほん》か芝居見なよ。役者に貢がされた方がまだマシだよ。アイツ絵師のクセに絵じゃなくてたわごとで目立ちたいとか最低だよ」

「ま、まだお金をせびられたりしてないのに最低は言いすぎじゃないですか」

「最低だよ、なびきさんがおじいさん帰ってこなくて不安なのにつけ込んで泣いてみせたりさ。チョット顔のいい男が深刻ぶって泣いたら十四の娘はコロッとまいっちまうと思ってるクズなンだよ！」

おしずの大声になびきはすくんだ。女に怒鳴られ慣れていない。

おくまもおしずにたじたじとなっていたが、当人は気づいていなかった。

「アタシ、迷信ッて大ッ嫌い。正直なびきさんの〝神さま〟も気持ち悪い。〝ご飯の神さま〟とか〝お告げ〟とか本気で言ってンの？」

おしずはついにそう言い放った。

——多分、おしずに悪気はない。

なびきはその当たり前の言い分に、何より打ちのめされた。

——それは〝捕まって〟いない人の言うことだ。

こうも思った。

——あなたは運命に縛られていないからそんなことが言えるのだ。お告げの夢を見たことがないから。

——どこにでも行ける恵まれた人だから。

おしずは嫌な結婚から逃げて気分で袈裟を着たり着なかったりして気に入らない男は殴り倒せば何とかなるから、占いや前世や神さまやいつ来るかわからない飢饉など、触れもしないものに足を取られてねじ伏せられる人の気持ちがわからないのだ。

なびきだって暴れて神棚を壊して逃げられるならそうしたい。

7

豆を煮ながら切り干し大根も煮たら、段取りをしくじって人参を入れ損なった。

気まずくて外を見ると、何と荒物屋のおときと目が合ったが、彼女は何も言わずにさっと店に戻った。不味い魚は猫も食わない猫またぎと言うが、切れたおしずはおときまたぎ。思わぬ江戸の人情が明らかになった。きっと「あの娘は美人づらでとんでもないあばずれだ」とよそで悪口を言うのだろうが、面と向かって言わないだけの分別があった。

おしずはあれきり急に静かになって、中食の客に「何だか元気がない」と訝られていた。

「ごめん、今日モウ帰っていい？」

昼八ツの鐘が鳴ると手拭いをほどいてそう聞いた。なびきも用事ができてしまったので、今日の夜営業を諦《あきら》めることにした。

食器を片づけて、今日は湯屋に行かず両替商へ。

――おしずの言い分を全部真に受けたわけではないが、小娘の身で大金を持っているのは怖くなった。

二分金を細かくしてもらって三分の一をおくまに、三分の一をご隠居に預かってもらうことにした。この二人に裏切られたら頼れる人などこの世にいないということだ。

ついでに、今日は夕食ができそうにないのでご隠居に味噌汁の残りと漬け物を託して、温めて長谷川に出してくれるよう頼んだ。

なびきは銭の残った三分の一を二階の布団の隙間《すきま》に隠して、また高浜屋に由二郎に会いに行った。

目抜き通りは相変わらず賑《にぎ》やかで僧やら令嬢やらでごった返していたが、そういうものだと思って歩けば、流行りの簪や振り袖がなくても自分が豪商でなくても平気だ。笑いたければいくらでも。前回、何に気後れしたか思い出せないほどだった。これが大人になるということか。

自身番の半鐘が鳴って皆が逃げても灰が降っても、案外平気なのかもしれない。

高浜屋でなびきは昨日と同じ座敷に通されたが、由二郎は昨日とは違う朝顔模様の浴衣で出てきた。家から出ていないだろうに、まめに着替えるとは金持ちは違う。

「すいません、今日は刺身だったので手ぶらで料理がないんですが」

「いや、そんな気を遣わなくていいよ」

なびきは頭を下げたが由二郎は軽く笑っていなした。

丁稚がお菓子を持ってきた。小皿に紙を敷いて二つ並べてあった。昨日言っていた唐饅頭だ。肌色の丸い塊の上だけ茶色く焦げている。

なびきは遠慮なくぱくついたが、中は隠元豆の白餡で、外側は恐らく小麦の生地に卵と蜂蜜《はちみつ》が入って柔らかい。焼き立てでこそないが、香ばしくて甘くて美味だ。昨日の羊羹と全然違う。黒文字で切って口に運ぶのがもどかしいくらいだ。指で摘まんでガツガツ食べたい。あっという間に一個消えた。

夜に泣いたせいで身体の中から悪いものが全部出ていって、お菓子を美味しく味わう心を取り戻したのかもしれない。

「ああ美味しい、来てよかった」

なびきは心の底からそう言った。

「買っておいてよかった。これは南瓜《カボチャ》入りも美味しい」

由二郎の言うことが信じられない。この白餡に甘い南瓜が入るなんて夢のようだ。

「すごい。わたし、この店で丁稚奉公しようかしら」

「お客用のお菓子だ、丁稚に出したんじゃ示しがつかない」

なびきの夢は一蹴《いっしゅう》された。商家は厳しい。

由二郎は今日は顔色もよく、端整な顔に笑みを浮かべていた——心なしか寂しげな笑みを。

「どうしてまた来てくれたんだ？　昨日のあれは気味悪かっただろう。男のくせに女の前世がどうとか、なびきさんのおじいさんに恨みごとを言って泣いたりとか」

尋ねる調子に自虐の響きがある。

「今日来たら唐饅頭を出してもらえるかもしれない、おしずさんの分まで独り占めできるかと、目がくらんで。わたしにお菓子をおごってくれる人が悪い人のはずはありません」

なびきも自虐交じりにしれっと受け流した。

「大体うちのおじいちゃんみたいな禿《は》げと欠落なんて荒唐無稽《こうとうむけい》にもほどがありますし、騙すならわたしを見初めてぜひ嫁にしたいと言った方が早いですし」

「本当にそうだ。おかしなことを言ってすまない」

由二郎は神妙にうなだれた。なびきは少しすねたような声を作る。

「おじいちゃんもおじいちゃんです。〝富士から帰らないときは店はおくまさんの名義で続けろ〟なんて大家のご隠居さんに言付けてて」

「ええ、そうなのか」

「店の方が大事でわたしの気持ちなんてどうでもいいんだわ」

「悲観しないで。きっとおじいさんは帰ってくるから」

慰める由二郎の表情を、目に袖を当ててるふりをしながらなびきは見逃すまいとしていた。

――多分、由二郎の前世とやらの話は本当だ。神棚の手紙のおよねの名だけが根拠だが。

神棚は、鍵《かぎ》などかけているわけではないのでなびきが留守の間に見ようと思えば見られる。

神棚にご神体と一緒に金目のものを入れているのではと目星をつける泥棒はいるだろう。神棚と仏壇は狙われやすいらしい。

漁《あさ》ったが特に何もなかったので、せめて手紙を読んでそれらしい作り話を――

だがそれはない。

前に煤払いをして以来、神棚は埃と油汚れが溜《た》まりたいだけ溜まってひどいことになっていた。

開けると手がベタベタになり、その手で手紙に触れると繊細な薄い紙に跡が残る――手拭いなどでベタベタを防いだら手拭いの跡が神棚の油汚れの方に残るはずだ。神棚は戸の持ち手もまんべんなく汚れていた。

今朝も確かめてみたが、なびきの指の跡ばかりだった。なびきは女としても指が細い方で他の者のはそうとわかる。

久蔵は煤払いの直後に手紙を入れたのだろう。手紙の本体には何の跡もついていなかった。

昨日なびきの指の跡が残った。

由二郎でも誰でも、神棚を開けて手紙を読んだ人がいればそうとわかる。あの手紙を読んだのは久蔵となびきだけだ。

あるいはあの手紙が完全にでっち上げられた贋物だとして、半年以上前の煤払いの頃に仕込んでおかなければならない。

そんな頃に久蔵が富士参りに行くなんてわかっていたか――久蔵が長く留守にするとわかっていなければ効果がない。久蔵本人が開けたら元も子もない。

なびきを引き取って以来、毎日欠かさずお供えをして店を開けて寺参りも裏のご隠居に任せていた久蔵が、富士参りに行くと言い出したのは誰にとっても青天の霹靂《へきれき》だった――

それでも金子や土地のためなら人はどんなありえないこともするかもしれない。煮売り屋〝なびき〟は借家だが〝そう簡単に遷座できない神棚〟がある。名義を奪いたいものかもしれない。隣のおときだって名義はほしがっている。

たとえば富山町の富士講の師匠が由二郎とぐるで、彼ら自身が先月頃に久蔵に富士参りを勧めた、とか。

今頃甲州街道の人のいないところで久蔵はくびり殺されている、とか。


――なので鎌をかけた。

久蔵は禿げていないし、ご隠居との約束などない。

禿げはともかく店の名義がおくまになるという話を由二郎は聞き流した。


それだけで信用するわけではないが、念のために金子を隠してから来たことだし。

後はなびきの身一つ。

なら与太話に乗ってもいいだろう。なびきの人生だ。

おしずがあそこまで突き放すならなびきはつき合おう。

代金は有平糖と羊羹と唐饅頭二つ分で十分。並みの饅頭は五文やそこらだが、唐饅頭は卵が入っているので五倍くらいするかもしれない。

どうせなびきに親兄弟はなく、恐ろしいのは神罰だけ。

日本橋が丸ごと燃えたときだってなびきは助かった。

ここもあの目抜き通りも、十年前は黒焦げの焼け跡だ。簪を差せるだけ差した小町娘も太鼓腹の豪商もあのときは風呂敷包みを背負って逃げることしかできなかった。

それがたった十年でみるみるうちに町が生えてきて、神君家康公が築いて以来二百年変わらぬ大江戸八百八町でございという顔をしている。この家の庭の松も何十年も前からあるように見えるが、十年内に移し植えられたものだ。

人しかいなくてもここは魑魅魍魎《ちみもうりょう》の巷《ちまた》。繁栄と焼亡を繰り返す幻の都。

あの焼け跡と今の様子を見比べたら、天狗《てんぐ》や化け狸《だぬき》の方が腰を抜かして人を恐れるだろう。

なびきは〝ご飯の神さま〟の夢を見るが、〝ご飯の神さま〟がなびきと江戸の夢を見ているのかもしれない。

神さまの目が醒《さ》めたらなびきは焼ける前の日本橋で、両親と兄と暮らしているのかもしれない――いくら何でもそれはないか。

前世を語る男が一人いたらどうだというのだ。

男に振り回されることの何が怖い。

――やはりかなりやけくそになっているような気はするが。

「わたし、前世のある人が特別とは思わないけど、おじいちゃんのために泣く人がいるなら真面目に受け止めるべきなんでしょう。そんな話、できる相手はわたししかいないんだから」

なびきは薄笑いを浮かべた。

どうせなびきは煮売り屋で飯だけでなく愛想も売っている。客が世間話を求めれば語るし、愚痴れば聞く。

愚痴も、事実そのままなら面白くなくても仕方ないが、大嘘でも雨月《うげつ》物語くらい面白かったら聞き得というものだ。

なびきは太平記の読み語りより雨月物語の方が好きだ。世に名を轟《とどろ》かせ天下を左右した武将の怨霊より、名もない男女の亡者の方が悲しげでいい。小さな恋、人を恨んだ人、恨まなかった人の話の方がいい。

欠落に失敗した女の生まれ変わり、結構。

由二郎は果たして、ここまで挑発的ななびきの胸の内を見て取っているだろうか。

「信じてくれると言うのかい？」

「信じるに足るかどうかはもう少し突っ込んで聞いてみないと。はなから〝占いとか信じるな、前世なんかない〟で済ませるのは不人情かな、と思っているだけです」

なびきは少し突き放した。あんまりちょろい女と思われるのも癪だ。

「こんな言い方は生意気ですけど、うちのおじいちゃんに言いがかりつけるからにはそれなりの証がないと」

「証、か」

「おしずさんは取り付く島もなく〝全部口から出任せ〟でお終いですから」

「それであちらは来ていないのか。まあ無理もない」

由二郎は肩をすくめた。

「申しわけないですけど、うちの店に来たらきっとおしずさんにどやされますよ。わたしを騙して大金の無心をするつもりだと決めてかかってます」

「わたしがあなたから大金を？」

予想していなかったらしく、由二郎はきょとんとした。

――唐饅頭は単品で売っているかもしれないが昨日の有平糖や煉羊羹。ああしたものを商う店は、名の知れた通人が人を集める茶会用に銀二匁分くらい大量にまとめて買うときしか相手にしてくれない。久蔵が少しだけ上生菓子を手に入れられることの方がよほどおかしい、何かズルをしている。

それにこの、上品でからくりやら庭やら見どころがたくさんある、小振りでも豪商を接待するための座敷。綺麗な季節の花だって何日かごとにわざわざ買って活けている。煎茶の入った茶碗まで薄手の白磁だ。

こんなものイカサマ師ごときに用意できるはずがない。

仕度の時点で二分金一個より高くついている。

由二郎の今の表情だけで彼の育ちのよさが見て取れたが、金目当て、店の名義目当ての線が消えただけで「特に裏はないがひたすら人騒がせな人」の可能性は残っている。

「豪華なお屋敷でご馳走を食べさせて舞い上がらせるのは狐や狸もやってのけますからね」

「狐や狸は信じて占いと前世は信じないというのは不公平じゃないか」

由二郎は鼻白んだ。——ごもっとも。

「ええと、証というか」

由二郎は右手を差し出した。

「中指の下にほくろがあるだろう？ これはわたしがおよねだった頃からそのままなんだ」

「と言われても、わたしはおよねさんだった頃を知りませんから」

「だよねえ」

手のひらにほくろがあること自体は珍しい。

「背中に大きくおじいちゃんの名前の彫物《ほりもの》を入れたりしなかったんですか？」

なびきの考える生まれ変わりの証はそんな感じだ。由二郎の反応は芳しくなかったが。

「公家にお仕えする娘が彫物なんて入れられるはずがないだろう。許婚もいたのに」

「産まれたときに仁義《じんぎ》礼智忠信孝悌《れいちちゆうしんこうてい》の玉を握っていたとか」

「それは滝沢馬琴《たきざわばきん》の新作だね。読本を読むのかい？」

「忙しくて読む暇はないんですけど、裏のご隠居さんが貸本で読むたびに全部あらすじを教えてくれるんです」

なびきがそう言うと、由二郎はなぜか眉間《みけん》にしわを寄せた。

「なかなか迷惑な御仁じゃないか？」

「話が上手いから面白いですよ。当たり前の世間話は聞き飽きてますし」

由二郎は自分で読むのが醍醐味《だいごみ》と思っているらしいが、なびきにはそれで十分だった。

由二郎の身体にはそれ以上、人と違う証はないらしい。あまり読本じみた小道具があってもやりすぎというものだろうか。

「占い師は？　瑞縣さん？　どんな人だったんですか？」

「ええと」

なびきが尋ねると由二郎はこめかみを手で押さえて考え込んだ。

「見た目は五十か六十くらいのお坊さんのようだったね。墨染めではなくて白装束《しろしょうぞく》で、頭に紫の病鉢巻きを巻いていた」

紫色の鉢巻きは病や毒を遠ざけるという——普段から巻いていると芝居の助六《すけろく》みたいだが。

「医者にわからない病のもとを天眼通《てんげんつう》の力で探り当てて、自分にその病を引き取って治すという触れ込みだった。わたしのだけは魂に染みついて引き取れないということだったが。二十二で呪いが解けて以来、会っていないな。気になるから連絡を取ろうとはしているんだが、羽黒《はぐろ》に修行に行ったとかで江戸にいないらしい」

「羽黒で修行ってことは修験者なんでしょうか」

「それこそ豊臣秀吉に狩られてしまったから秘伝ばかりで詳しくは教えてくれなかったな。関白秀次が陰陽師に秀頼を呪わせようとしたので賀茂家は一族郎党遠島になった。瑞縣さまは佐渡《さど》で産まれて流浪の末に江戸にたどり着いたとのことだ」

由二郎が語るのは寺子屋で習わない歴史だ、ご隠居は知っているだろうか。

なびきも久蔵以外、同じ神さまの供え番に会ったことがない。初代の寛太も飢饉で苦労したということは江戸の外の人で流浪の末にたどり着いたのだろうか。

「占いの前にすごい煎じ薬を飲まされたよ。薬は飲み慣れているが、あれが一番不味かった。なぜだか身体まで痺《しび》れた」

「病弱な人って大変ですねえ」

病気一つしたことがないなびきは、二つ目の唐饅頭を端っこから大事に切って食べることにした。外側もふわふわの食感がたまらない。これを食べるだけで元気になる。——逆に言えば普段からこんなものを食べられるのに病弱な由二郎は、深刻な身の上だった。由二郎の分の唐饅頭はなく、彼は煎茶だけ飲んでいた。

「由二郎さんは唐饅頭、食べないんですか?」

なびきが尋ねると、由二郎ははにかんだ。

「動かないから腹が減らないんだ、夕飯が入らなくなる。——こういうところが男らしくなくて丁稚に陰口を叩かれる」

恥ずかしそうにそう言った。――彼が病弱なのは体質だけの問題ではなさそうだとなびきは思った。下町のがらっぱちだらけの煮売り屋〝なびき〟で肩身が狭かったのではないだろうか。

「前世が女だと言われたときは腹が立ったし信じたくなかったけど、最近はこの方が楽なんだよ。十歳くらいまで母が〝丈夫に産んでやれなくてごめん〟と泣くのがつらくて。瑞縣さまのおかげで母は明るくなった。前世のせいなら母のせいではないから。それまではわたしのせいで祖母や親戚にいじめられてつらそうだった」

なびきも女らしい女ではないが、男らしい男でない人も苦労が多そうだ。

「いいことばかりでもなかったけど。――京から帰ってきた途端、花びら餅が食べたくなって江戸中探し回ることになってね」

「花びら餅？」

「宮中で正月に食べるんだ。牛蒡《ごぼう》と味噌餡が入っている。江戸でもいくらか作っているところはあったけどどれも味が違って。なぜ食べたいのか自分でも不思議だったが、おとどい謎《なぞ》が解けた。久蔵さんが得意だったんだよ」

それを聞いて、なびきはさわっと背中を撫でられたようだった。

――なびきも一度食べたことがある。久蔵が作った花びら餅を。

桃色の求肥から長い牛蒡が突き出したお菓子。京の白味噌雑煮を菓子に仕立てたものだという。

白味噌餡はまだしも甘味に大きな牛蒡が入っているのが摩訶不思議な味で、なびきは一口かじってやめてしまった。

なびきは好き嫌いがなく、久蔵の作ったものなら何でもぺろりと平らげていた。食べられなかったのはあれだけだった。

そのせいか久蔵は花びら餅を二度と作らなかった——京風の、糯米を使うおはぎのような桜餅はご近所でもそこそこ受けたのでその後も花見の頃に何度か作っていた。

以来、花びら餅はなびきの心の傷だった。十年の間には久蔵に怒鳴られて傷つくこともたびたびあったが、花びら餅の件ではなびきから久蔵を傷つけた、成長するにつれてはっきりと自覚できた。そんな食べ物だった。なびきだけでなくおくまもご隠居も、ご近所の誰も彼もから不評だったのだが、それでもなびきが一番悪いような気がした。

——あれが食べたくて何種類も試したというのはかなり、お公家の侍女の生まれ変わりとして説得力がある。

由二郎が本気で久蔵に「あなたの花びら餅が食べたい」と言うならなびきは身を引くしかあるまい。由二郎となびきが崖から落ちそうになって、久蔵が由二郎の方だけ助けても恨まない、そう思う。おしずは絶対納得しないだろうが。

「京から帰ってきた途端に味覚が変わったんですか?」

「そうでもない。京料理の方が好きだと気づいたくらいで。——ああ、でも、納豆が食べられなくなった。それまで何ともなかったんだけどあれは腐った豆だと思った途端、駄目になった」

　――由二郎が納豆以外にもおかずがある大金持ちの次男に産まれてよかった。久蔵は「安いし滋養がある、これしかないと思えば案外食える」と言っていたが。

「十八で京に確かめに行ったのは、本当のところ占いに反発してのことだったな」

　由二郎は懐かしそうに語った。

「お公家の姫さまなんかいない、前世なんかないと瑞縣さまや母の鼻を明かしてやろうと思っていた。遠くに旅に出て、自分の男らしいところを見せようとも考えたんだな、今思えば」

「――それが逆にいろいろな証が見つかった」

「貴子姫さまのお屋敷の様子など全て、瑞縣さまが天眼通で見通した通りで。そこに自分がいたときの記憶が蘇《よみがえ》るようだった。特にこれだよ、和蘭陀《オランダ》時計」

　と由二郎は背後の床の間のからくりを指した。

　威厳のある茶色い木に模様の描かれた金の円盤が嵌《は》め込まれていて、円盤には何かを示す矢印のような黒い針が二本ついている。模様は〝Ⅻ〟〝Ⅰ〟〝Ⅱ〟〝Ⅲ〟〝Ⅳ〟と記号か文字のようにも見える。

　棒の本数からして〝Ⅰ〟〝Ⅱ〟〝Ⅲ〟は〝一〟〝二〟〝三〟なのだろうが、〝Ⅳ〟からわからなくなる。真上にあるのが〝Ⅻ〟で〝Ⅰ〟がその少し右に傾いた位置にあるのはなぜだろう。今、長い針が指しているのは〝Ⅺ〟で短い針が指しているのは〝Ⅵ〟の少し右。

円盤の下には隙間が空いていて、釉薬で色がついた簡素な陶器の人形らしいものが飾られている。茶色い髪の毛を長く垂らして、着物の裾が広がっているので多分異人の女の人形だ。

「これは長崎から入った舶来のもので西洋の時間を指している。貴子姫さまのお気に入りの形見の品だったが、公家は今困窮しているようで必要な手入れもできないらしくて。金子をはずんだら譲ってくださった。ゼンマイで動いていて、短い針二回転で一日だ。一から十二まで、十二時間で半日、二十四時間で一日。日の本の時間は六刻で半日、十二刻で一日。ここから〝一〟〝二〟〝三〟〝四〟と読むんだよ。今は五時五十五分。なぜか教わらなくても読み方がわかった」

由二郎は円盤の記号を指さした。なびきは聞き返す。

「一番上が十二？」

「そう」

「〝一〟〝二〟〝三〟〝四〟で時が経つほど増えていくんですか？」

「そう、不思議だね」

日の本では一日は夜九ツから始まって夜八ツ、七ツ、明六ツ、朝五ツ、四ツと減っていく。四ツまで減ったらまた昼九ツに増えて八ツ、七ツ、暮六ツと四ツまで減っていく。

——どうしてこうなっているのか、そういえば考えたことがない。

文字の形も時刻の進み方も全然違う。

「でも暮六ツだけは和蘭陀時計でも〝六〟なんだよ。ちゃんとこの頃に暮六ツの鐘が鳴る」

と由二郎は真下の〝Ⅵ〟を指さした。

「この数字と数字の間が半時《はんとき》、二つで日の本の一時《いっとき》だ。短い針で大まかな時刻を読む。長い針は細かい時刻を指すが、まあおまけだ」

「長い方がおまけっていうのも変ですね」

「そうだね。文字は見慣れないが夜中に一番上の夜九ツから始まって、一周半して一番下の暮六ツになる。貴子姫さまのお気に入りだったんだ。わたし——およねや他の侍女は〝朝六時〟に起きて姫さまのお着替えや朝餉の仕度をして、〝夕六時〟に仕事を終えた。この時計で十二時間、日の本の時刻では六刻」

「〝朝六時〟からぐるっと一周して〝夜六時〟？」

「一日の半分だ」

何だか途方もない。

「およねや侍女でねじを巻いて油を差していたよ。なびきさんのお店が忙しいのは〝一時〟だね。大体いつもこれくらいに合わせて行ってるよ」

「そうなんですか？」

「……ときたま遅れるけど」

それまで調子よく喋っていた由二郎が気まずそうに付け足した。

――だと思った。由二郎の来るのはまちまちだ。

「この間、眠そうな顔してましたね」

「え、見てた？」

なびきが鎌をかけたら引っかかった。

「いや、絵を描くのに熱中するとつい夜更かししてしまって。いつもいつもあんな頃合いに起きているわけじゃないんだ」

「――まさか、起き抜けに朝ご飯食べずにうちに来てるんですか？」

「いつもは湯屋に行ってからだよ！」

――鎌かけが上手くいきすぎた。

もしかして由二郎はなびきがご飯を炊き終わる頃に起きて朝食抜きで湯屋に行って、帰りに店に来ている？　辰ほど早起きしろとは言わないが、おしずだって朝食は自分の家で食べて朝八ツには店に来るようになったのに。

商家では長男が有能ならそれでよし。息子が無能ならできる手代などを娘の婿に取る。次男などは飼い殺しという噂だったが、由二郎は飼い殺しだとしても食うに困らぬ大店の次男の暮らしを満喫していた。それがちょっと悩んだから何だ、というおしずの気持ちをなびきは初めて理解した。

「あ、そろそろ六時丁度になるよ」

話を逸《そ》らそうと言うのか由二郎は時計に向き直った。

コチコチ音を立てている時計の、長い針が真上、短い針が真下を指す——

そのとき、捨て鐘が鳴った。

暮六ツだ。本石町の鐘撞き堂のすぐそばなのでいつもより音が大きく、頭が割れそうだ。立派なお屋敷と思ったがここで寝起きするのは大変だろう。耳に栓をしても床を通じて身体に響く。

両替商で待たされて、思ったより時が経っていた。今日は風呂もなしでまっすぐ帰って、昼の残りを適当に食べて寝るしかない——

ぼんやり考えていたなびきは、いっぺんに目が醒めた。

文字盤の下の陶器人形が前にせり出し、二人に増えた。女人形の後ろにもう一つ、隠れていたのだ。二人目は青い上着を着て茶色い股引の、多分髪の短い男。

陶器人形は小さな円盤の上に固定されていて、円盤ごとゆっくり回り出す。男の人形と女人形、まるで二人で踊っているように。

よく聞くと琴のような音が鳴っていたが、本石町の鐘にかき消されて聞き取れない。異国の音楽？

鐘が鳴り終わる頃には人形の踊りも終わり、円盤が再び奥に引っ込んだ。男の人形が手前に見えていた。まだぼんやりと余韻で耳が痺れる。

すっかり終わってから由二郎が説明する。

「これが和蘭陀の仕掛け時計だよ。長い針が真上を指すたびに音楽を鳴らして人形が回るんだ。一日に二十四回。寺の鐘と重なって音楽が聞こえなかったね。自鳴琴《じめいきん》といって歯車で回るトゲが琴を爪弾《つまび》くんだ。かわいらしい音がする」

「日の本のからくりと全然違う」

なびきは呆然《ぼうぜん》としていた。

縁日の見世物小屋にはときどきどこの誰が作ったからくりだと言って、ばね仕掛けや歯車でひとりでに歩いて茶を運んだり弓を引いて的を射たり踊っておみくじを出したりする人形が置いてあった。どれもこれもこの仕掛け時計よりずっと大きかった。金属の玉を溝に転がして、板にぶつけて素敵な音を鳴らすものも見たことがある。

和蘭陀の仕掛け時計のからくりは人形を載せた円盤を前後に動かして回す単純なものだ。人形自体は動くようにできていないらしい。しかし控えめで上品で、人が釦《ボタン》を押さなくても時が来たら勝手に動くというのはすごい。日の本の人形は精巧すぎて顔が怖いので、造りが素朴で曖昧な異国の人形はかわいく思える。

よく見ると時計の長い方の針は少し曲がっているようだ。なびきは指を伸ばそうとした。

「これ、長い針を真上に戻したらまた動くんですか」

「駄目駄目、一日に二十四回。決まった時間だけだよ」

由二郎が子供を叱るように手を軽くはたいた。

「うう、もっと見たい」

「貴子姫さまがお気に入りだった理由、わかったかな」

「公家のお姫さまってすごい」

来世があるなら公家のお姫さまに生まれてみたい。

由二郎は壁にかけた把手《とって》のようなものを手にして、盤の穴に差してキリキリ音を立てて回した。

「こう、暮六ツと明六ツの後にはねじを回してやらなきゃいけないんだ。回しすぎても壊れるから難しくて」

急に襖《ふすま》が開いた。

なびきはびくついて縮み上がったが、丁稚だった。

鐘の音を聞いたからか丁稚は蠟燭《ろうそく》を持ってきて、座敷のあちこちに灯りを灯す。行灯でも油が勿体《もったい》ないのに、一部屋に何か所も蠟燭を立てるなんてお大尽だ。

ねじを回し終えると由二郎は把手を壁掛けに戻した。

「これが二時を指す頃に、よく久蔵さんが甘味をくれたよ」

懐かしそうに目を細める。彼は丁稚が行き来することなど風が吹いたほどにも思っていないようだ。

「白玉やら粟餅やら薩摩《さつま》芋《いも》の天ぷらやら、簡単なものだったけどね。わたしも——およねも姫さまのお茶席で余ったお菓子をあげた。上生菓子は日持ちしないから誰か食べないと。久蔵さんは厨では煮方を任されていたのだから腕はよくて、ぜんざいやきんとんくらいなら煮られるが、上等なお菓子は専門の職人しか作れないといつも悔しがっていたよ。作れるようになったのは花びら餅だけ」

それを聞いてなびきも懐かしくなった。

――謎というのは簡単に解けるものだ。

生きるために作って食べる飯などしょうもない。意味があるのは大半の人が一生食べることのない美しい菓子だけ。

久蔵は京にいた頃からそうだったのだ。

なびきが今食べている唐饅頭も、江戸の何人が食べることか。

「さるお殿さまが久蔵さんの料理を気に入って、江戸屋敷に行くという話になって。妹のふりをしてついて来いとおよねに言ったんだよ」

「――おじいちゃんに妹」

なびきの心にさざ波が立った。

「妹さんの名前は?」

「おてる、だったかな。――今から考えると馬鹿な話だ。妹と夫婦になったらどのみちお叱りを受けるじゃないか。そんなことも思い至らず、ただ二人で京を出ることばかり考えていたよ。若かったんだな。忘れもしない十二月十四日、赤穂《あこう》浪士の討ち入りの日」

由二郎は昨日のように取り乱しはしなかった。

「暮六ツの鐘が鳴る頃に柳の木の下で待っていろと。その日の昼は厨番だけでなく侍女も皆で南瓜を切って煮て、大騒ぎで。皆に甘酒がふるまわれた」

「あれ、冬に甘酒ですか？」

「貴子姫さまがお好きで、年がら年中飲んでいた。わたしも南瓜を切るのに鉈《なた》まで持ち出して切ったらとんでもなく固くって。それで疲れたのかな。気づいたらうたた寝をしてしまって」

由二郎は和蘭陀時計に手を置いた。

「丁度この和蘭陀時計が六時で、人形が踊り出した。それで目を醒ました。まだ暮六ツになったばかりで、間に合うと思ったんだ。荷物もまとめずに身一つで急いで柳の下に行ったよ。でも久蔵さんは来なくて。代わりに、夜五ツの鐘が鳴った頃に岡崎兵衛さまがやって来た」

「――ええと」

「およねの許婚だね。姫さまの護衛頭で万事、きっちりした方だった。真面目な方だったがついに打ち解けることはできなかった。――その人が〝久蔵は来ない〟と言った。およねは恐ろしくなったが、ここまで来たら許婚どのに斬《き》られても致し方ないと、覚悟して待ち続けた」

彼はかすかに笑いさえした。

「覚悟したんだから死んでも仕方はなかった。わたしに久蔵さんを恨む理由などないよ」

「そうでしょうか。おかしいですよ」

なびきは聞いていていて腑《ふ》に落ちない――

「おじいちゃん、お殿さまの江戸屋敷の厨番になってないじゃないですか」

もう何十年も、しがない煮売り屋だった。

お殿さまどころか下町の職人を叱りつけて飯と焼き魚のついでに菜っ葉や豆を食べさせるのが仕事だ。

「なびきさんのおばあさんに出会って、やめたんだろう?」

「いいえ、わたしは拾い子です。十年前に大火で迷子になって拾われました。おじいちゃんは一回も結婚なんかしてないです」

久蔵も一度もそんな話はしていないし、ご隠居はなびきが拾われる前から久蔵を知っているが、朝から晩まで男の客の飯を炊いてばかりで女っ気があったことなどついぞないと言っていたことがある。

大体、およねのことが心残りだったから上生菓子や干菓子を買って食べて〝苦労して〟いたのだ。

お殿さまの江戸屋敷でしくじって放り出されたらそうはなるまい。

おてるの手紙では、久蔵とおてるはどちらもおよねが悲しい死に方をしたのを知っていたようだった。これまでも手紙のやり取りはしていたようだから、江戸に来てから知った可能性もなくはないが——

「あなたはそれでよくてもわたしは納得できませんよ。物事は何でも理由があってそうなってるはずです。おじいちゃんが自分から言い出した約束を破ったのには何か理由があるはず。そこは神さまが決めた運命なんかじゃなくおじいちゃんが決めたんでしょう。わたしは知りたいです、何があったのか。そんなことがあったのにわたしに何も言ってないのだって腹が立ちます。あなたも、人が死んでるのに仕方ないとか何なんですか。いいわけないでしょうが」

言い放ってから、なびきは生意気な言い草だと気づいた。年上相手にこれはない。

由二郎はといえば、少し気圧《けお》されたように表情が消えていた。なびきの剣幕にたじたじになっていた。

「……確かに、わたしから言い出しておいて仕方ないで済ませていいわけはなかった」

「いえ、あの。言いすぎました」

「いや、わたしは甘えていたのかな。どうせ誰も信じてくれないなら何を言ってもいいと思っていた。いざ信じてもらったら仕方ないとか、無責任だった。なびきさんが気になるのは当たり前だ」

「そ、そうでしょうか……」

なびきは由二郎を詰ったようで今更気が引けて語尾が濁った。別に彼のせいではない。しかしこれで、由二郎と二人で久蔵をとっちめられればそれでいいが、多分久蔵は帰ってこない。

――上方の〝千旗〟とかいう店まで追いかける？

それは癪だ。何で捨てられた方がそんなところまで行って愁嘆場を繰り広げなければならないのか。阿呆《あほ》らしい。

旅費は由二郎に出してもらうとしても――

――由二郎に負担させるなら、上方への路銀ではないのでは？

なびきはとんでもないことを思いついてしまった。

「あのう」

「何かな」

少し腰が引けたが、毒食らわば皿までだ。

なびきは和蘭陀時計を指さした。

「その和蘭陀時計、貸してもらえませんか」

上方まで行くのは馬鹿馬鹿しい。

京にはもう当時のことを知る人は誰もいない。由二郎が確かめに行ってから随分経つ。

知っているのは和蘭陀時計だけだ。

問い詰める相手は久蔵ではなく、これではないか。

「一日がそれで二回りってどうもよくわからないので」

とはいえこれほどの舶来のからくり、恐ろしく高価なものだろう。上方への旅費の方が安くつくのかもしれない。

由二郎は眉間にしわを寄せた。流石に彼もそんな筋合いはないと思っただろうか。

しかしやがて、ため息とともに頭を下げた。

「ああ、仕方ないと言うからにはいつまでもこんなものにこだわっていてはいけない。なびきさんに預ける。君がどうにかして壊れるのなら、それこそ運命なんだ。わたしも前世が女だったとかでうだうだ言っていてはいけないんだ、きっと」

　自分に言い聞かせるようだった。

　彼には彼の苦渋の決断があるようだった。

8

　ということで煮売り屋〝なびき〟に全くそれらしくない舶来の和蘭陀《オランダ》時計が出現することになった——もう暗いし、と由二郎が呼んでくれた駕籠《かご》になびきではなく和蘭陀時計が乗って、煮売り屋〝なびき〟の座敷に運ばれ、古畳の上に据えられた。

「な、何だいこりゃあ」

　心配して待ってくれていたおくまが見慣れない調度に目を剝《む》いた。

「コチコチコチコチ喧《やかま》しいね。鳩《はと》か鶏でも入ってるのかい？」

「ゼンマイだって言ってましたね」

「山菜の？」

　頓珍漢《とんちんかん》で話が嚙《か》み合わない。

　さあ寝る前に簡単な夕食を、と竈《かまど》に向かおうとしたときに、和蘭陀時計が例の異国の音楽を鳴らした。金属を弾《はじ》いているのか、キラキラ綺麗《きれい》な音がする——

「ひっ！」

だがおくまは悲鳴を上げ、縮こまって竈の陰に隠れて念仏を唱え始めた。なびきはかわいらしい音に聞き入ろうとしたのにそれどころではなかった。

「おくまさん、これはからくりが音を鳴らして中の人形を回しているだけですよ。ゼンマイで中の仕掛けが回るんです。不思議なものではなくて」

「あたしはからくりも人形も嫌いなんだよ！」

おくまは隠れたまま喚《わめ》いた。

彼女はそもそも見世物小屋が嫌いだった。〝ろくろ首〟は薄暗い小屋の中で身体《からだ》を隠して首だけ見せた女と胴体だけの人形を使って、女の首が長く見える仕掛けだと説明しても納得しないいくらいだった。

なびきがなだめすかしてやっとおくまは立ち上がったが、時計の方を向こうとはしなかった。見ただけで呪《のろ》われると思っているようだ。

「死んだ女の怨念《おんねん》がこもった舶来の呪いのからくり時計、店に置いて大丈夫なのかい」

「呪いなんかじゃないですよ。時計はただの道具です」

夕食は味噌汁《みそしる》の残りに飯を入れた雑炊《ぞうすい》だ。それが煮えた頃《ころ》に夜五ツの鐘が鳴った。鳴り終えてからなびきは言う。

「ほら、あの鐘も本石町の鐘撞《かねつ》き堂や寛永寺にいちいちこういう時計があって、それを見てお役人が撞いているんですよ。時計がないと木戸の開け閉めもできないし、煮売り屋はお昼時にご飯を用意しておくことができない。皆のお腹《なか》が空《す》く昼九ツに料理のできていない飯屋なんか潰《つぶ》れて当然だし、魚屋はお昼までに魚を売らなきゃ。それでいちいち鐘を鳴らして知らせてくれるんじゃないですか。鐘撞き料を取ってまでご公儀がそうしてくれてるんですよ。大工さんだって鐘の音を聞いて仕事を始めて鐘の音で終わるでしょう」

なびきの理屈をおくまは受け容《い》れず反論する。

「寺はもっとありがたい方法で時刻を知ってるんじゃないのかい？　仏さまがご来光と妙《たえ》なる楽の音と香りで知らせてくれるとかさ」

「その方が不思議じゃないですか。仏さまだったら納得するんですか」

「するよ」

おくまとは仲がいいと思っていたが、親子ほど歳《とし》が離れていると話が合わないこともあった。

「大体鐘が鳴るのと全然違うときに鳴ってるじゃないか」

「日の本では一日に十二回、鐘を鳴らして時間を教えるけど、この時計は二十四回だから十二回は鐘が鳴ってないときに鳴るって」

「それにしてもずれてるよ。あたしゃおしずちゃんほど石頭じゃないからおかしな占い師がどうとかとは思わないが、由二郎の勘違いってことはあるんじゃないかい？」

「その、間違っているのが何なのかを知りたいんです」

――おしずは前世を信じない。おくまは前世を信じても和蘭陀時計を信じないというのもおかしな話だ。

夕食後は高価な時計が盗まれたら大変なので、おくまと信三が帰るとなびきは店の雨戸を全部きっちり閉め、一階の座敷に布団を持ってきてそこで並んで寝たが、時計のコチコチ言う音が意外にうるさくて難儀した。キラキラかわいらしい一日二十四回の音楽も、寝入りばなに鳴ると煩わしい。

「ちょっと！　カリカリカリカリうるさいよ！　何なんだい！　鼬《いたち》でも飼い始めたのかい！」

隣からおときが怒鳴り込んでもきたが、雨戸を閉めて内側からつっかえ棒をしているので返事ができない。そのうち諦《あきら》めて帰った。今回は十割、こちらに非があるので申しわけない。

まんじりともせず布団で寝返りを打っていると、いつもは気にしない夜中の鐘もうるさい。何を考えて夜九ツや丑《うし》三つ時にまで鐘を鳴らすのか。木戸番が「火の用心」と拍子木を打ちながら町内を見回りするのも聞こえた。

夜中はこんなに賑《にぎ》やかなのに、普段は気づかずに眠り込んでいたのだ。なびきは自分の図太さに愕然《がくぜん》とした。神田でこれなら日本橋本石町で寝起きしている丁稚《でっち》は、鐘の音がうるさすぎて眠れずに半泣きで実家に帰ったりしているのではないか。慣れすぎて火事を知らせる半鐘が鳴っても気づかないのではないか。そのせいで日本橋は壊滅したのではないか。どうなっているのか。

一晩中うとうとしては起きる、を繰り返したが、ついに和蘭陀時計の異国の音楽と寺の鐘の音は一回も重ならなかった。

明六ツの鐘が鳴るとどんよりと、なびきは重たいまぶたをこすって起きた。二日連続で目がだるい。昨日は泣いたせいで今日は徹夜。何をしているやら。

無理矢理気力を振り絞って、和蘭陀時計にねじを差して回した。回しすぎると壊れるというのに怯《おび》えながら。そのうち回らなくなった。相変わらずコチコチ音を立てているので一応、壊れなかったようだ。

近くで文字盤を見ると、上の方がかすかに汚れていた。誰《だれ》か指でこすったような。今、ねじを回した拍子に触ってしまったのでなければいいが。

雨戸を開けて、昨日の雑炊の残りに胡椒《こしょう》をかけてかっ込んでいるとおくまと信三がやって来た。

「なびきちゃん、見事に祟《たた》られた顔だね。そんなからくり、さっさと返しちまいな」

「別に祟りとかじゃないんですって」

――おしずは来なかった。待つのも馬鹿馬鹿しいのでさっさと豆を煮ることにした。

ゆうべはうとうとするだけだったが夢うつつの間にしっかり〝ご飯の神さま〟のお告げはあった――

――なびきは産婆のような役で、おくるみに包んだ大きな大豆を差し出して「おめでとう、元気なお子さんですよ」と――こういうのはしょっちゅうなのだがなびきは女だからまだましなのだろうか。久蔵はどう思っていたのか。出ていくのも無理はない。

しかし豆は丁度いい。

「豆の煮える時間をこの和蘭陀時計で測ってみようと思うんです。時間がわかればもっと段取りよく動けるかもしれないし」

おくまは嫌がるだろうなあ、と思いながらなびきは宣言した。

豆はとにかく煮えるまで長い。それで暇だからと貸本を読んでいたら焦がしてしまったことがあるので、本を読むのはご隠居に任せて豆を煮ている間も別の料理をすることにした。

煮始めは「八ー六」と紙に書きつける——

四ツの鐘が鳴る頃、辰が三毛を連れてきた。時計では「八ー九」。

「おうなびき、二日続けてへちゃむくれだな」

「うるさいなあ」

「何だ、その置物」

辰は面白そうに和蘭陀時計を見た。見慣れないせいか三毛はちょっと毛が逆立っているが、辰はおくまと違って見世物小屋を怖がったりしない。金返せと喚くことならある。

「お前〝飯の神さま〟もいるのにご神体増やしたのか。神さま同士喧嘩《けんか》するぞ」

「だからこれはただのからくりで神さまなんかじゃないんですって。——今日の魚は？」

「おう、平目だ」

辰は土間に天秤棒《てんびんぼう》を下ろして一尾、手に取ってみせた。平べったい茶色い身体に怒っているような寄り目の顔の奇妙な魚。

「左平目に右鰈《かれい》、なぜだか鰈と逆に目がついてるというだけで安値の平目！　刺身にすると全然味が違うけどこれはこれでいけるぜ？　身が柔らかいから鉄輪で炙《あぶ》ったらくっついてボロボロになる。見てくれ悪いし店屋じゃ煮付けを勧めるかな」

――さては鰈より安いのを見て仕入れたのだな、となびきは察した。

煮売り屋〝なびき〟で出す分には平目の方が安くてありがたいのはそうだが。煮売り屋に飯を食べに来る客のほとんどは鰈と平目の違いなどわからないだろう。醤油《しょうゆ》と味醂《みりん》の煎《い》り煮がいいだろうか。

何尾くらい買えばいいだろう。なびきは屈《かが》んで桶《おけ》の中の魚をじっと見て考えていたが。

「おしずは？　昨日怒鳴ったっきり出てっちまったのか？　しょうのねえ女だなあ」

両腕で三毛を抱きかかえながら、辰が話しかけてきた。――どうやら昨日、なびきが留守の間におくまから事情を聞いたようだ。おしずの怒りようは凄《すさ》まじかったのでおくまの口が軽いとも言えない。怒らせたら怖いというのは知り合いには伝えるべきだ。

「〝飯の神さま〟が気色悪いとかひでえこと言うよな。オレなんか〝飯の神さま〟に何度となく商売邪魔されてんのに、あいつそんな苦労してないだろ。何様だよ」

辰が意外なことを言った。考えたことがなかった――いや、なびきは考えないようにしていたのだ。

「……辰ちゃん、〝ご飯の神さま〟を恨んでたりする？」

なびきはおずおずと尋ねた。

「そりゃあよ。あの神さまのせいで何度お前がオレの魚を断ったか」

辰にはっきり言われると身が縮む思いだ。

「でも漁師連中はもっとすごいぜ。網や釣り針に魚がかかるかなんて神頼みだからな。何の言葉を使ったら魚が釣れなくなるとかこれをやるとよく釣れるとか。その平目は海の底にいるのをヤスで突いて捕るけど、捕ってみるまで鰈か平目かわかんねえんだぞ。同じ仕事しても鰈だったら当たりで平目だったらハズレだ。じっと見てたら逃げちまうんだから舟出す前にできるまじない全部やって、神さま拝みながら遮二無二ヤスで突くしかねえ。そもそも朝早く舟出したのに突く相手が見つからねえってこともある。舟出せるかどうか、天気も神さまの機嫌次第だしよ。神さまの悪口なんか言ったら神罰云々《うんぬん》以前に漁師に八つ裂きにされちまわあ」

――そういう界隈《かいわい》もあるのか。なびきはよその神さまのことはよく知らない。

「だからオレは神さまがどうとかまじないがどうとかからくりがどうとか、深く考えないようにしてる。この世の人は二つに分かれる。オレと商売をするヤツとしないヤツだ。それ以外は関係ない」

辰は親指で自分を指さした。魚屋らしい啖呵《たんか》だ。

「だからあんた、時たまあたしに対して薄情だね」

と、おくまは冷ややかに言うが、これでこの魚屋は久蔵がいなくなった途端に難癖をつけてきた酒屋などよりずっとまともだ。

「辰ちゃんって〝竹を割ったような性格〟ですよね」

なびきは褒めるつもりでそう言った。

久蔵がいなくなって十八日。おくまもおしずも手伝ってくれたが、何より辰の力がなかったらとうにくじけていただろう。彼は当たり前のことをしていただけだが、当たり前のことすらしてくれない人もいた。

「――でもおしずさんも多分、悪いわけじゃないんですよ。占いとか前世とか神さまとか普通は気味悪いから」

「何だよ、味方してやったのに」

辰は口をへの字に曲げた。不機嫌を隠さないのも愛嬌《あいきょう》だった。

同じようにおしずが怒ったのも、今は悪いばかりではないような気がした。

「ありがとう。おしずさん、〝売り言葉に買い言葉〟って感じもあったしあんまり真に受けるの悪いかと。わたしのこと、心配して言ってくれたんだと思うんです。そんなんじゃ悪い男に騙《だま》されて金子を取られるって」

「そんな話だったのか？」

「そんなの。わたし今ちょっとお金持ちだから浮かれて貢がないようにって」

「そういやそうだけど、お前、自分とこの神さま貶《けな》されたわりに心広いな」

「辰ちゃんも貶してましたよ。ご利益がしょっぱいとか」

「オレは迷惑してる方だからいいんだよ」

辰は堂々と胸を張った。

なびきも内心で〝ご飯の神さま〟を疑ってばかりで十分罰当たりだ。言葉にしなければいいというものでもないだろう。

――おしずは気に食わないところも多いが、なびきよりよほど善良だ。赤子も長谷川も彼女がいなければ助からなかった。

今となっては何だかとてもくだらないことで揉《も》めたような気がするし、仲直りできるならしたい。

あれきりではあんまりだ。

平目を一桶売って辰は去り、なびきは八百屋が持ってきた茄子《なす》を切ってしぎ焼きにしたりした。縦半分に切った茄子に赤味噌《あかみそ》のたれをかけて鉄輪で焼く。本当は鴫《しぎ》を使うのでしぎ焼き。秋らしいおかずだ。

豆が煮えたのは「九ー六」。大豆を一粒、箸《はし》に取ると柔らかく潰れた。

「丁度、長い針が一回りでしたね」

「そんなの役に立ちそうもないけどねえ。やっぱり鐘の音とずれてたじゃないか」

そろそろおくまも音が鳴るのに慣れてきた。

慣れないのは隣の荒物屋のおときだ。

「昨日からここは唐人飴《とうじんあめ》売り屋になったのかい？　キリキリおかしな音を立てて」

文句をつけに来るが、おくま以上にからくりが苦手らしく音楽が鳴り出すと耳を塞《ふさ》いで引っ込んでしまう。三日もここにこれを置いていたら、向こうが荒物屋をやめてしまいそうだ。ご隠居にも言いつけたようだったが、顔を出したご隠居は「これは面白いねえ。夕食のときにでもじっくり見せておくれ」で終わった。

飯を炊き、小松菜で味噌汁を作り終えた頃、昼九ツの鐘が鳴って店を開ける。

昼九ツは「十一－一」——惜しかった。時計が鳴った少し後に鐘が鳴った。

暖簾《のれん》を掲げると、しぎ焼きの匂《にお》いが効いたのかいつもの近所の職人連中がぞろぞろと入ってきた。

「何だ、今日はおしずちゃんがいない代わりに妙なからくりを置いてるのか？」

和蘭陀時計は客の目を引き、皆が座敷の前で足を止める。

「借り物です。触って壊したら高浜屋さんに弁償してもらいますよ」

なびきは釘《くぎ》を刺したが、和蘭陀時計見たさに入ってくる客は結構いた。見世物になるくらいだ、からくりが好きな人は江戸には多い。

——「十二－十二」で音楽が鳴り、人形が踊り出したときには店中で喝采《かっさい》が起きた。

「じいさんがいないからって変なことするなあ、和蘭陀時計煮売り屋」

「別にそれを商売にするわけじゃないですって」

そのうち、おときに泣きつかれたのか大寅もやって来たが、彼は逆に和蘭陀時計に夢中になってしまった。

「半時に一回、人形が踊って音楽が鳴る？　お公家《くげ》の姫さまのを日本橋の廻船《かいせん》問屋が買って？　欠落《かけおち》だか心中だかに失敗した悲しい女の怨念がこもってて？」

いろいろ混ざっていつの間にかそうなっていた。

大寅は平目の炒り煮も茄子も食べ終わっても大きな図体で床几《しょうぎ》に居座って「一－十二」の音楽が鳴るのをかぶりつきで見ていたが、「もう一回見たい」と更に粘ろうとして、なびきは参った。席を塞がれるのは困る。

今日に限って斉木まで箱河豚《はこふぐ》みたいな顔を覗《のぞ》かせた。

「……今日はやけに人が多いな」

「ほらお武家さまに席を譲ってくださいよ」

渡りに船とばかりになびきは床几の大寅をつついた。大寅も羽織に二本差しを見ては形なしだった。小者《こもの》は所詮《しょせん》、同心の手下なので武士には逆らえない。すごすごと帰っていった。

座敷の客に床几に移ってもらい、斉木に座敷に座ってもらった。

「預かり物の和蘭陀時計とは。面妖《めんよう》なことが起きる店だ」

斉木は「床几でいいから和蘭陀時計の前に座りたい」とは言わなかった。ちらちら見て気にはしているようだが武家は軽々に珍しいものにはしゃいで飛びついてはいけないのかもしれなかった。

「恐ろしいからくりではないですよ」

「当たり前だ、からくりは恐ろしくなどない」

なびきが言うのにも大真面目《おおまじめ》に反論してきた。

「藩邸にも時計くらいある。殿が登城するためだ。江戸城に登城する刻限を守れなければ大恥をかいてご家中一同切腹だ」

——武家は大変だ。いちいち切腹だのお家お取り潰しだの。二本差しで威張れる代わりにたかが遅刻で死ぬかもしれないなんてちっとも羨《うらや》ましくない。なびきは寝坊したってご近所にどやされる程度だ。

「藩邸のはもっと大きいが。人の手で持ち運びできないほどだ。二挺《ちょう》テンプと言って時計番が毎日朝夕、世話をする」

「世話ですか」

まさかからくりに餌《えさ》をやるわけではあるまい。——毎日ねじを巻くのかしら。それだけの係が？

斉木に四つ足の膳《ぜん》で平目と茄子と煮豆を食べてもらっていると、今日はまた予想外の客人がやって来た。

総髪が真っ白で仙人みたいなおしずの父だ。今日も暑いのに黒っぽい羽織の前を紐《ひも》で結んできっちりした医者の姿だったが、挟み箱を持ったお伴はおらず、自分で風呂敷《ふろしき》包みを片手に提げていた。この辺に医者は珍しいので、道行く法被《はっぴ》姿の職人にじろじろ見られていた。

「どうも、今はまだ商売時かね」

声をかけられ、なびきは驚きすぎて目が回りそうだった。今日は眠いのもあって。

「時間はあるかね。先日は名乗りそびれた。おしずの父、小堀清玄《せいげん》と申す」

彼はわざわざかしこまってお辞儀をした。

「に、煮売り屋〝なびき〟、主《あるじ》の孫のなびきです。ご丁寧に」

なびきも真似《まね》をして頭を下げてお辞儀を返すが、礼儀作法など寺子屋で習ったきりなのでこれで合っているのか自信がない。

「……なびきさんとやら、血色が悪いがちゃんと寝ているか？　夜更かしはいかんぞ」

「あ、今日はたまたま寝不足で……」

お医者に最悪に不健康な顔を見られてしまった。恥ずかしい。――違うんです、いつもはちゃんと寝ているんです。

「これは小堀先生」

なぜか清玄の登場で、斉木まで箸を置き、膳を横によけて三つ指を突いた。

「ご無沙汰《ぶさた》でござる。先頃は大殿さまがお世話になり、家臣一同、三河町には足を向けて寝られぬ」

「斉木さま？　いややめてくだされ、わしはできることをしただけ」

清玄は一層頭を下げて身体をくの字に折らんばかりだ。

身分ある大人同士の頭の下げ合いが始まってしまった。――こうなると適当な頃合いでなびきが茶々を入れて止めるのが身分のない下町の子供の役目だ。

「……お知り合いなんですか？」

「我が藩の大殿さまがお倒れになったとき、助けてくださったのがこちらの先生だ。実に仁慈あふれる天下の名医でいらっしゃる」

斉木が早口で紹介すると、

「薬売りの小僧が運よく成り上がっただけ、そんな大層なものではない。医者の仕事です。大殿さまが助かったのは天命です」

清玄も早口で謙遜《けんそん》した。

「いやいやご謙遜を」

「こちらこそお世話に」

結局、八ツの鐘が鳴るまで内容のない大人の挨拶《あいさつ》が続いた。なびきは暖簾を下げ、清玄に空いた床几に座ってもらった。

「お食事ですか？　今日は商売繁盛であまり残っていませんが」

「いや、うちのはねっ返りの娘がこちらに世話になっていると聞いて、改めてご挨拶に。これはつまらないものだが煉羊羹《ねりようかん》だ。皆さんで召し上がって」

と清玄は両手で風呂敷包みを差し出した――なびきは目が泳ぎそうだ。よりにもよっておととい、同じものを由二郎の家で食べたばっかりだ。羊羹なんて五年に一回出会ったら僥倖《ぎょうこう》だというのになぜこう立て続けに。せめて半月ほど後なら飛び上がって喜んだだろうに、間が悪い。

「昼は済ませているが、煮豆を少しだけいただけるかな」

「あ、はい、豆なら」

なびきは風呂敷包みをおくまに渡し、鍋《なべ》の煮豆を小鉢によそった。豆は晩の分までまとめて朝に煮ている。折敷《おしき》で清玄に差し出す。

「どうぞ」

「すまんな」

清玄は小鉢だけ左手で受け取って煮豆を一粒器用に箸でつまみ上げ、じっと見つめてから口にした。

――豆を見られて今朝の夢を思い出して何だか気まずかった。滋養豊かな元気な大豆ですよ。ほらこんなに大きな産声。

「――うん、美味《うま》い」

清玄は豆一粒をどれだけ噛むのかというほど噛んでから、一言そう言った。なびきは顔から火が出るほど恥ずかしかった。

「いつぞや倒れた青年が食べていた煮魚、あれも繊細な味付けだった。おしずより幼い娘が作ったとは。驚いた。まぐれではないな」

「そう、なびきどのは幼くして料理の達人！　流石《さすが》小堀先生は話がわかる、名人は名人を知るものだ」

斉木まで参加してきた。余計なことを言わないでほしかった。

「おしずが、ここは水茶屋ではない、飯を作って人に食わせて銭を稼ぐのは立派な仕事だと一人前の口を利くのでな」

「お、お恥ずかしい。たかが煮売り屋です」

頭を下げて顔を隠すなびきは謙遜半分、消え入りたいのが半分。夢なんかわざわざ見せてくれなくても豆は毎日煮るのに、と神さまを呪っていた。

「いや実際、立派なものだ。仕事柄、暴飲暴食で身体を壊した者はたくさん見ている。高価な薬をいくつも飲むより、結局こういう当たり前の煮豆を毎日食うのが一番よいのだ。近道などない。医食同源。毎日食うなら美味い方がいいに決まっている。このような店が町の者の暮らしを支えている。わしらは忙しすぎるので仕事は減った方がよい」

その間にも清玄は医者らしくもっともらしい説教をしていた。——そう、ご飯は毎日食べる大事なものです。毎日食べるからこそ豆一粒などは安くてしょうもないのです。なびきは相反する思いに引き裂かれそうだ。

しかし、清玄は由二郎を介抱したときと比べてよく喋《しゃべ》る人だった。あのときは無愛想で厳しそうで怖いくらいだったのに。小娘を気遣ってか羊羹まで持ってきた。

——気を遣われている。なびきがそう感じたとき、清玄が豆を食べ終え、器を床几に置いた。

「しかしあれと来たら昨日からすねて、今日は休みだなどとほざいて友達と遊びに行って、今頃どこをほっつき歩いているやら。やはりずる休みだったのではないか。来たり来なかったりではこちらもご迷惑だろう。面目ない。あれの気紛れにつき合わせてしまって」

と、深々と頭を下げる――〝あれ〟とは。

おしずのことだろうか。

「あ、いえ、別に迷惑なんてほどのことは。頭を上げてくださいお父さま」

なびきは慌てて――そういえばおしずは、はたから見れば大変迷惑だった。何と、まともな親が頭を下げに来た。

「おしずさんはよくやってくれますよ。……ちょっとしたすれ違いがその。おしずさんがいないと寂しくはあります、火が消えたようで」

「明日は尻《しり》を叩《たた》いてでも来させよう。自分で決めたことを途中で放《ほう》り出すのはいかん」

清玄はうなずいた。あのおしずの父親がここまで常識人だとは。反応に困る。

「あれは幼い頃に母を亡くして以来、わがまま放題になってしまって。嫁に出しても帰ってきてしまうし。あれの気に入るような再婚相手を見つけるのは骨だと思っていたら、煮売り屋で働くと言い出した」

「まあお父さまは心配ですよね……」

「額に汗して働くのは結構なことだ。あれは縫い物も上手《うま》くないし三味線《しやみせん》の稽古もどうなるやら。女が薙刀《なぎなた》を振って食える仕事などない。その点、飯屋はちゃんと料理が美味くて、お堅い斉木さまがご贔屓《ひいき》の店ならばおかしなこともあるまい。こちらが迷惑でないなら続けさせたいのだが、どうだろうか」

なびきは清玄の慇懃無礼《いんぎんぶれい》な言葉尻から、「必死」の気配を嗅《か》ぎ取った――虚無僧《こむそう》の格好で出歩くのに比べたら、飯屋で働くのは大分まし。そうとは言わないがそう言っているのが聞こえたような気がした。

ならばなびきの答えは。

「迷惑なんてとんでもない、おしずさんがいるといないで大違いです、ええ。よくやってくれています。うちの看板娘ですよ」

なびきも必死の笑顔を作った。こんな学があって品もある人がこの歳になって娘に振り回されているのが気の毒だった。

「――でもわたし、おしずさんを怒らせちゃいました。彼女と上手くやっていけるんでしようか」

清玄に同情しつつその上で、なびきは少しだけ甘えた。

「難しい子ですまん」

「多分わたしも大分難しいんです。年下なのに理屈が多いって言われるし」

「いや、おしずは頑迷なのだ」

清玄がうなずいた。

これで大坂城の外堀を埋めた。なびきはそういう気になった。おしずの弱みを握った。

今日はそれでよしとしよう――

しかし清玄の話はまだ終わっていなかった。

「――恥ずかしながら、あれの母は〝天狗《てんぐ》にさらわれた男〟に騙されて」

「――はい？」

聞き慣れない言葉になびきは耳を疑った。

「十年ほど前、患者が危篤でつきっきりで看病して、わしがふた月ほど家を留守にしていたとき、妻は何も憶《おぼ》えていないという男を拾って。〝天狗にさらわれて己の名前も親兄弟のこともわからない、働くすべも知らない〟と言うのを真に受けて家に入れて世話してやっていたのだ。その男が家の金をくすねて使い込んで」

なびきは少しばかり清玄を見誤っていた。こんな立派な身分のある人は酒を飲んでもいないのに、同じく立派な身分のある斉木の聞いている横で弱音を吐いたりはしないだろうと決めつけていたのだ。

「わしが仕事から戻ったら、男は逃げようとして妻を突き飛ばした。妻は頭を打って死んでしまった。――以来、おしずはすっかりひねくれてしまった」

そんなことはなかった。

「それからというものおしずは狐狸《こり》妖怪《ようかい》の不思議な話は全部悪いもの、騙そうとしていると決めつけて、他愛のないおみくじや恋占いにまで難癖をつけるようになった。去年ついに見世物小屋の〝人魚の木乃伊《ミイラ》〟に文句をつけて作った剝製《はくせい》職人を探し出し、家まで押しかけてみっともない騒ぎを起こしたのだ。人魚などいない、猿の剝製と魚の干物を継いだものだと得意げに吹聴して読売に書かせた。そんなことをして誰が幸せになるというのだ。見世物小屋だぞ。わしにはもうあの子がわからん。母の仇《かたき》の天狗の男は結局つまらんイカサマ師で、とうの昔にお縄を頂戴《ちょうだい》して佐渡島《さどがしま》に送られたというのに」

清玄は苦々しげに語りきった。この話の段取りのよさ、滑舌のよさは何度も同じ話をしたのだとなびきは悟った。

小堀清玄は必死どころかなびきが思っていたより五百倍ほどなりふりかまわないくらい追い詰められていた。

流石に、受け身が取れなかった。

――人魚の木乃伊？

なびきはそれを見世物小屋で見たような気がする。

人魚の肉を食べると不老不死になるという。

かつて若狭国《わかさのくに》で人魚の肉を食べ、聖徳太子《しょうとくたいし》の時代から八百年も生きている八百比丘尼《やおびくに》――そういう触れ込みの小屋だった。

中には怪魚の不気味な干物が置いてあり、尼のような巫女《みこ》のような古風な着物を着た神秘的な美女が横に座っていて、悲しげに琵琶《びわ》の弾き語りをしていた。演目は平家《へいけ》物語か何かだった。

琵琶の音と歌声でそれなりに満足して、干物が本物かどうかなど、あのときのなびきは考えなかった。暗くてあまり見えなかったのもあって。女が不老不死かどうかは証《あか》しようがない。

見世物小屋としては上等の部類だった——いや、見世物小屋の「上等」は茶運び人形など立派なからくりが置いてあるやつだ。人魚と八百比丘尼、ろくろ首など工夫した人間の芸は「中等」だった、なびきにとっては。種がわかっても面白ければまあよかった。

見世物小屋の「下等」というのは説明しづらい——「大きな板に血を塗って、これが本当の大イタチ」など下らない駄洒落《だじゃれ》で入場料三文を巻き上げる。ときどきそんなものがあった。

見世物小屋は中に入らないと何があるかわからないものだ。大イタチと茶運び人形で同じようなボロの小屋、同じ値段なので外から見分けがつかない。

これまで見た中で一番ひどいのは「身体が四角で目が三つ、歯が二本でゲタゲタ笑う化け物」——表で呼び込みがそう言って、小屋に入ったら鼻緒のない下駄が置いてあった。

そのときは一緒にいた辰が呼び込みの男を殴って入場料三文を取り返そうとして大変だった。ご隠居と二人で、四文の串団子《くしだんご》より安いんだから仕方ない、いちいち怒るなんて野暮だ、代わりに自分たちで団子をおごってやるとなだめすかして説得したのだった。

おしずはあのときの辰よりひどい?

下駄より遥《はる》かによくできていた人魚の木乃伊、の作者をわざわざ探して押しかけた?

「……人魚の木乃伊、噂に聞いたことがある」

かすれ声でつぶやいたのは斉木だ。彼もまぶたをぴくぴくさせていた。

「作り物の人魚を見せるいかがわしい見世物小屋、風紀紊乱《びんらん》だと奉行所に訴えてきた者がいたが、そんなものを取り締まるほどお上は暇ではないと突っぱねた……小堀先生の娘御？」

「お恥ずかしい限りです。どうしてあんな風になってしまったのか」

お恥ずかしいと言いながら清玄はもうぺこぺこ頭を下げたりしなかった。背筋を伸ばしたまま、湯呑《ゆの》みの麦湯など飲んでいた。

彼にとってこれは隠したい家の恥などではなく、おしずとかかわった者に必ず刺しておかねばならない釘、娘の関係者に知らせておかなければ後々余計にこじれる厄介ごとだった――彼は明らかにおしずの行く先々に羊羹を配って歩くのに慣れていた。娘が虚無僧の格好で歩き回ったくらいは奇行のうちに入らないだろう。

なびきは弱みを握ったつもりで、江戸に跋扈《ばっこ》する怪異の闇《やみ》に呑まれた。

「え、そ、それって今頃由二郎さん、おしずさんと仲間に箒《ほうき》でぶちのめされてる？」

なびきがぽろっと口にしてしまうと、清玄の目がぎらりと光った。

「やはりここでも何かしでかしておったのか馬鹿娘！　様子がおかしいからそんなことではないかと思ったのだ！」

声を荒らげる様子に知的なお医者の印象は吹っ飛んだ。

「あ、いいえ、何というか……言うほどのことはまだないんですが……」

──こうしてなびきは行きがかり上、黙ってもおれず、この煮売り屋が不思議な神棚を祀《まつ》って惣菜《そうざい》だけでなく神さまの幸運を売っていること、客の由二郎が占いやら前世やらの話をしておしずの逆鱗《げきりん》に触れたことを語る羽目になった──芋蔓《いもづる》式に──五月雨《さみだれ》式に──

語りながら思った。──おしずはあれでもお告げだの何だのの世迷い言をものすごく我慢して堪《こら》えていたのではないか、人魚を倒しても誰も褒めてくれなかったのをそれなりに気にしていたのではないか、と。

話の間におくまが清玄の持ってきた羊羹を切って小皿に並べて皆に配った。──やはり今日のも美味《おい》しい羊羹とはいかない様子だ。喋っている間にどんどん乾いてしまう。

「……由二郎という御仁、そういえば見かけたことがあるような……世の中に斯様《かよう》な数奇な運命があるとは」

斉木は相槌《あいづち》を打つのに苦労していた。彼は完全に巻き込まれ損だった。十日ほど前は、彼の事情が一番深刻だったのに。いや、今でも一番深刻だった。

「いや本当にこちらの店にはすまない。知る人ぞ知る幸運の飯屋とか幸運の招き猫とか、愛想のうちなのにけちをつけるような真似を」

「べ、別に神棚を壊されたわけじゃないし全然大丈夫ですようちは……」

清玄が心のこもっていない平謝りをするのを、なびきは手を振ってはねのけた。

「わたしより由二郎さん、途方もない作り話の女衒《ぜげん》の手管《てくだ》と思われてそうで心配です。わたし、あの人に誑《たぶら》かされてないし、お金貢いだりしてないのにあっちに殴り込まれたら泣くに泣けないと言うか。確かに話はおかしいけど話がおかしいだけで怒られても……」

「そもそもあれも出戻りなのに他人《ひと》さまの色恋に口を出せた義理か。馬に蹴《け》られてしまえ」

「いや色恋でもないですよわたしは。無理を言って和蘭陀時計を借りたり、むしろ由二郎さんに迷惑をかけています」

「その和蘭陀時計が御仏の宿縁でここに来たものであったとはなあ」

斉木はしげしげと和蘭陀時計を見やった。今やからくり仕掛けよりも染みついた因業の方が珍しい。

「前世とはな。拙者は考えたこともなかった、己の前世など」

「世の理《ことわり》に反している」

清玄は吐き捨てた――逆にそれはおしずの論法なのではないかと思った。

「信じられないことでも、由二郎さんが悩んで今も身体を悪くしているのは本当ですし」

「それだ。悩むようなことは何もないのだ」

彼は和蘭陀時計をねめつけた――

「その話が全《すべ》て本当なら、由二郎という御仁は切支丹《きりし たん》伴天連《ばてれん》の悪魔の業《わざ》に惑わされ囚《とら》われている。日の本にそんな道理はない」

〝伴天連の悪魔〟という言葉になびきははっとした。

確かそれはいつぞや、夢で聞いた――

「日の本には八百万《やおよろず》の神がおわす。〝神棚のお告げ〟もその一つなのだろう。些細《ささい》なものでも信仰は尊重されるべきだ。――しかしこの和蘭陀時計はいたずらに人心を乱す邪悪なからくりだ。江戸にあるべきものではない」

白い眉《まゆ》をひそめて清玄は断言した。

悪口を言われているのを知ってか知らずか。

和蘭陀時計の長い針が真上を指した。

曖昧《あいまい》な造りの陶器人形が無邪気に踊り始める。

天上で玻璃を打ち鳴らすような美しい音を垂れ流して。

9

――〝ご飯の神さま〟がもしも本当にいるのならどうしてお供えをするわたしたち自身がじかに富くじの当たったのを拾ったりしないのか。

辰は半分冗談で言ったのだろうが、なびきは真剣に考えなければならない。

日の本には神憑《かみがか》りの巫女が、なびきの他にもたくさんいる。大抵の神さまはこの世に実体を持っていない。神意を伝えるのに生きた人間の助けを必要とする。

神憑りの巫女を神そのものとして崇《あが》め奉ることもあるそうだ。

もっと世間に敬われてしかるべきではないか。

もっとわずかな、救うに値するものを選んで奇跡を授けるべきではないか。

由二郎は食うに困っていない。

かわいそうと言えば自分の方がよほどだ。

家族と生き別れ、養い親に捨てられ、友達にも嫌われて。

こんなことに大した意味はない。

久蔵がしもべとして使われるだけの人生に嫌気が差して逃げてしまったのもわかる。

それでもなびきはその日、青物市を探して少し遅い夏牛蒡《なつごぼう》を買った。神意を問うために。

洗って泥を落としただけで皮つきのままだ。

雨月物語『吉備津《きびつ》の釜《かま》』の題は社《やしろ》の釜で湯を沸かし、未来を占う儀式から来ている。

釜が神なのではない。湯が神なのではない。神官が神なのではない。備中国《びっちゅうのくに》吉備津の神殿に神がおわし、神官が釜で湯を捧げると沸く音に神意が宿る。

ご隠居の話では日の本のあちこちに粥《かゆ》を煮て神意を問う祭祀《さいし》があるという。

竈に神聖な新しい火を点《とも》して湯を沸かし、飯を炊く。それ自体がとても古いまじないで神に祈る作法。

火が水に力を与えて湯にし、湯が生米を飯にする。温めて人の滋養となる飯にする。

犬猫は湯を沸かさない、飯を炊かない。人だけがこの力を振るう。朝に夕に、毎日。

時にしくじって自分たちの町を燃やしてまで。

本物のまじない、神の御業は当たり前の日々の営みの中にある。神罰すらも。

飯がちゃんと炊けているか、漁で魚が獲《と》れるか、いちいち全てに八百万の神々の意志がある。目に見えなくても。恵みと祟りは紙一重。

なびきが毎日供えているのは料理ではなく、料理を作ることそのものだ。出来合いのものを買って供えても加護はない。

恐らく神意を問うのに、このやり方が一番正しい。

——吉備津の神官は娘の幸せを願って神意を問うたが惨《むご》い運命は避けられなかった。

それでもやらずにおれなかった、その気持ちが今のなびきにはありありとわかる。

凶が出ても夫との縁を諦めなかった娘の気持ちも。

願いが叶《かな》うとは限らない。神に人の心は理解できない。

運命は変わらないかもしれない。

わかっていてもやるのだ。

祈りながらなびきは、普段使わない砂糖壺《つぼ》の白砂糖をドサドサ鍋《なべ》に入れた。白隠元豆は既に別の鍋で水に浸《つ》けてある。

うずたかく積み上がる白い山。その白さに自分でも息を呑む。その辺の一山いくらの黒砂糖ではなく、久蔵が麹町《こうじまち》の和漢砂糖所からじかに買ってきた貴重品だ。

これだけで、辰に支払う魚代五日分。

命懸けだった。

結局、おしずが再び煮売り屋〝なびき〟に顔を出したのは清玄が来た翌々日だった。

朝から桜色の小袖《こそで》に黒の袈裟《けさ》をかけ、編笠《あみがさ》をかぶった虚無僧姿で――おくまは呆《あき》れていたようだったがなびきは驚かなかった、何となくそれが正装なのではないかと思っていたので。

「尺八、吹けるんですか？」

「チョット練習した」

なびきが井戸端でうずくまって米を研ぐ横で、おしずは編笠をかぶったままでぴんと背を伸ばして長い指で尺八を吹いてみせる。時ならぬ寂しげな音色で、長屋からご隠居や瓦《かわら》屋の奥さんが不思議そうに顔を出した。奇妙な虚無僧を見て二人とも呆気《あっけ》に取られていたが、そのうち飽きたか他の用事を思い出したかまた長屋に引っ込んだ。

――天狗に親を殺され、曽我兄弟に倣って虚無僧に身をやつし、人魚と戦って打ち倒した女。壮絶な音色のような、そうでもないような。

「もうわかりました。米、研ぐの代わってください。――その編笠と袈裟と尺八、中食終わるまで二階に隠しておいてくださいね」

なびきが冷たく言うと、おしずは尺八を口から離した。

「何だい、つれないねェ」

「ここは飯屋なので、ご飯を作る気があるならやる、ないなら帰ってください」

なびきは毅然《きぜん》としなければならないと思った。

行く。

——虚無僧姿で来たあたり、おしずは全く謝る気などない。きっと由二郎をとっちめに
止めなければ。

殴って止めるなど無理だから、理屈でどうにかしなければ。

なびきは辰のように口から生まれてきた江戸っ子ではないが、勢いで理屈を言うだけなら
おしずに競り勝てる——

「おくまさん、手伝わなくていいからおしずさんと二人にして」

なびきはおくまを肘《ひじ》で小突いた。

「喧嘩しちまうんじゃないかい」

「それはあっち次第ですね」

これでおくまは長屋に戻った。縫い物やら何やら、用事はたくさんあるだろう。

「……店の中に置いてあるアレ、何？」

果たして虚無僧の道具を店の二階に置いてまた井戸端に出てきたおしずは、相変わらず
座敷に和蘭陀時計が鎮座しているのを不思議に思ったらしく、指さした。——よくぞ聞い
てくれました。

「高浜屋の座敷にあったのを借りてきました。日の本に二つとない〝悪魔の和蘭陀時計〟

です。昨日、一日かけてお祓《はら》いしたのでもう悪魔は憑《つ》いてませんけど」

なびきは引き続き米を洗いながらしれっと答えた。

「悪魔？　お祓い？」

「何と由二郎さんは時計に憑いた〝切支丹伴天連の悪魔〟にも呪われていました。前世の祟りだけではなかったのです」

「ハア？」

おしずは顔をしかめた――迷信嫌いの彼女でなくても何が何だかだろう。

「おととい、清玄先生が羊羹持って店に挨拶に来て、恐るべき慧眼《けいがん》でいろいろ見抜いて去っていきました。流石お医者は物知りですね。落ち着いたおじさままでまだ若いのに髪の毛が真っ白なの、おしずさんが苦労させたからでしょう。事情があるんでしょうけど親不孝は駄目ですよ」

なびきがぶちかますと、おしずは男のように音を立てて舌打ちした。

「父さん……また余計なこと」

「そもそもおしずさんが店をズル休みしなければ清玄先生だって気を揉《も》んだりしなくて済んだんですよ。心配してくれる親がいるのに怒ったりなんか、贅沢《ぜいたく》です」

自分でも惚《ほ》れ惚《ぼ》れするような正論である。飯屋を二日も休んだ罪は重い。

「おお、おしず！　おとといの羊羹、美味かったぞ！」

更にそこに天秤棒を持って三毛を連れた辰が現れた。辰がそう言うとおしずは井戸の側に手を突いた。

「魚屋まで父さんに会ったのかよ！」

「偉そうなおっさんにかかわりたくなかったのは山々だが、羊羹に目がくらんでつい」

頭の痛い話に参加せずに羊羹だけ食べていたのだから辰はいいご身分だった。

「煉羊羹とか、ここいらではついぞ見かけないご馳走《ちそう》ですから」

話に参加していたなびきは例によって、羊羹の味どころではなかったので辰が美味しく味わってくれてせめてもの幸いだ。

「周りがシャリシャリしてたまんなかったな」

「何日か寝かせないとあのシャリシャリにならないんですよね」

羊羹は均一に滑らかな方がいいという人もいるが、なびきはシャリシャリが好きだ。

——ちなみに小堀清玄の手土産の羊羹を一番喜んで食べたのは、荒物屋のおときだった。おくまがお裾《すそ》分けにと一切れ持っていったら「もっと分厚く切れ」と文句すら言ったそうだ。しかし和蘭陀時計がうるさい件はこれでチャラになった。

更におときは清玄が帰っていく後ろ姿をうっとりと眺め、せつなげなため息をついていたとかいないとか——てっきり大寅みたいな大柄な男が好みなのかと思っていたら、線の細いのもアリだったらしい。清玄はやもめだからいいようなものの、おときは亭主をどうするつもりか——全ておくまの想像だが。しかしそうだとすると、昨日一層うるさくしていたのをおときが何も責めなかった理由がわかるので、こうなったらその方がいいとなびきは思った。

今日、辰が持ってきたのは鯖《さば》だった。多めに買って〆鯖《しめさば》にして明日あさっても、というのが辰の勧めだったが、なびきは酢締めの前に砂糖を振った方が美味しいのを思い出した――砂糖はこの後も使うのでそれどころではない。

塩焼きにする分だけ買ったら、辰はぶうぶう文句を言って残りをよそに売りに行った。

結局、米はなびき一人で研ぎ終わったのでおしずには井戸端で煮ころばしにする里芋の皮を剝《む》いてもらうことになった。料亭などでは煮崩れないように包丁で分厚く皮を剝いて面取りするらしいが、煮売り屋では煮崩れができた方が愛嬌《あいきよう》があるのでたらいの水に浸けて芋専用のたわしで皮の部分だけこすり落とす。

「……芋剝くと手がかゆくなる」

おしずは文句が多い。

「運命です、諦めてください」

「里芋が抗《あらが》ってるんじゃないの？　食べないでくださいッて」

だとしても罪深い人間は里芋の声など聞こえないことにして煮ころばしや味噌汁を作るのだ。運命とはかくも惨い。

なびきも豆の水を切り、味噌汁の出汁《だし》の水を汲《く》むことにした。

この辺の飲み水は神田上水を使っている。井戸はすっかり水を汲んでしまうと、再び上水道の水が溜《た》まるのを少し待つ。その間に井戸端にまな板を置いて、味噌汁の実を切る。

「おしずさん、お母さんの話聞きました」

なびきは薄揚げを刻みながら、先に仕掛けた。

「虚無僧の格好、流行《は や》り廃《すた》りだけじゃなかったんですね」

――ふざけた格好の人は頭の中までふざけていると思いたい。

なびきは自分で言った言葉の意味をよくわかっていなかった。

「流行り廃りだよ。変な格好した方が凄味《すごみ》が出るンじゃないかッて、それだけ」

おしずの口調は軽かった。

「人並みじゃない人間は人並みじゃない格好をしてた方がそれらしいだろ？」

――彼女も彼女の運命に抗っている。

「ひどい目に遭ったんですね」

「マアなかなかないね。でも騙される方が悪いンだよ」

「そんなわけないでしょう。騙す方が悪いのに決まってます」

なびきは即座に言い放った。

「――わたしや由二郎さん、そんなに悪い人に見えますか？　あなたが知っている一番悪い人と同じくらい？　半月やそこらつき合っただけで？」

「見た目でわかるもんかい」

「そう、わかりませんよ。〝変わった人もいる〟でいいじゃないですか。守らなきゃいけない神棚がある人と、前世のある人。〝たまにはそんな人もいる〟で」

「綺麗ごとを言うね。あんなヤツ、優男ぶって一皮剝いたら骨も残らないよ。アンマリ惨めでコッチが憐憫《れんびん》の情をもよおすほどさ。〝変わった人〟なんてモノですらない」

おしずはせせら笑って、丸裸になった小芋を鍋に放り込んだ。

「一皮ね」

なびきは繰り返した。

薄揚げの次は人参《にんじん》だ。高級料亭では人参も皮を剝くらしいが、なびきはよほど黒ずんだりしていない限りヘタも尻尾《しっぽ》もギリギリまで刻んで味噌汁に入れてしまう。

「世の中、酷なモンだよ。純情ななびきさんに聞かせたくないくらい。結局どこを探したって当たり前のヤツしかいないのさ」

おしずは笑ったが、なびきもおかしい。

自分が純情とは。

「恐れ入谷《いりや》の鬼子母神《きしもじん》、びっくり下谷《したや》の広徳寺《こうとくじ》さ。世の中、あまりにしょうもなくて泣けてくる。多少慈悲の心が湧いてきたね。——何だっけ、〝切支丹伴天連の悪魔〟？　なびきさんのそれは八百万の神かと思ってたけどここに来て伴天連の悪魔？」

「ええ。〝悪魔の和蘭陀時計〟。由二郎さんは運命だと思っている。それは確かにそこにあってあの人を呪っているけれど、運命なんかじゃない。わたしは気づいたんです。あの人を解き放ってあげなきゃいけないって」

「〝ご飯の神さま〟の力で？」

「いいえ、人の力で。〝ご飯の神さま〟はしょうもないので。——おしずさん、あなただって格好ばかり伊達《だて》を気取って人と違うふりをしても食べるのは当たり前のご飯と味噌汁と魚。絶対に逃げられない運命とはそういうものです。あなたはわからないふりをしているだけです」

なびきは人参を切った端から鍋に入れる。

「おしずさんは十年前は小石川に住んでたんですか？　三河町はいつ頃から？」

「何だい、藪《やぶ》から棒に。――八つのときに母さんが死んで験が悪いから三河町に移った」

「なら、この世を一皮剝いたところは知らないんですね」

「何ッて？」

「丙寅《ひのえとら》の大火ですよ。日本橋は全滅して神田もそこそこ燃えました。どこも真っ黒焦げで、急いで後から建て直したんですよ。三河町も。芝で朝飯を炊いていた火で燃えました。――あなたの知っていることは全部嘘《うそ》です。この世で目に見えるもの、手で触れられるもの全部嘘です。わたしたちが生きているのは芝居小屋の書き割りですよ」

なびきはおしずを見た。

おしずは里芋を手に、固まったままなびきを見ていた。

「それでも毎日、ご飯を食べて生きているふりをしなきゃいけない」

――正確にはよりよく生きるふり。

「世の中が阿呆《あほ》らしいなんてわたしも知ってる。なら一緒に損する相手は自分で選ぶわ。あなたに気持ち悪いなんて言われる筋合いはない。わたしはわたしのやり方で由二郎さんを助けます。お願いだから水を差さないで」

なびきはきっぱりと言った。

いろいろな人の手を借りている。今更、彼女に台なしにされるわけにいかないのだ。

「――言うねェ。じゃあお手並み拝見と行こうか」

おしずは薄ら笑いを浮かべて偉そうだったが、里芋の皮を剝くのが遅い。結局おくまにも手伝ってもらうことになった。

今日はなびきはいつもの大豆の他に、隠元豆も煮なければならない。蒸し器も使わなければ。やったことがないので大変だ。

11

日の本、とはすごい名前だ。

日出《い》ずる処《ところ》の天子、書を日没する処の天子に致す、つつがなきや云々――寺子屋で習った漢文だがご隠居によると、お日さまは東から昇って西に沈む、日の本は東で唐土《もろこし》は西というだけで大した意味ではないらしい。

朝日がめでたいのはご来光の浮世絵だけで、昼に働いて仕事が終わる日没をありがたいものだと思う人は多いだろう。

昔のお公家は夜に恋人と会って、「朝にあなたと別れて仕事に行くのは嫌だ。朝日なんて昇らなければいい、鶏なんか鳴かなければいい」という和歌をたくさん残したそうだ。甘えている。もっと真面目に働け。

おくまは夜にたっぷり眠りたいと言うが、なびきは眠ると夢を見てしまうのが嫌だ。昼が長くて起きていられる方がいい、と言うと大人は皆笑う。

夜のよさはなびきには難しい。


由二郎には昼七ツ半頃に来てもらった。和蘭陀時計を運ばなければならないので、丁稚《でっち》や手代を何人か連れて刻限通りに。

今日は女中のお富に付き添われていた。自分より若くて小さなお富に支えられ、床几に座らされると、由二郎は子供のように頼りなく見えた。

「半端な頃合いでお腹空いてるでしょう」

と、お出ししたのは花びら餅《もち》だ。いつぞや唐饅頭《とうまんじゅう》を出してもらったときの真似をして、小皿に紙を折ってその上に載せてある。小皿が漆《うるし》塗りでも磁器でもない野暮ったい素焼きで申しわけないが。

桃色の求肥《ぎゅうひ》から牛蒡が突き出したのを目にすると、由二郎のみならずお富も、突っ立ったままの丁稚たちも目を丸くした。

「……なびきさんが作ったのか？」

「おじいちゃんの料理帳を見て」

嘘だ。

〝ご飯の神さま〟のお告げだ。

――昨日、なびきが命懸けでした賭《か》けだ。

花びら餅は難しい上生菓子だ。見た目で作り方がわからない。

なびきは幼い頃に久蔵が作っていたのを見ていたが、詳細はあやふやだ。周りのあれは求肥なのか。求肥は作ったことがない。白餡もだが。普通、菓子屋以外が作るものではない。

わかるのは牛蒡をたっぷりの高価な白砂糖で煮て、煮た後も一晩味を染ませること、白餡に使うのが隠元豆であることくらい――

一か八かで牛蒡だけ煮て、隠元豆を水に浸けた。

これは神事だ、神さまに尋ねているのだと自分に言い聞かせて。

続きをどうするのか、〝ご飯の神さま〟がお告げで教えてくれるのに賭けた。

いつぞや棒鱈《ぼうだら》は自分をどう料理すればいいか教えてくれた――牛蒡も教えてくれるのではないか、そう期待した。

由二郎となびきの命運を神に託した。

他人からは何でもなく見えてもなびきにとっては今後この神さまとやっていけるかどうか、人生の全てを懸けたつもりだった。目が飛び出るほどの値段の砂糖を使ったのも、背水の陣だ。

自分を追い込んで神さまの助力を乞うた。

結果、夢では若かりし頃の久蔵が花びら餅を作っていた。今より随分と髪の毛が多くて黒々として、顔に皺《しわ》もない久蔵を見るのは不思議だった。

夢なら出てきてくれるのではないか薄情者、とも思った。

感傷に浸っている場合ではない。

朝、起きたらすぐに手順や秤《はかり》の数字を紙に書き取った——このために夜、寝る前に硯《すずり》で墨を磨《す》って筆や紙とともに枕許《まくらもと》に置いておかねばならなかった。行灯《あんどん》を消すときにひっくり返しそうだった。二度とやるまい。

しかも夢で手順だけわかっても、初めて作った白餡に白味噌を足したり、白玉粉を蒸して求肥を練ったりするのは違和感だらけだった。普段、干物を炙ったり野菜を煮たりするのと全然違った。

特に餅の形を作るのがとんでもなく難しい。

蒸したての求肥をよく練って、夜鳴き蕎麦《そば》屋から借りた蕎麦打ち棒と台で伸ばし、外側を白、内側に薄紅を包んで花びらの透けるような美しさを——

泥団子を作って遊んだのは大火より前だ。久蔵に教わって白玉団子を丸めたことならあるが、あれは火が通るよう真ん中をへこませればよかった。おはぎも形が悪くても味がよければ、で笑って許された。どうせご近所さんにふるまうものだった。

花びら餅は花びらのように薄く美しく上品でなければならない。

ある程度やったら居直って、由二郎に一番よくできたのを出すということに決めた。

それで綺麗にできなかったのを辰に食べさせたら「甘い牛蒡、信じられねえ」と悶絶《もんぜつ》された。彼は好き嫌いはない方なのに。

おくまやご隠居はそもそも久蔵作のちゃんとできたのも無理で、味見役を探すのに難儀した。何せ、なびき自身理解できない味だ。久しぶりに食べてみたらやはり一口以上は無理だった。

艱難辛苦《かんなんしんく》の一作だった。こんなに苦労した料理はない。さてはお告げの夢は「やれるならやってみろ」という意味だったのかもしれなかった。

こんなに頑張ったのに報われず、技を封印することになった久蔵のこともつらい。この技で大福でも作っていればそれなりの菓子屋として名を馳《は》せたろうに。彼はそんなこと全然望んでいなかっただろうが。

「ちゃんとは教わってないので、同じ味になってるかどうか」

なびきははにかんだが、謙遜ではなく本当に上手くできた自信がなかった――「こんなもの人に出して大丈夫か」という思いが半分くらいだった。もう半分は「なぜこんなことを思いついてしまった、未熟者」だ。

この店には黒文字もないので楊枝で食べてもらう。

由二郎は恐る恐る楊枝で餅を突き刺して、牛蒡と餅とを頬張《ほおば》った――

ゆっくりと噛み締める、目がどんどん柔らかくなっていくのが見て取れた。それでなびきは少しほっとした。

「これだよ」

彼はじっと下を見つめてぽつりと言った。

「ずっとこれを探していたんだ」

ひとしずくの涙が白いほおを伝った。

なびきの努力は報われた。久蔵と違って。

――それで全て終わりとしたかったが、今日、これは前座でしかないのだ――

場が暖まるのを見計らっていたかのように、座敷で〝悪魔の抜け殻〟がうなり出した。

和蘭陀時計が異教の音楽を奏で始める。長い針を真上、短い針を真下に向けて。

音を聞いて由二郎は顔を上げ、目をやった――

真正面の時計ではなく、店の外に。

「嘘だろう?」

嘘ではないのだ。

「まだ明るいじゃないか。暮六ツじゃないのにどうして鳴るんだ」

「はい」

なびきはうなずいた。

夕日が真っ赤に燃えて向かいの桶屋の看板の影が長く落ちていた――まだ日は沈んでいない。

なびきは和蘭陀時計の横の敷布を取り去った――今朝から敷布で隠していた。

それは見ようによっては大きな位牌《いはい》のようだった。台座に定規のような目盛を刻んだ長い板が立っていて、上に小さな箱がついている。

　同じものが二つ。

「今はまだ七ツ半です。――これは〝尺時計〟、木戸番で使っているのを借りてきました。大して高価なものじゃなくて、わりとどこにでもあるらしいです。錘《おもり》が落ちる力を上の箱の中の歯車で調節して、矢印の金具がゆっくり下に落ちていく。金具が文字盤のどこにあるかで時刻を読む。木戸番は木戸を開け閉めする時刻の他に、夜中に町内を見回りに出る。定刻通りにするのに寺の鐘だけでは足りなくて自前で機械で測っています」

　なびきは指さした。金具は今、六ツより少し上にある。

「これ、高浜屋にもありますよね？」

　なびきが促すと、一番年かさの手代らしき青年がうなずく。

「は、はい。あたしたちの寝起きする部屋に」

　刻限通りにと言ったのだから、時計を見て由二郎をここに連れてきたはずだ。

「一日一回、錘を巻き上げますね？」

「はい、丁稚の仕事です」

「時の鐘に合わせて？」

「鐘にも合わせるし、もう一個の尺時計にも合わせて」

「これは絶対じゃないから二個一組でないと使いこなせない。時計ってずれていくから、予備を横に置いて合わせなきゃいけないんです。時の鐘は九ツとか四ツとか鳴らす前に、短く三回捨て鐘を打ちますね？　あれはよその寺に合図してるんです。江戸で時の鐘を撞く鐘撞き堂は十一。江戸城に近い本石町が一番早くに打ち始めて、他の寺なんかは捨て鐘を聞いてそれに合わせて打つ。十一の鐘のうち一つだけものすごく間違った時間に打つということがないように、順番が決まっています」

本石町の次は上野寛永寺、その次は市ヶ谷八幡、赤坂円通寺、目白不動尊、芝増上寺、浅草寺、本所横堀、四谷天龍寺、目黒祐天寺、目白新福寺の順になっているそうだ。この辺では本石町の鐘でほとんどかき消されてしまうがあちこちの鐘が続くのは耳を澄ませば聞こえなくもない。

人の定めたことだ。

おしずの父によると、時が九ツから四ツに減ってまた戻るのは千年以上も昔の帝、天智《てんじ》天皇がそう決めたから――もっと言えば唐の皇帝がそう決めた――

運命ではなく人の法だ。

その方が便利だと皆が考えたからそう決まったのだ。

「どの寺も時計でおおよその時刻を測っていますが、一番江戸城に近い本石町の鐘が優先される。江戸で一番正確な時計は公方《くぼう》さまのお手元にあって、その次が本石町。各家の尺時計も本石町に合わせているんです。お寺では他に時香盤というのを使っていて、型で抹香を盛って目盛をつけてどこまで燃えたら何時と測っているそうです。糸を渡して鉦《かね》をつけないで、糸が焼け切れたら鉦が鳴って知らせてくれるんですって」

おくまが言うように、寺では妙なる楽の音と香りで時刻がわかるようになっていた。それも正確を期するなら本石町の鐘を基準にして火を点けなければならないだろう。

「由二郎さんの和蘭陀時計はゼンマイ式で尺時計のように毎日合わせなくてもねじを巻いていれば時間がわかる――と思っていたんでしょうが、これ、もう作られて四十年くらい経ってます。由二郎さんが手に入れてから十年くらい？　全然手入れしてないですね。中に埃が溜《た》まっていました」

「中を開けたのか？」

由二郎が眉をひそめた。

「わたしではなくからくり職人の人が、です。安心してください。おしずさんのお父さんがすごい名医で、さるお殿さまの恩人で、そのご縁で凄腕のからくり職人を昨日、連れてきてくれました。〝お殿さまの二挺天符〟を作った江戸でも指折りの職人で、和蘭陀時計にも詳しい人でした」

なびきは昨日の職人を思い出す。彼はおくまと同世代で、時計やその整備はたまにしかない大仕事なので普段は見世物小屋で仕掛け人形を作っているとのことだった。精緻《せいち》な細工は毎日練習をしないと指先が動かなくなるのだそうだ。茶運び人形やら、なびきが好きな仕掛けは大体知っていて話が弾んだ。

清玄の口利きとはいえ彼はよくしてくれて、飯をおごってくれればそれでいいと笑っていた。

彼のために、なびきも貴重な白砂糖で牛蒡を煮る覚悟をした。からくり職人も神憑りの娘も片手間であっていいはずはなかった。――まさか花びら餅がこんなに大変と思っていなかったが。

「ゼンマイ時計って毎日同じ時間にねじを巻かないとどんどん狂っていくんですってね」

「だからこの時計は、明六ツと暮六ツにねじを巻くんだ」

「それって〝同じ時刻〟じゃないんですよ」

なびきは気分が重かった。

花びら餅は由二郎への精一杯の慰めだった。

なびきは彼の夢を一つ壊す。菓子はその代価だ。

「和蘭陀時計の目盛一つは日の本の半時、ではないんです。和蘭陀時計の目盛一つは一日の二十四分の一だけど、日の本の一時は一日の十二分の一ではありません。日の本の時刻は〝昼〟と〝夜〟で〝一日〟、昼を六ツ、夜を六ツに分割して数えているだけで一日は十二刻ではないんです。この時計の目盛二つは一時ではないです」

「何を言っているんだ？　六足す六で十二だろう？　寺子屋で習う」

「違います。昼と夜の長さが違うからです。夏と冬でも違います。今は二十四節気で言えば〝処暑〟で昼の方が少し長い。同じ日でも日の本では昼と夜とで一時の長さは違うのです。六足す六で十二ではなく、昼と夜を足して一日です。〝昼の六分の一〟は和蘭陀時計ではわかりません」

なびきは尺時計の文字盤の上を指さした。

『十四　ショショ』とカタカナで刻んである。〝処暑〟は立春から数えて十四番目の節気で、多分漢字で刻むのは画数が多くて手間なのだ。

「この文字盤は十五日で取り替えます。これの前は〝立秋〟でこれの後は〝白露〟。ひと月に二回、年に二十四回。日に日に変わる昼と夜の長さを、数字で計算するとものすごく難しいです。藩邸にある〝お殿さまの二挺天符〟は分銅をグルグル回して時間を測る時計ですが、昼と夜とで違う時間を測るために重さの違う分銅に自動で切り替える、とんでもないからくりです」

斉木いわく、とても人の手で運べる大きさには収まらない――彼はからくり時計の世話をする〝時計番〟という役目について詳しく教えてくれた。

「お殿さまの時計が〝一挺天符〟だった頃は毎日、昼と夜の境に時計の分銅を取り替えるのはお小姓の仕事の一つだったそうです。それが自動で分銅が切り替わる〝二挺天符〟になっていらなくなったかと思いきや、からくりが複雑すぎて壊れやすくてたまに替わっていないので、今度はちゃんと替わったか見張る仕事が必要になったとか。お殿さまの時計が間違っていて登城に遅れでもしたら家臣一同切腹です」

見世物小屋のからくりも、何度も動かすとときどきしくじるのだった。

「これも十五日ごとに人が違う分銅に取り替えますし、ねじも巻きます。ねじを巻く以外の世話をせずとも、十五日ごとに二十四節気に対応する分銅を朝夕、自動で取り替える

〝万年時計〟は日の本のからくり職人の夢で野望なんですって。——ですが、尺時計なら話は全然簡単なんですよ」

なびきは袂《たもと》から麻紐《あさひも》を出した。それを尺時計の昼から夜の部分に当て、長さを測る。

「こうして朝から夜まで錘が落ちる長さを測っておいて、六つに折ればいいんです」

あやとりの要領で紐を指にかけて折る。

「数字にするのは難しくても、紐の長さにすれば〝昼の六分の一〟を測るのは簡単です。紙に書き写して二つ折りにして、更に三つ折りにする手もある。こういう尺時計の文字盤は晴れた日に夜明けと日暮れを測って作っておくんです。それで日時計の使えない雨の日や夜中に使う。錘を上から下に落とすだけの仕組みなので毎日いちいち錘を持ち上げて十五日ごとに文字盤を替える手間はかかるけど、あんまり壊れないし木戸番に置いてあるくらい安い。上から下に落っこちる力を使うのでねじも巻かなくていいんです」

なびきが貸せと言えば夕食一回分で貸してくれるくらい気軽なものだった——木戸番は夜に木戸を開け閉めしたり見回りをしたりで昼は寝ているので、夜しか返礼できないのだ。日時計はどこにでもあって、手軽なものは暦や読売や地図の隅っこの余白におまけとして印刷されている。こよりを立てて使うのだ。子供でもわかる。

「江戸全体の時刻を管理する本石町は、公方さまがお持ちの日の本で一番の大層な二挺天符に時計を合わせているのでしょう。恐らく人手さえかけていれば滅多な間違いのない尺時計を二挺天符に合わせて、それを目印に鐘を打っているでしょう。お殿さまが登城する江戸城の開門と閉門とも同時なので間違いは許されません。——和蘭陀なる異国では昼だの夜だの考えず、この時計が一日に二周という法則の方に合わせて季節関係なく、一日を等しく二十四分割して生活しているのでしょう。人の暮らしをからくりの方に合わせたのです」

ここは日出ずる国、日の本。日が出ている昼の間と夜の間で掟《おきて》が全く違う。

夜明けになれば部屋が明るくなって勝手に目が醒《さ》めるので、なびきには想像がつかない。昼夜のない生活というのは。

——由二郎は夜更かしして昼まで寝ているということだが、分厚い雨戸を閉めたままなのか？　朝に丁稚が開けたりしないのか？　しないのだろう。もしかして窓のない座敷牢《ろう》みたいなところに住んでいるのだろうか。いくら次男でもまさか、と思うが。

「つっても和蘭陀でもお日さまは東から昇って西に沈むんじゃねえのか？」

三毛を抱いた辰がからかうでもなく真面目くさって言った。

「和蘭陀の漁師も朝暗いうちに漁に出て、魚屋は昼に腐るまでに魚を売らなきゃならねえんじゃないのか？　人のすることなんかどこでも同じなんじゃねえか？」

「和蘭陀人は魚、食べないんじゃないですか？」

「そんなことあるのかよ」

「異国は獣肉《ももんじい》と麦ばかりだってご隠居さんが」

「信じらんねえ」

辰はげんなりした顔をした。出島では和蘭陀人のために見たこともないような獣を飼っているとも聞く。

「暮らしぶりが全然違うから普通、こういう舶来の時計を日の本でそのまま使うことはないそうです。二十四節気、昼夜に合わせた文字盤を作って、長い針を取って文字盤の方を回したりもして改造して、結局全然違うものになってしまうそうで」

「で、ではこの和蘭陀時計は」

――動揺する由二郎に真実を伝えるのは本当につらい。

「一日に二十四回、音楽を鳴らして人形が踊る楽しい仕掛けです。昔のお姫さまの思い出を偲ぶよすが。時の鐘とは何の関係もないです。凄腕のからくり職人が調整し直して、さっき鳴ったのが正しく〝和蘭陀の午後六時〟」

「関係ないということはないだろう」

由二郎は花びら餅の小皿をお富に押しつけ、床几から腰を浮かせた。

「十年近くもずっと、この時計は暮六ツに鳴っていたんだ。時刻は合っていた。わたしは毎日聞いていた。二十四節気がどうとか考えなくても、この時計はちゃんと暮六ツを示していた！」

「それがからくり仕掛けを超えた〝切支丹伴天連の迷妄、和蘭陀時計の悪魔〟です」

時計の方の悪魔はからくり職人が祓った。

人に憑いた方の悪魔が残っている。

なびきが退治しなければならなかった。

「由二郎さん、あなたこれを手に入れてから何度〝この不思議な時計は毎日暮六ツに仕掛けが動く〟と言いました？」

「わたし？」

由二郎はきょとんとした――

反対に一緒に来た丁稚たちは、皆、青ざめて地べたを見ていた。

「あなたがそう言ったから、手代さんや丁稚さんが毎日暮六ツに長い針を回して寺の鐘に、合わせていたんですよ」

なびきが言うより先に、彼らは自分のしたことに気づいていた。

「〝お殿さまの二挺天符〟は一日中いつ見ても正しい時刻を指していなければならない。だからお小姓が朝夕に見張って、二十四節気に合わせて分銅を替えなければなりません。が、〝悪魔の和蘭陀時計〟は一日に一度、暮六ツだけ正しいふりをすればいいので、日暮れに蠟燭に灯りを点ける係の人がついでに針を指で回して合わせていたんです。毎日、捨て鐘を聞いて。文字盤に指の跡がありましたし、長い針だけ少し歪《ゆが》んでいるんです」

――仕掛けを見た客たちも時計の針を回そうとした。なびきも最初、戻せばいいかと思った。

客はなびきが止め、なびきのことは由二郎が止めたが、由二郎は十年近く毎日この時計に張りついていたわけではあるまい。ねじも自分で回していたかどうか。

手代は丁稚にこうしろと命じ、丁稚が手代になれば新入りの丁稚に和蘭陀時計のあやし方を教える。由二郎にいちいち知らせなどしない。

由二郎が連れてきた丁稚たちを振り返った――

「叱《しか》ったりしないでください！　あなたを苦しめるためにやっていたんじゃないんですよ！」

先になびきが言わなければならなかった。

「これはそういうものではないんです。由二郎さんが改めなければ、何度でもまた暮六ツに鳴り始めます。あなたたちが帰って他の人に言って聞かせないと。この時計は寺の鐘に合わないのが正しいのです」

それで由二郎は何も言わず、再び床几に腰を下ろした。

「わたしが見つけたときにはもう、暮六ツに鳴るという触れ込みだったんだ……」

悔しそうにつぶやいた。

「由二郎さんが十八歳になって京に行くまでの間、お姫さまがいなくなってねじを巻く以外の手入れもしなくなって、この時計は短い針で目盛一つ二つほど間違うようになっていたでしょう。一度暮六ツと合うとなったら、公家のお屋敷でもご家来衆や侍女が同じことをしていたんです」

おくまが言った〝死んだ女の怨念〟はあながち間違いでもない。

由二郎は口に手を当てた。

「でも……じゃあ、わたしが……およねがあの日に見た〝六時〟というのは、本当はいつだったんだ？」

「欠落の約束をしたのが二十八年前の赤穂浪士の討ち入りの日なら二十四節気で〝小寒〟です。その次は〝大寒〟。冬で日暮れはとても早くて、和蘭陀時計の〝六時〟より早く夜になっていたものと。およねさんの方が遅れていたんです」

暦は小堀清玄が調べてくれた。

ここからはなびきが考えたことだ。

「――でもおじいちゃんの方も、約束と違うって言ったって小《こ》半時《はんとき》や半時くらい待てと思いませんか？　およねさんは夜五ツまで待ったんですから」

「……まあ、少し思う」

「およねさんの許婚《いいなずけ》のお武家さま」

「岡崎兵衛さま？」

「そのお方が、およねさんより先に行っておじいちゃんを追い払っていたのではないですか」

証《あかし》があるわけではないが。

「その方、およねさんが待っているところにやって来て声をかけたんですよね。欠落の計画、何もかも知っていたのでは」

なびきが言うと由二郎の表情は揺らいだ。

「……知っていて、自分で追い払っておいて〝久蔵は来ない〟と？」

「ついでに言えば、およねさんがその日に飲んだ甘酒には本物の諸白酒が混ざっていたんだと思いますよ。米麹《こめこうじ》や生姜《しょうが》で味をごまかして、約束の時刻に行けないよう、およねさんに酒を飲ませて眠らせたんです。お酒で眠り込むのって怖いんです。飲んですぐは眠くなって身体がポカポカするけど一時くらい経《た》つと逆に目が醒めて、汗をかいて身体が冷えてくる。酔っぱらって感覚も鈍くなって寒いと気づきにくい。お酒を飲んだ後は凍え死にしやすくなる。およねさんが凍え死んだのはその晩が寒かったから、だけではないです」

なびきは久蔵を思い出していた。

酒に酔って楽しく眠り込んで足腰の立たない客がいると、久蔵は無理に帰さず床几や座敷に翌朝まで寝かせ、店を熾火《おきび》で暖めてた——「帰りの道中、凍え死にでもされたら寝覚めが悪い」とのことだった。千鳥足で堀割に落ちるとも。

情のない人ではなかった。

由二郎がかすれた声でつぶやく。

「……なびきさんは、何もかも岡崎兵衛さまがたくらんだことだと？」

「わかりませんが、お武家さまともあろう方が許婚を亡くしたからってご自分も切腹するのはやりすぎではないですか」

家族を二人も亡くして悲しみに溺《おぼ》れても、自分では死ぬことも寺に入ることもできなかった人もいるというのに。

「子供じゃないんだからいつまでも待たず、風邪《かぜ》を引く程度で帰ると思ったんじゃないですか。――およねさんに〝欠落なんかしないでくれ〟と素直に言っていればそんなことにならなかったのに、策を弄《ろう》したせいで皆が不幸になったと思い詰めでもしなければ、切腹までしないんじゃないでしょうか」

――本当のところなどわからない、もう三十年近くも前のこと。

これはなびきが考え出した、由二郎に――およねに必要なもう一つの真実だ。

なびきは久蔵を贔屓《ひいき》しすぎている。

実際のところ、甘酒に諸白《もろはく》を入れたのはおよねをよく思っていない他の侍女だったかもしれない。

諸白など入っておらず、眠り込んでしまったのは偶然だったかもしれない。

言い出せばきりがない――

だがなびきが由二郎にできるのは、この答えを示すことと花びら餅を作ること。

どの真実を選ぶかは彼が決めることだ。

由二郎が和蘭陀時計を捨てるか、逆に再び〝悪魔〟を呼び込んで暮六ツに鳴らし続けるか。

いっそ時計の部分をなくして、好きなときに音楽を鳴らすだけのからくりに作り替えることもできるだろう。

彼は運命を選ぶことができる。

死んで生まれ変わって、逃れられないことなどもうない。

そのとき捨て鐘が鳴った。

本石町の暮六ツの鐘が辺りに響いた。遅れてあちこちの鐘が鳴る。

鐘の音は遠くまで響くように低くてぼわんぼわんして、和蘭陀時計の高くて澄んだ音楽とは全然違って締まらない。

この六回の鐘の音が、ある人にとっては一日の終わり。

木戸番や岡場所では一日の始まり。

人を動かす人の法。便利だからそうしているだけ。物を上から下に落とすような絶対の力ではない。

従うのも抗うのも自由だ。

勿論《もちろん》、この音に何の意味も感じない人もいる。

「……なびきよお。まさか今日の晩飯、さっきの牛蒡餅だけなのか？」

たとえば朝の鐘にしか興味がなく、三毛に手をかじられているのに眠そうに壁にもたれている辰など。

花びら餅は作った全部、お重にでも詰めて高浜屋の丁稚に持って帰ってもらおうと思ったが、なぜか竈のそばにない——まだ六個くらいあったはずなのに——

探していたら、二階への階段の陰に隠れるようにおしずが座り込んでいた。

「理屈の多い娘だねェ」

見憶えのある皿は空っぽだ。

「……おしずさん、花びら餅全部食べたんですか？」

「ウン、マア。辰はボロクソ言ってたけどいけるよ。オツな味。牛蒡は肌にいいんだよね。アタシは晩ご飯いらないかな」

おしずはしれっと言い放った。

求肥が大きめでかなり腹に溜まるはずだが、六個も？

「わたしそれ苦手でちゃんとできてるか自信なかったんですけど」

「エ、なびきさん自分で作ったのに花びら餅嫌いなの？」

「まあその……由二郎さんが好きなものであってわたしが好きかどうかは……」

なびきは言葉を濁した。

「ひどいなァ」

おしずはへらっと笑った。

「……マア、ウン。なびきさんにこれ作らせた点では由二郎、でかした。こんなことでもなかったら一生食べなかったな。牛蒡のお菓子とか。京のお公家ッて変なの」

久しく見ていない緩んだ笑顔だ。

見ているといらつくような、ほっとするような。

「アタシもタダとは言わねえ。小石川の静御前が食い意地ばかりの女と思われるのも業腹だ。こうなりゃ餅六つ分の面白い話をしてやる。さっさと由二郎を帰しちまいな」

おしずは手を振った。

なびきの用事は全て終わったはずだった。

由二郎一行が帰れば今日もまた、煮売り屋〝なびき〟では昼の味噌汁と鯖の残りで夕食を食うばかり。

ご隠居に長谷川の夕食を届けてもらい、おくまと信三と辰とで床几でご飯を食べていると、一人、とっくに満腹のおしずが座敷に立って咳払《せきばら》いした。

「さあお立ち会い、江戸の化け物退治屋、物《もの》の怪《け》狩りのおしずがこたびの真相を語る！」

やる気のようだ。どうせなら講釈師の台と扇子も用意するといい。

「真相って、さっきなびきが長々と何か難しい話を語ってたじゃねえか。和蘭陀人には昼も夜もなくて魚食わねえって」

辰は白けた顔で汁かけ飯をかっ込んでいた。足もとで三毛が幸せそうに鯖の尻尾をかじる。

「ありゃァ華を持たせてやったのよ。アタシがおとといと昨日、何してたと思う？」

「何って――」

なびきも鯖をほじるので忙しい。

――友達とフラフラその辺をほっつき歩いて、小堀清玄を激怒させていたのでは？

「蛇《じゃ》の道は蛇《へび》、よ。兄さんの友達でアタシにホレてる若い医者がいてさ。ソイツと酒飲んで」

「遊び歩いてたんじゃないですか」

「最後まで聞きねえ。ソイツからお師匠の、年寄りの医者に聞いてもらった。十年くらい前に金持ちの病弱な餓鬼狙って荒稼ぎしてた占い師がいなかったかって。そうしたらコレがドンピシャリ！　〝豊臣秀吉の陰陽師狩りを逃れた賀茂家の末裔《まつえい》の最後の一人、瑞縣〟こと下鴨《しもがも》の太平《たへい》！　八百比丘尼も倒したおしずさんからは逃れられない！」

……占い師の方？

「豊臣秀吉のオンミョージガリってそもそも何さ」

おくまは特に感心した風情でもなく糠漬《ぬかづ》けをボリボリかじっていた。

「よく知らないけど占い師とか大ボラ吹いていくらなんだろ？」

「そ、それでその人、捕まえたんですか？」

なびきは一応箸を止めて尋ねた。

「まさか。とうに江戸にはいなかったよ」

「由二郎さんは、羽黒に修行に行ったたって」

なびきの言葉を聞いておしずの顔から笑みが消え、なぜか横を向いた。

「あー……そういうことになってるンだ……」

「何ですか、含みがありますね」

「いやァ、アタシが聞いた話では、京から来たナントカ言う大袈裟《おおげさ》な占い師が廻船問屋の大店《おおだな》の女房をしっぽりとタラし込んで、病弱な次男の治療と称してやりたい放題し放題」

おしずは口許に手を当てて声をひそめた。なびきは茶碗《ちゃわん》を取り落としかけて、堪《こら》えた。

「……由二郎さんのお母さん、瑞縣さまが〝前世〟の話をするようになって明るくなったって……」

なびきの声は震えた。

おしずは何やら身をくねらせながら語る。

「ホラ、人魚殺しのおしずさんだけどさあ？　アタシより十も年上で三十を前にした男を捕まえて〝お前ンとこのお袋サンは占い師とデキてて、お前はいいカモにされてた、賀茂だけに〟ッて言うの流石に気まずかったンだ。ソレで青瓢箪《あおびょうたん》の由二郎が気に病んで寝込んだらなびきさんに嫌われるでしょ。あの根性ナシ、思い詰めて死ぬかもしれないでしょ。前世がどうとかウジウジ悩んでる方がいくらかマシじゃないかなあって。人魚は殺せても人は殺せない。どうしようか迷ってさあ。悩みながらココに来たらなびきさんが切支丹伴天連の悪魔がどうとか言い出して、ワケわかんなかったけどなびきさんが本気ならとりあえずソッチ試して、アタシの知ってる話は後でいいかって。いよいよ由二郎がおかしな様子になったらその後で残酷な真実で殺せばいいかって。ウン、誰も死なずに一件落着！」

勝手に拳《こぶし》を固めて気合いを入れて、おしずは話をまとめようとしていた。

「……一件落着なんですか？　その占い師は結局どうなって？」

「ソレがさあ」

なびきが尋ねるとおしずの語調が急に弱くなった。

「不義密通が旦那にバレて、でも高浜屋ともあろう大店が女房の浮気を訴えるなんて格好が悪い。占い師の方に手切れ金握らせて別れさせたッて」

「おしずさんはそれで納得したんですか？」

「納得も何もソイツ、江戸を出て妾囲《めかけ》って気前よく暮らしてたら伊豆《いず》で突然、女を連れの関所破りでお縄になって磔獄門《はりつけごくもん》にされちまったッて。なのに関所を破った女の方はお咎《とが》めナシでどこでどうしてるかわからないンだ。怖いでしょ」

「えっ……そ、それは怖い……」

なびきの返事もか細くなった。

――出女入鉄砲。女の関所破りが発覚したら、連れていた男も磔獄門――柱に縛られて槍《やり》で突かれて死刑の後、骸《むくろ》を晒《さら》される――

「気の弱い由二郎をごまかすために羽黒で修行してて連絡が取れないッて話にしたンだろ。――お医者の間じゃ〝商人の女房を寝取ると後が怖い〟って語り草になってる。江戸の闇《やみ》だよ。江戸にはびこる化け物を一匹残らず退治しようと思ったのに、人間が一番怖かったよ」

「そういう話だったんですか？」

おしずの言う「一皮剝いたら骨も残らない」とは由二郎ではなく占い師の方だった――

「あれ、おかしくないですか」

なびきは鯖をほじりながら首を傾げた。

「何でその人、うちのおじいちゃんの過去を知ってたんですか？」

「〝下鴨の〟と言うからには京の出で、おじいさんの知り合いでいろいろ知ってたンだろう。公家の腰元が凍え死んだ話、京では有名だったンだろう。具合の悪い餓鬼なら誰にでも同じ話をしてて、たまたま金がうなるほど余ってて京まで確かめに行った暇人が由二郎だけだったのさ。他にも自分の前世が公家の腰元だと思ってるヤツが江戸には何人かいるンだろうよ」

前世を語られてもわざわざ京まで確かめに行けるような金持ちはそういない。路銀もかかるし手形もたやすく手に入るものではない。それはそうだが。

「でも由二郎さんはうちのなんちゃって棒鱈を食べた途端、いろいろ思い出したんですよ」

「由二郎が言ってるだけだろ。もとから占い師に吹き込まれてたのを忘れてたンだ。棒鱈の味がそれらしかったのでその気になったンだ」

おしずの論拠が「由二郎の言うことは信用できない」に移った。それを言われると何でもありだ——

いや。

棒鱈の夢のときに〝ご飯の神さま〟が歌っていた。

〝ぬしとわたしは時計の針よ　合ったと思えばまた離れ〟


この歌では時計に二本、針がある――

日の本のからくり時計には一本しか針がないのに。

二本の針があるのは出島で異国人が使っているのを除けば、高浜屋の〝悪魔の和蘭陀時計〟だけだ――

〝ご飯の神さま〟には全てお見通し――

しかし、すぐにわからなくなった。

なびきはいちいち、お告げの夢を紙に書いたりはしていない。墨を磨って枕許に置いておくのは手間だ。花びら餅くらい複雑だと心配だったから念のために準備していただけで。お告げは本当になるのだから必死に憶えていなければならないものではない。

この歌は〝悪魔の和蘭陀時計〟の仕組みを知ったなびきが今考えついたもので、お告げではない？

棒鱈の夢を見たのは三、四日前で――

待て。

――そもそもおしずの話は「瑞縣がふしだらな男で由二郎の母を誑かした」というだけで、瑞縣の霊能を否定するものではない。

由二郎の前世がおよねだったかどうか、今の話に全くかかわりがない。それどころか、瑞縣が伊豆で磔獄門になったとか怪しいものだ——伝聞の話な上に「ためになる教訓」が多すぎる。本当の話がそんなに面白いものか。

若い医者が妙な気を起こさないよう戒めるため、年寄りが作った噂では？　底の浅い話が一つ見えたらそれ以上の答えは必要ない——

おしずはまんまと引っかかってしまったのでは？　彼女は「怪異の話をするイカサマ師」を常に捜している。条件に合うものを見つけたらそこで満足してしまう。落ちが「人間が一番怖い」で終わるのはおしずがそういう話が好きだからだ。

いや、逆だ。彼女は人間の仕業でなければ絶対に納得しない。そういう結論が出てくるまで捜し回る。

おしずに惚れている若い医者は彼女が不思議なばかりの話を喜ばないのを知っているだろう。そう暇ではないだろうし、この一件をさっさと解決する、あるいは自分がよく思われるためには「いんちき占い師がひどい目に遭った」という話を仕込んでおくのが一番確実だ。

一日あれば師匠の医者に、これこれこういう話をそれらしく語ってくれとあらかじめ頼み込んでおくこともできる。

医者が医者の悪口を言うのはよろしくないだろうが占い師なら仲間ではない。嘘も方便。死んだことにしておいてもらえば後腐れなし——

何ならおしずは〝人魚の木乃伊〟が作り物であることを証明しただけで「八百比丘尼を倒した」わけではない。

見世物小屋の人魚の木乃伊が作り物でも、横で琵琶を弾き語りしていたあの美女は不老不死だったかもしれないではないか。いんちきだと喧伝《けんでん》されて恥をかき、江戸近辺で見世物小屋の商売ができなくなって困っているだけだ。

別の商売を始めようと新たな芸を練習している八百比丘尼を想像すると、なびきは笑みが洩《も》れた。

「こんな話したら面目潰して不機嫌にさせるかと思ったのに、上機嫌だねえ、なびきさん。鯖美味しい？」

何も知らずにおしずが笑って尋ねた。

「はい、美味しいです。――おしずさん、由二郎さんに話さないでくれてありがとうございます」

「アタシも空気は読むンだよ」

「そうですね」

なびきはぺこりと頭を下げて鯖の残りを頬張った。年上を論破するのは気まずい。その通りだ。おしずはお公家の侍女の生まれ変わりでもないのに花びら餅を褒めてくれたので、恩もある。

何がどうであれ由二郎のためには〝悪魔の和蘭陀時計〟の呪いは解かなければならなか

った。なびきはからくり師から〝悪魔の和蘭陀時計〟と日の本の時計の違いを、小堀清玄から日の本の暦の読み方を教わって由二郎に教えただけだ。〝ご飯の神さま〟には花びら餅の作り方を聞いた。

生まれ変わりがありえるかどうかなどはなから論じていなかったので、潰れるような面目はない。

——あるいは。

瑞縣が由二郎の母を弄んで伊豆で獄門になったのと、由二郎の前世がおよねだった話、どちらも本当だった、ということもあり得る。

どちらも偽りだった、ということも。

証す方法もない。

なびきが作った花びら餅で幸せになった人が二人いた。今日はそれだけで十分だ。

おしずが六個は食べすぎだけど。

12

「ハァ？　祝言？」

「はい」

「誰と誰が」

「うちの由二郎坊ちゃんと、お富が」

ぼちゃ餡入りの。

——翌朝。中食の仕込みをしていると、高浜屋の手代が唐饅頭を持ってきた。念願のか
手代は昨日、なびきの一番近くに立っていた二十そこそこの髭《ひげ》の濃い青年で我がことのようににこにこしていた。

「前から二人は好き合っていたんですけど由二郎坊ちゃんはグダグダと煮えきらなくて女々し……何かとその、悩みの多い方で。それが昨日、こちらのお嬢さんに説教されて吹っ切れたようです。お嬢さんは大恩人です。今日はこんなものしかありませんがいずれ上生菓子をお持ちします」

「別に、お礼がほしかったわけじゃないですけど」

と言いながら、内心なびきはほくほくしていた。幸せで太ってしまう、と不安でもあったが。

由二郎は自分で運命を選んだのだ。

恋人同士が別れて終わる話など一度聞けば十分だ。

今日の〝ご飯の神さま〟のお告げは彼女の足から生えた青菜の葉をむしっては刻んで飯に混ぜる夢だった。青菜は足に生えているときは瑞々《みずみず》しいのに、むしると鮮やかな緑色のままくたりとして茹《ゆ》だっている。むしってもむしっても次が生えてくるのを、刻んで飯に混ぜて握る。菜飯は好きな人は大好きだが嫌いな人も多い。なびきは好きな方だが。

それらしい菜っ葉を持った八百屋が来ていないのが気になった。人参や大根の葉で作れ

と言うのだろうか。大根にはあまり葉っぱがついていなかったが。

「ふざけんなよ由二郎。そんなのッてアリかよ」

手代が帰った後も、いつまでもおしず一人が地団駄を踏んでいた。そんなことをしている暇があったらおくまを手伝って米を洗え、と思う。

「よかったじゃないですか。おめでたい。あの二人、お似合いだと思ってたんですよ」

なびきは半ば上の空だった。干した山菜ならいくらかあるが、山菜の炊き込みご飯は「菜飯」だろうか。それは「山菜の炊き込みご飯」では？　青菜を茹でて刻んで炊いた飯に混ぜるのが菜飯のはずだ。青物市まで探しに行けと言うのか？　今、旬《しゅん》の青菜とは何だろう。大抵の青菜は春先では？

「なびきさん？　本気？」

「本気ですよ。いいなあお富さん、玉の輿。綺麗な婚礼衣装を仕立てるんでしょうねえ」

「女タラシにからかわれて腹立たないの？」

「女たらしじゃないでしょう。やっぱりわたしのことなんか何とも思わずにただ純粋に悩んでいただけだったんじゃないですか。おしずさんが心配するようなことは何もなかったんですよ」

なびきが言い切ったのに、おしずはなぜかたじたじとしていた。

「エ、エエー……なびきさん、何とも思わないでタダ由二郎の悩み聞いてただけなの？」

「そうですよ。困っている人を助けるなんて当たり前じゃないですか。何か理由があってやっているとでも思ってたんですか？」

「一緒に損する相手は自分で選ぶって言ったよね⁉」

「勿論〝ご飯の神さま〟のことですよ」

「何でアタシばっかりこんな振り回されて……？」

おしずに振り回されてくれと頼んだ憶えはないが。いきなり騙されているの何の、思い込みが激しいのだ。

そのうち天秤棒を担いだ辰がやって来て、目敏《めざと》く唐饅頭を見つけた。

「この包みは菓子？　菓子の匂いだな？」

辰は犬のように竹の皮の包みの匂いを嗅いで、なぜかおしずに噛みつかれていた。

「魚屋！　お前がしっかりしろ！」

「おしずは何でいちいちオレに突っかかってくるんだ、オレのこと好きなのか？」

「違ェよ！」

辰がおしずと揉めている分、三毛がやって来てニャーと鳴いて挨拶した。できた猫だ。

今日の魚は菜飯に合うかどうか、夕食はどうするか――考えていると、まだ暖簾を上げていないのに表から誰か入ってきた。客か、あるいはおときがまた何か小言を言いに来たのか。

「まだ店は開けてません。お昼までもう少し待って――」

声をかけて、なびきは気づいた。

三度笠の旅装束はあちこち泥で汚れてくたびれたが、送り出したときのまま——

「なびき、飯は炊いたか」

笠を取ってそう尋ねたいかめしい老人は、久蔵だった。祝いも祭りも無視して飯ばかり炊いて、気難しくて笑ったことがない養い親。少し日焼けした。

彼はなびきの返事も聞かずに竹の籠《かご》を床几に置いた。

「この嫁菜を入れて菜飯にして、握れ」

籠には野で摘んだのか、泥のついた青菜がいっぱい入っていた。

「……久蔵さん、あんた、ひいふうみい……二十日もどうしてたんだい！」

おくまが大声を上げて久蔵に詰め寄った。

「そんなに経っておったか？」

「そんなだよ！　行き倒れておっ死んだのかと思ったじゃないか！　一言くらいないのかい！」

「先に帰った富士講の師匠に伝言したが聞いておらんか」

「おらんよ！　師匠は風邪で寝込んでそれどころじゃないって！」

「何と。いや話は長くなるが富士に登って降りて、麓《ふもと》の温泉で廻船問屋のご隠居という人と意気投合してな。その御仁が腹を壊してな。亡き母御が作ってくれた菜飯を食わねば死んでも死にきれんとこう言う」

久蔵はあっけらかんとしたものだった。

「〝飯の神さま〟の加護があればすぐに菜飯の作り方など知れるが流石に富士は遠すぎて加護が届かんようじゃし、〝死んでも死にきれん〟が食ったら死ぬという意味なら作ってはいかんものかと――悩んでおったら、予定を十日も過ぎとったか。いやわしも大変だったんじゃ。たまには〝飯の神さま〟の声が聞こえんところに行こうと思ったらこれじゃから。師匠は折角、富士の山のご加護をいただいたのに間が悪いことじゃ」

「富士講の師匠が悪いって⁉」

「そうじゃないか？」

久蔵とおくまが揉めていると、なびきは狐に化かされているようだった。

「上方に行ったんじゃ？」

呆然とつぶやいた。それで久蔵の白い眉が動いた。

「――神棚を覗いたか」

彼は大きく息を吸うと――

「この罰当たりめ！」

「ごめんなさい！」

「神棚に触るのは煤払いのときだけじゃ！」

もうじき還暦とは思えない大声でなびきを一喝した。なびきは縮み上がり――

何やら身体が軽くなったように思った。

――捨てられたのではなかったのだ。

ここ数日、頭の中で重たくわだかまっていたものがほどけていく。

なびきの運命が変わったわけではない。なのに一人でないというだけで安堵《あんど》した。

彼が手紙を神棚に封じて本当の家族に背を向けたというのは少し、心苦しいけれど。

意外と思いきりがつかなくて富士の山まで行ったのだろうか。それこそ他の神さまに決めてもらいたかったのだろうか。

富士から上方は見えただろうか。

神棚は厨《くりや》の上にある。夢に久蔵のことなど少しも出てこなかった。今朝は納豆汁かけご飯を供えた。

いいとも悪いとも何とも言わない薄情な神さま。助けてくれるのかくれないのか、役に立つのか立たないのか。

なびきだけの運命ではない、二人で支える。今はまだ。

おくまから逃れると、久蔵は旅行李《たびこり》を土間に置いたり合羽《カッパ》を脱いだり旅装束《しょうぞく》を解く。なびきは慌てて水甕《みずがめ》の水を柄杓《ひしゃく》でたらいに移し、足を洗う用意をする——

「じじいの足に触るな。お前、神さまとお客さまの飯を作っておる最中じゃろうが」

なびきがたらいを差し出すと久蔵はそう言い捨てて、草鞋《わらじ》と脚絆《きゃはん》を解いた足を自分でこすって洗い始めた。辰が話しかける。

「じいさん、土産は菜っ葉だけかよ？」

「富士の神さまにようけご利益をもろうた」

「それだけ？」

「それだけとは何じゃ、魚屋のために山に登ったわけではないわ。菜っ葉だってありがたいじゃろうが。秋に嫁菜が食えることなどないぞ。神さまからの授かりものじゃ」

久蔵と辰とで軽口を叩いていた。

「……あの、おじいちゃん！」

なびきはいつまでもまごついていられなかった。

「およねさんとの待ち合わせは結局、どうしたんですか？　柳の木の下には行ったんですか？」

意を決してそう尋ねた。

足を洗っていた久蔵が顔を上げた。

「――何じゃ、藪から棒に。お前に関係あるか」

「関係はありますよ、わたし孫でしょう？」

なびきは鋭い眼光に臆《おく》さずそう言った。

久蔵は何か言いたげに口を歪めていたが――

「一度は行ったが、臆病風《おくびょうかぜ》に吹かれてその日はやめたんじゃ」

そう答えた。

「岡崎兵衛さまに追い返されたんじゃなくて？」

「――亡《の》うなった方を悪《あ》し様《ざま》に言うな。あの方も命を懸けた。恥知らずは生きとるわし一人だけじゃ」

つまりそれ以上は彼と彼女しか知るべきでないことだった。

「それより、なびき」

久蔵が声を低めた。

「花びら餅を作ったか」

花びら餅と聞いておしずが身体を縮こめ、壁の陰に隠れようとした。神をも恐れぬ、と思っていたが彼女にも怖いものがあったようだ。

「昨日は内藤新宿《ないとうしんじゅく》におったせいかわしにもお告げがあった」

「は、はい。作りました」

「わしからお前に作り方を教えておらん」

養い親のこの声の低さはかなりの怒りの前触れだ——なびきは身がまえた。

「いかにお告げがあっても、作っていいと言っとらんぞわしは！」

「知りませんよ、おじいちゃんが遅いのが悪いんじゃないですか」

怒鳴られたのに、なびきはするっとそう言い返していた。

言い放った後で、少し笑みが洩れた。

——それはおよねがずっと言いたかった言葉だったのかもしれなかった。

本書は時代小説文庫（ハルキ文庫）の書き下ろし作品です。

時代小説文庫

み 14-1

煮売屋《にうりや》なびきの謎解《なぞと》き仕度《じたく》

著者　汀《みぎわ》こるもの

2022年10月18日第一刷発行
2023年12月8日第三刷発行

発行者　角川春樹

発行所　株式会社 角川春樹事務所
〒102-0074 東京都千代田区九段南2-1-30 イタリア文化会館

電話　03(3263)5247[編集]　03(3263)5881[営業]

印刷・製本　中央精版印刷株式会社

フォーマット・デザイン&シンボルマーク　芦澤泰偉

ISBN978-4-7584-4523-8 C0193

http://www.kadokawaharuki.co.jp/[営業]
fanmail@kadokawaharuki.co.jp[編集]　ご意見・ご感想をお寄せください。